8월의 은빛 눈

HACHIGATSU NO GIN NO YUKI
by IYOHARA Shin

8월의 은빛 눈

八月の銀の雪

이요하라 신
伊与原 新

김다미 옮김

비채

차
례

八月の銀の雪

8월의 은빛 눈

누군가 한 사람이라도 좋으니까,
한마디라도 좋으니까, 나한테 말해줬으면 싶었다.
너는 너 나름대로 열심히 해왔구나, 하고.

빠저나갈 수 있을 것 같지 않았다.

사방 불쾌한 것투성이인 이 계절로부터, 영원히.

날짜가 곧 바뀌려는데 바깥의 찜통더위는 사그라들 기미조차 없었다.

면접에서 탈탈 털렸건만, 집에 가는 길에 연구실 선배한테 호출을 받아 이 시간까지 실험 보조로 끙끙거렸다.

8월에 접어들었다고는 해도 계속 날씨가 이 모양이다. 내가 절망의 심연에서 허우적거리는 것 따위에는 누구 하나 신경 쓰지 않았다. 그런 상황에 결정타를 날리듯, 무작정 갑갑한 도쿄의 여름이 목을 힘껏 조여 들어왔다.

간나나거리를 오르내리는 차들이 이 시간에도 꼬리에 꼬리를 물었다. 트럭 경적에 놀랐는지 가로등에서 기름매미가 날아올랐다. 대학 정문을 나와 걸은 지 3분도 채 안 된 시점에 벌써 와이셔츠가 등에 척 달라붙었다.

윗단추를 풀려다 연구실에서도 넥타이를 하고 있었다는 데 생각이 미쳤다. 한심한 마음에 홱 풀어서 손에 잡힌 그 상태로 가방에 쑤셔 넣었다. 틀렸다. 피곤해서 머리가 돌아가지 않는다.

세이부신주쿠선 건널목을 건너 상점과 주택이 늘어선 좁은 길을 따라 걸었다. 가게 셔터는 당연히 다 내려가 있었지만, 역에서 집으로 향하는 이들이 아지 띄엄띄엄 보였다.

사서리에서 세탁소를 끼고 왼쪽으로 돌면 바로 편의점이다. 거의 무의식적으로 편의점 유리문을 밀고 들어갔다. 살 게 있었던 건 아니다. 집에 들어가기 전에 들르는 게 습관일 뿐.

도쿄의 편의점치고는 느긋한 점포다. 들어가자마자 왼쪽에 다섯 명 정도 앉아 식사를 할 수 있는 코너가 있는데, 지금은 한 사람뿐이다. 창가의 긴 테이블 맨 안쪽에 앉은 젊은 남자가 이쪽에 등을 돌린 채 스마트폰을 보고 있다.

진열대 쪽에도 손님은 거의 없었다. 멍하니 안쪽의 음료 코너로 걸어 들어갔다.

그러다 왼쪽 구석에 문득 시선이 갔다. 화장실 문 옆에 빈 상자가 몇 개 접혀 세워져 있었다. 버릇대로 눈으로 상자 재질을 살폈지만 역시나 쓸 만한 게 없었다. 편의점에서 튼튼한 상자를 구하기란 쉽지 않은 법이다. 그대로 냉장고 앞으로 가서 문을 열려는데, 계산대 쪽에서 짜증 가득한 목소리가 들려왔다.

"아니아니! 그 옆! 롱이라니까? 일본어 몰라?"

작은 키에 통통한 중년 남자가 계산대 뒤쪽에 늘어선 담배를 손으로 가리키며 팩팩거렸다. 가느다란 팔을 뻗어 손님이 말한 담배를 찾는 건, 그 외국인 알바생이다.

아시아계로 나이는 아마도 20대일 것이다. 검은 머리를 뒤로 묶었고 화장기는 없다. 체격이 작고 말라서인지 줄무늬 유니폼이 지나치게 커 보였다.

알바생이 담배 바코드를 찍는 걸 보며 냉장고 문을 열었다. 별생각 없이 에너지드링크를 집는 순간, 생각이 났다. 가게 안의 냉방 덕분인지 뇌가 다시 움직인 듯했다. 대형폐기물 배출일이 내일이라는 사실이 떠올랐다. 이 지역에서는 사전에 처리권을 사서 버릴 물건에 붙인 후, 집 앞에 내놓아야 했다. 못 쓰게 된 삼단 책장을 버리려면 400엔 정도 든다.

에너지드링크 캔을 다시 선반에 내려놓고 계산대로 향했다. 공교롭게도 다른 점원이 보이지 않아, 할 수 없이 그 알바생 앞에 서서 딱딱하게 내뱉었다.

"대형폐기물 처리권. 200엔짜리 두 장."

"대형폐기물……." 알바생이 얇은 눈썹을 찡그리며 되물었다. "그게 뭔가요?"

역시나. 정말 귀찮다. 이런 애한테 혼자 가게 맡겨두지 말라고.

짧게 한숨을 내쉬고 좀 전과 똑같은 대사를 반복했다. 알바생은 심각한 얼굴로 "처리권" 하고 따라 말하더니 황급히 창고 쪽으로 사라졌다.

거기에서 누구한테 배웠는지 돌아와서는 계산대 아래쪽 서랍을 열었다. 안을 뒤지며 처리권을 찾는데 좀처럼 나오지 않는 모양이었다. 짜증이 치솟는 걸 느끼며 알바생 가슴에 달린 명찰을 쳐다봤다. 한자 없이 가타카나 일본 문자의 하나로, 주로 외래어를 표기한다로 '응우옌'이라고 쓰여 있다. 그래, 그런 이름이었다.

이 알바생이 언제부터 여기서 일했는지 물론 확실한 건 모른다. 내가 그 존재를 인식하게 된 건 지난달 중순이었다. 그날은 여기에서 공공요금을 납부하고 역으로 이동한 후, 한 기업의 채용설명회에 참석할 예정이었다. 그런데 계산대의 이 응우옌이 엄청나게 버벅거리는 바람에 타려던 전철을 놓쳤고, 설명회에 5분 지각하고 말았다.

편의점에서 일하는 외국인은 대부분 일본어학교에 다니는 유학생이라고 어딘가에서 들었다. 이 알바생도 그럴 것이다. 창가 테이블에 일본어 교과서를 펴놓고 앉아 있는 걸 본 적이 있다. 손님 말에 대답도 잘 안 하는 걸 보면 아직 초급반 비슷한 것이리라.

알바생이 드디어 처리권 다발을 찾아냈다. 거기서 두 장을 잘라 바코드를 찍어 계산한 뒤 영수인을 찍었다. '오래 기다리셨습니다' 같은 인사말 하나 없다. 마지막으로 영수증을 내밀며 억양 없이 "또 오세요"라고만 했다. 이제 그쪽한테 계산할 일 없거든? 마음속으로 분노를 터뜨린 뒤 출입문으로 향했다.

유리문에 손을 대는데 테이블 자리에서 "어?" 하는 소리가 들려왔다. 구석에서 스마트폰을 주무르던 젊은 남자가 이쪽을 보고 있다. 아는 얼굴이다.

"호리카와, 맞지?" 남자가 가늘게 정리된 눈썹을 능숙하게 치켜세우며 물었다.

"어어……."

목까지 올라온 이름이, 나오질 않았다.

"기억 안 나?" 그가 손가락으로 자기 얼굴을 가리키며 말했다. "기요타, 교양 세미나."

"……아, 알지. 조장."

맞다, 기요타. 경영학부. 2학년 때 '과제 연구 세미나' 과목을 같이 들었다. 같은 조에서 15주 동안 조 모임을 하며 말은 어느 정도 주고받았지만 다른 조원들과 마찬가지로 별로 친해지지는 않았다.

기요타에게는 살짝 빚진 게 있었다. 첫 수업에서 조를 나눌 때 강의실 구석으로 혼자 밀려나 있던 나에게 말을 걸어준 것이다. 생긴 거나 행동거지나 요즘 애들의 표본 같았는데, 의외로 제일 먼저 조장을 자원했다. 다들 처음 보는 상황에서 소외되는 사람 없게 골고루 말을 걸어주었고, 교수의 재미없는 농담에도 능수능란하게 치고 들어갔다. 한마디로 나와는 정반대의 인간이었다. 그랬던 터라 내 얼굴이나 이름을 기억하고 있다는 게 놀라웠다. 어디 있어도 없는 거나 다를 바 없는 나 같은 인간을.

인사를 나누는 바람에 할 수 없이 몇 걸음 다가갔다. 시트러스계 향수 냄새에 코가 근질거렸다.

"진짜 오랜만이다." 기요타가 웃음 띤 얼굴로 나를 위아래로 쓱

훑었다. "일 끝나고 오는 거야?"

"……아니." 잘 둘러댈 자신이 없어서 그냥 말해버렸다. "아직 취준생이야."

"취준생? 지금 시기에 왜? 아 참, 이공학부였지? 대학원 다니는 거야?"

"아니, 아직 4학년이야. 1년 휴학해서."

"아, 그랬구나." 기요타는 눈빛은 달라진 듯했지만 가볍게 말을 이었다. "그래, 지금까지 취준이라니, 것도 힘들겠네. 그래도 이공계니까 몇 군데 집은 해봤지?"

"……뭐, 그렇긴 한데……." 눈을 내리깔며 말했다.

"오! 좋네. 몇 개 확정됐어?"

"일단…… 두 개."

거짓말이다. 3월부터 40개 넘게 지원했지만 확정은 고사하고 2차 면접을 통과한 적도 없다.

"오! 좋네, 좋아."

입은 활짝 웃고 있었지만, 기요타는 꿰뚫어 보는 듯한 눈으로 내 얼굴을 들여다봤다.

"너는 사회 1년 차? 어떤 쪽이야?"

시선이 부담스러워 그렇게 물었지만, 솔직히 궁금하지 않았다.

"응, 나?" 기요타는 날렵한 바지를 입은 긴 다리를 반대로 꼬았다. 브랜드는 모르지만 비싸 보이는 스니커즈다. "난 회사원은 아니야. 지금은 투자랑 IT 중간 정도 되는 일을 하고 있지. 앞으로는 더 큰 비즈니스로 연결시킬 생각이지만."

"오…… 뭔가 대단해 보인다."

그쯤하고 끝내려고 더 안 물어봤는데, 기요타는 그때부터 시작이었다.

"근데 이런저런 고민이 많네. 좀 들어줄 수 있어?"

"어?"

왜 나한테? 세미나 때도 개인적인 얘기는 한 적 없었는데.

"일단 좀 앉아봐." 기요타가 웃는 얼굴로 옆자리 의자 등받이를 두드렸다. "집에 가는 거 말곤 볼일 없을 거 아냐."

"뭐…… 그렇지."

그건 그랬지만 빨리 가서 **작업**을 조금이라도 더 하고 싶었다. 작업에 몰두하며 머릿속을 리셋하지 않으면 오늘 밤에는 잠이 오지 않을 것 같았다.

"오랜만에 만났잖아. 5분 정도는 괜찮지 않아?"

5분이라면 거절하기 힘들다. 꾸물꾸물 의자를 빼려는데 뒤쪽에서 와장창 요란한 소리가 들렸다. 놀라서 뒤돌아보니 출입문 옆에 놓인 쓰레기통 앞에 응우옌이 비닐봉지를 손에 들고 쭈그리고 있다. 그 옆 바닥에는 빈 드링크제 병이 놓여 있었다. 쓰레기를 정리하려다 비닐봉지에 들어 있는 걸 죄다 쏟은 모양이었다.

저러니 뭘 하겠나! 이제 놀라지도 말자, 그리 생각하며 의자에 엉덩이를 조금 걸쳤다.

"나는 말이야, 가상화폐 어필리에이터란 걸 하고 있어." 기요타가 자랑스러운 듯이 말했다.

"아……."

나왔다, 갑작스레 수상한 이야기.

어필리에이터. 개인이 블로그나 SNS에서 상품이나 서비스를 홍보하고, 발생한 이익에 따라 기업에서 보수를 지급받는 시스템이다. 부업으로 하는 사람이 늘어 최근에는 수입이 많지는 않다고 들었다.

"가상화폐 월렛이란 거 있잖아?"

"아니, 나 잘 몰라서."

나는 이공학부나노 새료녁학 연구실 소속이다. IT 지식은 어느 정도 있어도 금융 방면은 영 아는 게 없고, 관심도 없다.

"말 그대로 가상화폐 지갑이라는 건데, 요는 구입한 가상화폐를 안전하게 보관해주는 서비스야. 배당형 월렛이란 게 있거든. 사람들이 맡긴 가상화폐를 운용해서 이익을 낸 뒤에 배당하는 거지."

기요타는 볼펜을 꺼내더니 테이블 위에 있던 약간 꼬질꼬질한 종이를 자기 쪽으로 가져왔다. 그 위에 글씨를 쓰고 화살표를 그려가며 능숙하게 설명을 이어갔다. 가운뎃손가락에는 굵고 거친 느낌의 무광 실버링이 자리하고 있었다. 2학년 때는 이런 반지도 안 끼고, 향수도 안 뿌렸을 거다.

"내가 하는 건 미국 벤처에서 만든 배당형 월렛인데, 독자적으로 개발한 AI로 자금을 운용해서 배당이 장난이 아니야. 그래서 이게 포인트인데, 어느 정도 액수가 되는 가상화폐를 사서 이 월렛에 맡기면 어필리에이터 자격이 생겨."

"그 월렛을 홍보하면 보수를 받는, 그런 거야?"

"홍보랄까, 일종의 소개지. SNS든 인맥이든 뭐든 이용해서 새로운 고객에게 소개하는 거야. 그런 식으로 고객이 가상화폐를 사서 월렛에 넣으면 그 액수의 10퍼센트가 어필리에이터한테 들어와."

"아……."

이건 역시…….

"그게 끝이 아니야. 자기가 소개한 고객이 다시 다른 고객을 데려오면 그 고객이 구입한 가상화폐에서도 수익이 생기거든. 짭짤하지? 손해 보는 사람이 없어. 열심히 하는 만큼 수입이 늘고."

기요타가 슥슥 그려나가는 고객들의 관계망은 어필리에이터 하나를 정점으로 피라미드형으로 퍼져나갔다.

"그래도, 그게 그……."

틀림없다. 다단계 판매인지 네트워크 비즈니스인지, 그런 부류다.

AI로 자금을 운용한다니, 엉터리일 수밖에 없다. 온갖 방법을 동원해 이용자를 계속 늘려서 모인 자금의 일부를 배당금으로 돌리고 있는 거다. 큰돈을 버는 건 윗선뿐으로, 거덜 나는 건 시간문제다. 고객들 대부분은 피를 본다.

"혹시 수상쩍다, 뭐 그런 생각해?" 기요타는 웃는 눈으로 말했다. "뭐, 일본에서는 이런 비즈니스를 보는 시선들이 안 좋긴 하지. 근데 미국에서는 지극히 일반적인 비즈니스 전략이거든."

"응, 그래서 고민이란 건 뭐야?"

뭐든 좋으니 얼른 벗어나고 싶었다.

"위에서 나한테 기대를 걸고 있어서 말이야. 성적 좀 올려서 얼른 매니저 달고 시작하라고 성화야. 아, 매니저라는 건 어필리에이터 몇 명을 총괄하는 역할이야. 근데 요즘 내가 슬럼프라서 고객 모집하는 데 고민이 많네."

그 마음을 내가 왜 알아야 하나.

"미리 말하자면, 난 안 돼. 그럴 돈도 없고." 나는 힘없이 말했다.

"돈이 없으니까 하는 거지. 다들 학생 대출 같은 기 받아서 해."

"미안, 그런 데 관심 없어서. 알잖아."

"……알지." 의외의 반응이었다. 기요타는 몸을 내 쪽으로 돌리며 심각한 얼굴로 말을 이었다. "호리카와가 이런 얘기에 바로 반응 보일 사람 아니라는 거. 수업 때도 제일 신중한 쪽이었으니까. 그러니까 투자 쪽 말고, 좀 도와줄 수 있을까? 지금 뭐 알바 하는 거 있어?"

"아니, 취업 준비 때문에."

"취업 준비는 돈 많이 들잖아. 딱 좋은 기회 같은데?"

"진짜 안 돼. 이런 쪽은 체질이 아니라서."

"괜찮아. 호리카와는 그냥 앉아 있기만 해도 되니까. 일주일에 두세 번, 딱 두 시간만 나 좀 도와주라." 기요타는 거기서 둘째손가락을 세웠다. "알바비는 회당 1만 엔이야."

*

오후에 소나기가 내렸는데도 습기만 늘고 서늘한 기운은 티끌만

큼도 없다.

자다 땀을 흘려 축축해진 티셔츠 바람으로 어기적어기적 집을 나서기는 했지만 몸이 납덩이처럼 무거웠다. 거리의 나무들에서 일제히 매미가 울어젖혀 귀를 틀어막고 싶었다.

오늘 오전에 연구실에서 노트북을 여는데 얼마 전에 면접 본 회사에서 '기원 메일'이 도착했다. 채용을 거절한다는 통지 메일로 '앞으로의 활약을 기원합니다'로 마무리되는 경우가 많아 취준생들 사이에서 그렇게 불렸다. 역시나 충격이 컸다. 연구실에 있기 힘들어 집으로 돌아와 그대로 침대에 쓰러졌다. 점심도 거르고 좀 전까지 잤는데 여전히 식욕은 없었다.

이로써 드디어 가진 말이 다 떨어졌다. 다시 처음으로 돌아가 달려야 한다고 생각하니 그대로 무너져내릴 것 같았다.

다 됐고, 이제 더 이상 '당신은 필요없다'는 말을 듣고 싶지 않다. 상처받고 싶지 않다. 더는 못 참겠다. 다른 것보다 이제 두 번 다시 면접 같은 건 보고 싶지 않다.

나는 사람들 앞에서 말을 잘 못 한다. 커뮤니케이션 능력이 떨어지는 정도가 아니다. 누군가에게, 특히 여러 사람에게 주목을 받으면 말이 입 밖으로 나오지 않았다. 어릴 때부터 그랬다.

그런 상황은 될 수 있으면 피해왔지만, 취준생이 되면서는 피할 도리가 없었다. 특히 두 번째 지원한 회사의 면접이 트라우마가 됐다. 가장 입사하고 싶었던 대기업 공작기계 회사 1차 면접 때였다. 첫 회사 때보다 더 긴장됐고, 해내고 싶은 마음도 더 컸다.

물론 전형적인 질문에 대한 대답은 잘 외워두고 있었다. 지원 동기를 말씀해주세요. 지원자의 장점과 단점은 무엇입니까? 초반에 살짝 말이 막히는 부분이 있었지만 생각대로 대처해나갔다.

학창 시절에 가장 주력한 것은 무엇입니까? 가장 잘 대답하고 싶은 질문이었다. 틀리지 말고 잘 말해야 한다. 그렇게 생각하는 순간 머릿속이 새하얘졌다. "어, 그것은……." 거기까지 말하고 약 10초 이상 굳어 있었다. 면접관들의 얼굴이 순식간에 어두워졌고, 그걸 보고 더 당황해버렸다. 입에서 나오는 단어를 우물우물 이어 붙였지 만 무슨 말을 했는지는 기억나지 않는다.

상황은 최악으로 흘러갔다. 나로서는 가장 답하기 어려운 질문이 이어졌다. 대학을 1년간 휴학한 이유는 무엇입니까? 머리가 완전히 멈춰버렸다. 전신에 흐르는 땀 말고는 아무것도 움직이지 않았다. 결국 그 질문에는 한마디도 대답하지 못한 채 면접이 끝났다.

그 후에는 그야말로 지옥이 펼쳐졌다. 그룹 토의에서도, 면접에서도, 시선을 느끼면 그때부터 말이 제대로 나오지 않았다. 이 녀석은 뭐야? 앞에서 그런 생각을 한다고 생각하자 입술이 옴짝달싹하지 않았다. 악순환. 음성 피드백. 이렇게 거동이 수상한 자가 면접 관문을 돌파해나갈 리 없다…….

갑자기 목이 말랐다. '가격 인하!'라고 적힌 스티커가 붙은 자판기에서 물을 사서 절반 정도를 단숨에 목구멍으로 넘겼다. 라벨에 그려진 설산 그림을 보자 니가타로 돌아간다는 선택지가 다시 머릿속을 스쳤다. 지방의 작은 회사라면 면접도 어떻게든 넘길 수 있지 않을까? 부모님은 작년부터 계속 지방 공무원 시험이라도 보라고 하셨다. 네가 도쿄의 회사 같은 데서 일할 수 있겠느냐며.

니가타에서 일을 찾으려면 앞으로 도쿄, 니가타를 몇 번이나 왕복해야 한다. 교통비가 필요한데, 취준생 기간이 길어지면서 생활비도 바닥났다.

기요타의 제안을 그 자리에서 딱 거절할 수 없었던 것도 그래서였다. 기요타한테서 3년 만에 메시지를 받은 게 어젯밤이었다. '내일 저녁 6시 반까지 올 수 있어?' 하는 메시지에 고민하다 '갈 수 있기는 한데……' 하고 답을 하고 말았다. 오늘 멘탈이 이 지경이 될 줄 알았으면 읽고 무시했을 텐데.

약속 장소인 편의점에 3분 늦게 도착했다.

밖에서 유리 너머로 테이블 쪽을 바라보니 기요타가 서 있었다. 유니폼 차림의 점원과 뭔가 이야기를 하고 있었다. 또 그 외국인 응우옌이다.

문을 밀고 들어가니 기요타의 목소리가 들려왔다.

"그러니까, 난 모른다니까? 와, 진짜 끈질기네!"

응우옌은 기죽지 않고 다시 뭔가 말하려는 듯 기요타를 올려다봤다. 나를 본 기요타는 테이블에 놓인 토트백을 들고 "가자!" 하며 그대로 가게 밖으로 나섰다. 그 뒤를 따라나선 내 등에 응우옌의 시선이 닿는 게 느껴졌다.

"뭔 일 있었어?" 걸어가면서 물었다.

"아, 진짜 뭐라는 건지!" 기요타는 계속 씩씩댔다. "요전에 너랑 만난 날, 나 창가 자리 맨 안쪽에 앉아 있었잖아? 거기 뭔가 분실물 같은 거 없었냐고 계속 묻잖아. 아무것도 없었다고 몇 번이나 말했는데 자꾸 꼬치꼬치 캐묻는 거야."

"분실물? 다른 손님이 잃어버린 거?"

"알 게 뭐야. 물어보지도 않았어."

당황스러운 걸 떠나서 탄식이 절로 나왔다. 그 편의점에는 외국인 알바생이 몇 명 더 있다. 모두 무리 없이 말하는 걸 이해하고 빠릿빠릿하게 일을 해낸다. 그런데 그 응우옌이란 알바생만 여러 손님들과 문제를 일으키고 욕을 먹고 있는 것이나.

다른 외국인 알바생들처럼 응우옌도 일본어를 마스터해서 진학하거나 취업할 생각인 걸까? 그런 식으로 해서는 뭘 해도 안 될 텐데.

선로 옆길을 걸어 역으로 향했다. 뒤쪽의 건널목에서 경보음이 울리더니 신주쿠행 전철이 굉음과 함께 우리를 추월했다.

걸으면서 앞으로 만날 학생에 대해 간단히 들었다. 인문대 4학년생, 기요타 동아리 후배의 친구. 기요타는 최근 대학 시절 인맥을 '털고 있다'고 했다. 그 학생과는 오늘이 두 번째 만남이라는데, 물론 나와는 면식도, 공통 지인도 없었다.

내가 할 일은 그 인문대생과 함께 기요타의 이야기를 듣는 것이다. 어필리에이터 측에서가 아니라 가상화폐 투자에 흥미가 있는 대학생으로서. 그리고 마지막에 "결정했습니다, 저는 계약하겠습니다" 하고 선언하기. 가짜 상술에서는 유명한 '바람잡이' 역이다.

나도 안다. 한심하기 짝이 없는 일이다. 그래도 편하게 돈 벌려고 이런 얘기에 솔깃해하는 놈들도 똑같이 한심한 놈들이다. 죄의식은 별로 들지 않았다.

　모임 장소는 역 북쪽의 커피 체인점으로, 커피 한 잔을 350엔이나 내고 마실 형편은 아니라 들어간 적이 거의 없다. 한발 먼저 도착해 있던 인문대생은 이유 없이 실실 웃는 녀석이었다. 기요타가 계산한 음료를 들고 구석의 테이블석으로 향했다. 안쪽에 기요타, 맞은편에 나와 인문대생이 나란히 앉았다. 인문대생은 정장 차림이라 혹시 취준생인가 싶었는데, 아니었다.

　"채용 확정자 모임은 잘 다녀왔고?"

　"아, 진짜 뭔가 싶더라고요. 잘못 골랐나 봐요." 인문대생이 해맑게 고개를 갸웃거리며 말했다.

　"회사라는 게 어딜 들어가든 다 그렇게 맥이 빠지지." 기요타가 안다는 듯이 말했다. "나도 확정 여섯 군데 중에서 원톱이다 싶은 데 들어갔는데 결국 두 달 만에 퇴사했잖아. 아, 무능한 인간들뿐이로구나, 생각이란 걸 하는 인간이 하나도 없구나, 바로 감이 오더라고."

　기요타도 일단은 취직을 했던 건가. 몰랐다.

　인문대생은 얼빠진 얼굴로 "확정 여섯 개요? 대박……" 하고 감탄을 내뱉었다.

　"그런 점에서 어필리에이터 동료들이나 매니저님들은 완전 다르더라고. 목표 설정부터가 일단 높고, 꿈도 있고. 인맥들이 장난이 아니야. 젊은 기업가, 투자가들하고도 다 연결이 되어 있고. 그런 사람들이 모이는 교류회가 있거든. 내가 소개하면 너도 올 수 있어. 참가

비가 3만 엔인데 두 번째부턴 친구 한 명 데려가면 무료야."

나도 다른 의미에서 감탄했다. 매뉴얼이나 대본이 있다고는 하지만 참 잘도 주워섬긴다 싶었다.

"그래, 호리카와도 요전에 교류회에 나갔었잖아. 어때? 자극 좀 받았지?"

"아, 네, 그렇던데요."

적당히 말을 맞추라고 얘기를 들었지만 센스 있는 말이라고는 좀처럼 튀어나오지 않았다.

"학생 신분으로는 보통 못 만나는 사람들을 만나니까, 인생관이 달라지지. 평범하게 취업 준비할 때는 절대 얻을 수 없는 정보들이 넘쳐나거든. 솔직히, 그런 세계에 발을 들이지 못하면 평생 기회 한 번 못 잡고 끝나는 거잖아. 나도 처음 교류회에 나갔을 때 가슴이 덜컥 내려앉았더라고. 지금까지 뭐했나 싶어서 말이지. 쥐꼬리만 한 월급 받을 때가 아니구나 싶더라."

"와, 진짜요?" 인문대생이 눈을 반짝이며 물었다.

"요즘 시대에 대기업 들어가봐야 안정권은 아니니까. 회사 망하면 어쩔 거야? 편의점 알바라도 뛰나? 앞으로 AI 발달하면 그런 일도 없어질 텐데? 그러니까 우선 다른 사람 밑에서 일하겠다는 생각부터 버려야 해. 자기 힘으로 벌어서 꿈을 이루는 게 좋잖아?"

기요타는 그쯤에서 커피를 한 모금 마시고는 "그래, 이런 맥락에서……" 하고 이야기를 이어갔다.

"좀 써봤어? 하고 싶은 것, 되고 싶은 나 50가지. 아, 호리카와는 괜찮아. 요전에 써서 냈으니까."

"일단 쓰긴 했는데요." 인문대생은 클리어 파일에서 리포트 용지를 한 장 꺼내더니 헤헤 웃으며 기요타에게 내밀었다. "100퍼센트 불가능한 것들만 써지더라고요."

"좋아좋아. 그런 건 완전 좋아."

뭔지는 잘 몰라도, 이것도 수법 중 하나겠지.

기요타가 갈겨 쓰인 목록을 읽어 내려갔다. "벤츠 지프 구입. 초고층 맨션 꼭대기 층 거주. 당연하게 긴자에서 스시 먹기."

"앗, 읽으시면 창피한데." 인문대생이 부끄럽다는 듯 헤헤거렸다.

"괜찮다니까. '서른 살까지는 창업. 투자가가 된다. 휴가는 해외 고급 리조트. 개인 경비행기 소유. 우주여행(달).' 오, 좋아좋아."

나는 참지 못하고 인문대생의 옆얼굴을 쳐다봤다. 진심으로 놀라워서였다. 하나같이 꿈같은 얘기인 것도 놀라웠지만, 이렇게 전형적인 것만 태연하게 늘어놓는 그 정신을 도저히 이해하기 어려웠다. 이 녀석은 분명, 진짜로 하고 싶은 것 따위 없는 거다. 그런데 기요타는 정반대의 말을 꺼냈다.

"그래도 직접 써보니까 확실히 알겠지? 진짜 하고 싶은 것, 되고 싶은 나."

"네, 그렇던데요." 인문대생은 순순히 넘어갔다.

"그런데 이 목록을 실현하려면 뭐가 필요할 것 같아?"

"돈, 이겠죠?"

"그렇지. 회사원 월급으로는 절대 무리지. 그래도 이 목록 보니까

딱 하나, 돈이 없어도 되는 게 있네."

기요타는 볼펜으로 그 부분에 동그라미를 쳤다.

"투자가가 된다, 라는 거 말이야. 이걸 잘못 이해하면 평생 가망 없어. 투자는 지금 바로 시작할 수 있어. 더 정확하게는 지금 바로 시작해야 해. 돈 없으면 빌리면 되고. 학생은 학생 대출 같은 거 있잖아. 호리카와가 좀 찾아봤댔지?"

"아…… 네." 나는 기요타의 안색을 살피며 대답했다.

"전혀 안 어려울 것 같다고?"

"네, 생각보다는."

"그러니까 핵심은……." 기요타는 시선을 인문대생 쪽으로 돌리며 말을 이었다. "어디 투자할 건지만 잘 판단하면 걱정할 게 전혀 없다는 거야. 처음에는 소액이라도 일단 잘 돌아가면 그다음부터는 술술 풀리거든. 돈이 돈을 부르고, 다른 꿈도 같이 풀리고. 실제로 내가 아는 사람 중에……."

그때부터 두 시간, 나는 그저 시간이 1초라도 빨리 지나가기만을 빌었다.

세탁소 사거리에서 집이 있는 왼쪽이 아닌 오른쪽으로 꺾었다. 다닥다닥 붙은 집들 사이로 50미터 정도 걸어서 작은 어린이공원으로 들어섰다. 소모되었는데도 열기가 남아 있는 머리를 어둡고 조용한 곳에서 잠시 식히고 싶었다.

기요타는 9시가 지나서야 인문대생을 먼저 돌려보냈다. 나는 1만

엔을 받고 기요타가 자랑스럽게 늘어놓는 이야기를 조금 더 들어준 다음 카페를 나섰다. 기요타는 두세 군데 전화를 해야 한다며 카페에 남았다. 아마 오늘 일을 보고하든지 다른 모임을 하든지 그럴 것이다.

이 시간의 공원에는 사람이 없다. 코끼리 미끄럼틀이 달랑 한 대뿐인 가로등의 불빛을 받고 있다. 그네 앞을 지나 늘 앉던 벤치에 앉았다. 잠이 오지 않을 때나 기분이 가라앉은 날에는 한밤중에 여기와서 잠시 멍하니 시간을 보낸다. 내 고독이 주변의 어둠 속으로 녹아드는 기분에 묘하게 마음이 진정됐다. 그런데 오늘 밤에는 같은 생각이 머릿속을 빙빙 돌며 좀처럼 떨어져 나가지 않았다.

좀 전의 인문대생 같은 놈도 취직이 된다. 채용 확정자 모임에 참석하고 분에 넘치게 푸념까지 늘어놓는다. 나는 그놈보다 못한 건가. 헤헤거리며 다단계에 기웃거리는 녀석보다 가치가 없나. 비참해서 견딜 수가 없다.

결국 머리를 식히지 못한 채 20여 분 만에 공원을 나섰다. 사거리를 지나 빛에 빨려들듯 편의점 출입문으로 다가갔다. 유리에 붙은 '아르바이트 모집'이라는 문구가 불쑥 눈에 들어왔다. 기요타가 했던 말이 떠올랐다. 회사 망하면 어쩔 거야? 편의점 알바라도 뛰나?

이대로 취직이 안 되면 내년에는 나도 어딘가에서 아르바이트를 해야 한다. 이 편의점 유니폼을 입은 내 모습이 머릿속에 떠올라, 안에 들어갈 마음이 사라졌다.

그대로 지나치려는데, "저기요!" 하고 등 뒤에서 부르는 소리가 들려 멈춰 섰다. 돌아보니 유리문 앞에 응우옌이 서 있었다. 가게에서 뛰쳐나온 모양이었다.

"어…… 나요?"

응우옌은 고개를 끄덕이더니 재빨리 가게 안을 살핀 뒤에 뛰듯이 내 앞에 와서 섰다.

"오늘, 저녁에." 응우옌이 심각한 표정으로 말했다. "가게에서 당신 친구하고 이야기했어요. 4일 전에 잃어버린 물건."

응우옌이 그런 식으로 정리해서 말하는 건 처음 들었다. 생각했던 것보다 훨씬 만듯한 일본어였다.

"아, 잠깐 듣긴 했는데."

"당신, 4일 전에도 그 사람하고 같이 있었어요. 뭔가 보지 못했나요?" 응우옌이 유리 너머로 보이는 좌석을 손으로 가리켰다. "제일 안쪽 자리예요. 테이블 위나 의자 위, 아니면 바닥 위."

"못 봤는데…… 어떤 물건인가요?"

"논문입니다."

"논문?" 예상 밖의 말이라 무심코 되물었다. "논문이라면 뭔가 연구하는?"

"맞아요. 오래된 논문의 복사본이에요."

"손님이 잃어버린 거예요?"

"아니에요." 응우옌이 고개를 가로저으며 말했다. "내 물건이에요. 제일 중요한 논문."

*

오후 6시의 어둑한 복도에 내 샌들 소리만 탁탁 하고 울렸다.

세상은 아직 오봉 8월 15일을 전후로 선조들의 명복을 기리는 기간 휴가로, 교내는 평소보다 훨씬 조용했는데, 연구실마다 죄다 불이 밝혀져 있었다. 9월 대학원 입시에 맞춰 공부하는 4학년들, 실험에 바쁜 대학원생들이리라.

나는 둘 중 어느 쪽도 아니었지만, 이런 때에 고향에 간다는 건 상상도 할 수 없었다. 친척들도 모이고, 밖에 나가면 동창들을 마주칠 확률도 높다. 무신경하게 어디 들어갔느냐고 물어볼 얼굴들이 몇 떠오른다.

교수님 연구실 앞에 다다르자 담소를 즐기는 소리가 문 너머에서 들려왔다. 손님이 와 계신 듯했다. 노크를 한 뒤 "들어오세요" 하는 응답을 기다렸다가 문을 열었다.

교수님과 동년배인 듯한 낯모르는 남자 손님이 와 있었다. 가볍게 인사를 하고 교수님께 열쇠를 건넸다.

"여기 약품 창고 열쇠……."

다 썼으니 교수님께 반납하고 오라는 선배 심부름이었다.

"오봉도 반납하고 실험인가?" 남자 손님이 웃으며 물었다. "고생이 많네. 대학원생?"

"아니요, 4학년입니다. 선배들 보조로…… 실험을."

"그거 안됐네." 손님이 쓸쓸하게 웃었다. "진로가 정해졌다고 막

부려먹는군."

"그게 아니라⋯⋯."

대답을 못 하고 있는데 옆에서 교수님이 입을 열었다.

"그게, 이 학생은 아직 미정이야. 취직을 하려고 하는데 잘 안 풀려서 말이지."

그때 생각났다. 우리 교수님도 무신경한 사람이라는 것이.

그런 교수님이 손님은 옛 친구로, 어느 지방 국립대학 교수님인데 연구 모임 참석차 도쿄에 오셨다고 알려주었다. 나갈 타이밍을 놓쳐 두 분의 대화를 선 채로 듣는 꼴이 됐다.

"거참, 우리 학생들도 다들 고전 중이야." 손님 교수님이 말했다. "우리 같은 지방 국공립은 지역 출신이 많잖아. 지방 우등생들인데, 다들 성실하게 공부하고, 졸업 연구도 제대로 하거든. 근데 막상 취업 때가 되면 도시 사립대생들한테 밀려. 도쿄 학생들은 서비스업 쪽 알바다, 인턴십이다, 어른들 틈이나 사회에서 부대끼잖아. 그렇게 단련이 되니 웬만한 일로 기도 안 죽고, 말들도 잘하고."

"그런 것 같네. 좌우간 말 하나는 잘하는 학생들이 우리 애들 중에도 많아졌어." 우리 교수님이 입을 삐죽거리며 말을 이었다. "프레젠테이션은 당차게 해내는데, 눈 감고 하는 말을 들어보면 별 내용이 없어."

"당최. 기업들이 그런 걸 좀 알아봐야 할 텐데. 우리 애들 중에도 4학년이 돼서 연구실 배정받을 때는 얌전한 게 뭐하는 학생인가 싶은데, 대학원 3년 동안 부지런히 해서 어디 내놔도 될 정도로 제대로 된 석사 논문을 쓰는 애들이 아주 많거든. 그런 학생들도 어필을 잘 못 한다 뭐다 하면서, 취직이 안 되니까."

"여기 호리카와 군도 조용한 편인데……." 우리 교수님이 내 쪽을 쳐다봤다. "실험은 진득하니 깔끔하게 하고, 손놀림도 좋고, 프로그래밍도 독학으로 마스터했지. 그래서 대학원 진학도 권했는데……."

"……죄송합니다."

중얼거리듯 말하면서도 내가 왜 사과를 해야 하나 싶었다.

연구실로 돌아오니 아무도 없었다. 오늘 작업은 전부 끝났으니 다 같이 밥이라도 먹으러 갔을 것이다. 내 자리에 앉아서 잠깐 숨을 돌렸다.

연구실 일원이 된 지 넉 달. 사람들이 나를 멀리하는 건 아니었다. 내가 술자리나 회식에 참석하지 않는 걸 이제 다들 알고 있는 거다.

이런 인간은 무리하게 끌려가지 않는 대신 관심도 못 받는다. 연구실에서 지금까지 구직 활동을 하는 사람은 물론 나밖에 없지만 그런 건 보통 잊어버린다. 다 같이 하는 일을 나만 언제까지고 면제받을 수는 없다.

교수님은 좀 전에도 이러쿵저러쿵하셨지만, 대학원 진학 같은 건 무리다. 그게 아니라도 나는 남들보다 1년 더 대학 생활을 하고 있다. 남동생도 올해부터 전문학교에 다니고, 니가타시 변두리에서 작은 문방구를 하는 부모님께 더 이상의 여유는 없다.

아버지도 말주변이 없어 손님들한테 영업용 멘트 한마디 못 하신다. 나는 그 피를 이어받은 데다 소심하기까지 했다. 친구도 좀처럼 사귀지 못하고, 초등학교 때는 따돌림도 자주 당했다.

가끔 상대가 다가와줘도 이 사람하고 친해지고 싶다, 나를 좋아해 줬으면 좋겠다 싶은 순간 말이 잘 나오지 않았다. 그럼 어떻게 되나. 상대가 이상하게 쳐다보고, 모든 게 끝이다. 그런 시간을 보내며 처음부터 혼자인 쪽을 선택하게 됐다.

영어를 빼면 옛날부터 공부는 싫지 않았다. 고등학교는 현립 중에서 두 번째 이과 학교에 들어갔다. 참고서만으로 성실하게 공부해서 그 지역 국립대학 공학부에 도전했지만, 영어에서 참패하고 말았다. 재수 방지용이었던 지금 이 사립대에만 달랑 합격했다. 고향도 좋아하진 않았지만 도쿄에 오는 것도 불안했다. 그래도 입학하기로 한 건 도쿄라는 도시가 나를 다시 태어나게 해줄 거라고 눈곱만큼이나마 기대했기 때문이었다.

하지만, 대학 생활은 처음부터 막막했다. 같은 학과라도 내 쪽에서 먼저 다른 사람들의 원 안에 들어가지 않는 한 이름조차 알아주지 않았다. 동아리 권유란 것도, 멀리서 보고 있기만 해서는 가입해 달라는 말을 들을 리 만무했다. 친하다 싶은 친구는 한 명도 만들지 못했다.

이대로는 안 되겠다 싶어서 2학년 가을 무렵 도내에 있는 실내 놀이공원에서 아르바이트를 시작했다. 밝고 건강한 동료 알바생들 사이에 무리하게 섞이려 노력해봤지만, 내가 분위기 파악을 못 해도 심하게 못 하는 모양이었다. 뒤에서 험담하는 걸 듣고 넉 달 만에 그만뒀다.

그때부터 학교에도 갈 수 없었다. 이유는 나도 모른다. 겨울방학이 끝날 무렵 니가타로 가서 그대로 1년간 무위도식했다. 언제까지 그러고 있을 거냐는 부모님의 잔소리에 질려 도쿄로 돌아왔지만 복학한 뒤에는 나를 바꾸려는 노력을 방기했다. 교실 맨 뒤에 혼자 앉아 강의를 듣고, 공강 시간에는 도서관에서 좋아하는 공부를 하며 하루하루를 보냈다. 아르바이트는 화물 분류 작업 같은 사람 대할 일이 없는 일만 골랐다. 그러니 정말 편해졌다…….

텅 빈 연구실에서 노트북을 꺼냈다.

전원을 켜고 대학 취업센터 사이트에 접속한 후, 취업 지원 시스템에 로그인했다. 늘 하던 대로 구인표 검색 페이지에 들어가니 신착 정보에 기계부품 제조회사 모집 요강이 올라와 있었다. 어떤 회사인지도 몰랐지만 일단 프린트했다.

가방에서 취업용 파일 케이스를 꺼내 인쇄한 모집 요강을 넣으려는데 안쪽에 뭔가 걸리는 게 있었다. 두 번 접힌 때 탄 종이였다.

꺼내서 보니 볼펜으로 갈겨 쓴 '어필리에이터'라는 글자가 눈에 들어왔다. 종이를 펼치니 피라미드를 이루는 고객들과 화살표가 그려져 있었다. 기요타가 편의점에서 가상화폐 비즈니스에 대해 설명하며 썼던 종이였다. 그날 헤어지며 기요타한테 받은 게 섞여 들어간 모양이었다.

이런 거, 더는 보고 싶지 않다…….

구겨서 버리려는데 뒷면에 인쇄된 문자가 비쳐 보였다. 영어였다.

종이를 뒤집자 맨 위 한가운데에 크게 ‘P’라고 쓰여 있다. 그 아래에는 ‘By I. LEHMANN’이라고 되어 있었고, 1장의 내용이 영어와 수식으로 이어졌다. 논문 같았다. 논문……?

왼쪽 아래의 여백에서 눈이 멈췄다. 파란 잉크로 짧은 문장이 한 줄 쓰여 있다. 알파벳이지만 영어는 아니었다. 문자에 악센트 부호 같은 게 붙어 있는, 동남아시아나 어떤 곳의 문자.

확실했다. 첫 페이지밖에 없었지만 응우옌이 찾고 있던 그 논문이었다.

다시 내용을 살펴봤다. 폰트나 그렇고 흐릿한 인쇄도 꽤나 확실히 오래된 느낌이었다. 출판 연도는 적혀 있지 않았지만 꽤나 오래전의 논문일 것이다. 종이도 꽤 해진 것이 복사한 것도 최근은 아닐 듯했다.

그건 그렇다 해도 P라니, 기묘한 제목이다. 무슨 뜻인지 상상도 안 됐다. 수식이 있으니 이과나 수학 계통인 것은 분명했다. 전문적인 영어 문장은 정말 못 읽어서 단어 단위로 읽었는데, 힌트가 되는 말이 하나 있었다.

‘earth’, 즉 ‘지구’다. 지구에 관한 논문인 모양이다.

내가 늘 속으로 무시하던, 뭐 하나 제대로 하는 게 없는 편의점 직원이 왜 이런 걸…….

편의점에 들어가 계산대 쪽부터 살폈다. 응우옌은 저녁부터 늦은 밤까지 일하는 경우가 많았다. 벌써 7시가 넘었으니 출근은 했을 것 같은데, 계산대에 서 있는 건 남자 점원 한 명뿐이다.

안쪽으로 들어가자 주먹밥, 샌드위치 쪽에 호리호리한 뒷모습이 보였다. 블록처럼 쌓인 플라스틱 컨테이너 옆에서 상품을 진열하고 있다.

나는 가방에서 좀 전에 발견한 종이를 꺼냈다. 응우옌에게 다가가 등에 대고 "저기" 하고 말을 걸었다. 돌아본 응우옌은 나를 보고 곧 "아아" 하며 눈썹을 움직였다.

"요전에 말한 잃어버린 물건이 혹시 이건가요?"

내가 내민 종이를 보는 즉시 응우옌의 표정이 굳어졌다. 빼앗듯이 종이를 잡아채서 재빨리 접은 뒤에 청바지 주머니에 찔러 넣었다. 응우옌이 계산대 쪽을 힐금거리며 목소리를 낮춰 물었다.

"한 장뿐이에요? 다른 페이지는 없었나요?"

"아뇨, 이것밖에 없는데."

응우옌은 손목시계를 바라보더니 빠르게 속삭였다. "미안해요, 조금만 기다려줄래요? 가게 밖에서, 조금만 떨어져서요."

"네?"

"부탁합니다. 곧 갈 테니까요. 죄송합니다. 미안해요."

몇 번이나 고개를 숙여서 부탁하는 바람에 이유도 모른 채 일단 가게 밖으로 나갔다. 가게 사람에게 보이고 싶지 않은 것 같아 길 건너 대각선 방향에 있는 작은 맨션 입구로 갔다.

1분도 되지 않았는데 응우옌이 밖으로 나왔다. 좌우를 살피더니 곧 나를 보고 잰걸음으로 다가왔다. 건물 입구의 불빛 아래에서 응우옌이 주머니 속의 종이를 꺼냈다.

"이거, 어디 있었어요?" 응우옌이 종이를 펼치며 물었다.

"그 테이블에 있었을 거예요. 그때 나랑 같이 있던 친구가 필요 없는 종이인 줄 알고 쓴 것 같은데, 그래서 뒤에다 이것저것……."

응우옌은 종이를 뒤집어 글씨가 쓰인 것을 확인하고는 조용히 고개를 끄덕였다.

"괜찮아요. 어쩔 수 없죠. 그 친구, 다른 페이지도 갖고 있어요?"

"잘 모르지만, 아마도."

다른 길 메모에서 이 씨 삿고 있을 가능성두 없지는 않았다.

"물어봐주면 안 되나요?"

"그건 괜찮은데……." 어제부터 신경 쓰인 것을 마음먹고 물어봤다. "그런 거 읽는 거면, 혹시 대학생인가요?"

"……아니에요." 응우옌이 묘하게 머뭇거리며 대답했다.

"그래도 그거, 과학 논문이죠? 지구라든지 그쪽 분야……."

"죄송합니다." 응우옌이 굳은 목소리로 내 말을 막았다. "이제 가 봐야 해서요, 고마웠습니다."

응우옌은 어색하게 고개를 숙이더니 가게 쪽으로 뛰어갔다.

*

눈을 뜨니 벌써 자정이 다 되어 있었다. 저녁에 머리가 아파 침대에 쓰러졌는데 그대로 잠들어버렸다.

오늘은 토요일이고 선배가 시킨 일도 없어서 계속 집에 있었다. 아침부터 이력서를 쓰려다 그럴 기분이 들지 않아 현실도피로 프로그램 짜던 걸 이어나갔는데, 결국 훅 빠져들었다.

데스크톱 컴퓨터 옆에서 사각 머리를 한 '로보팩 2호'가 LED 눈을 점멸하고 있었다. 컴퓨터 화면의 메일 아이콘을 클릭하니 로보팩 2호가 기분 좋은 모터 소리를 내며 오른팔을 들고 레트로한 전자음으로 보고했다.

"메일이, 두 통, 와 있습니다."

내가 만든 로봇이다. 몸통 약 25센티미터의 몸은 전부 종이 상자로 만들었다. 몸통 안에 탑재된 손바닥 크기의 컴퓨터가 책상 위의 컴퓨터와 무선 랜으로 연결되어 있어, 메일이 오면 팔을 움직이며 인공 음성으로 알려준다.

상자 로봇 제작은 나의 유일한 취미이다. 로봇팔, 이족보행 로봇, 미야자키 하야오 애니메이션풍 날개치기 비행기 등 지금까지 만든 작품들이 벽 선반 위에 진열되어 있다. 책상에는 공구나 전자 부품들이, 바닥에는 상자 조각들이 여기저기 흩어져 있다.

처음 만들기 시작한 건 초등학교 때였다. 늘 집에서 혼자 놀던 내게 친구라고는 가게 뒤에 얼마든지 쌓여 있는 빈 상자뿐이었다. 우연히 인터넷에서 상자와 주사기 펌프로 수압식 로봇팔을 만드는 사람을 보고 그 정교함에 충격을 받았다. 따라 만들기 시작했는데 곧장 빠져들었다. 상자로 이런저런 장치를 만들고 나니, 이제 그걸 자동으로 움직이고 싶어졌다. 중고등학교 때는 전자 공작 책을 잡히는 대로 읽으며 싼 부품을 찾아 니가타 시내에 딱 하나뿐인 고물상을 들락거렸다. 싱글보드 컴퓨터로 로봇을 제어하려고 프로그래밍까지 배웠다.

로보팩 2호가 메일의 '제목'을 순서대로 읽어 내려갔다. 오늘 프로그래밍을 해서 막 추가한 기능이다.

첫 번째 메일은 취업 사이트에서 보내온 건데, 그것도 최근에는 부쩍 숫자가 줄었다. 메일을 열어 내용을 확인해봤지만 별 내용은 없었다. 결국 지금도 니가타가 아닌 도쿄의 구인들을 대강 체크하고 있다. 서의 타싱이다.

책상 구석에 놓인 이력서가 눈에 들어왔지만 역시 손이 가지 않았다. 그보다 목이 말랐다. 저녁거리로 먹을 것도 없어서 편의점에 사러 가기로 했다.

문을 열고 들어가니 창가 테이블 자리 제일 안쪽에 응우옌이 앉아 있었다. 일은 끝났는지 티셔츠에 청바지 차림으로 일본어 교과서 같은 것을 펼쳐놓고 있었다. 그런데 나랑 눈이 마주치자마자 곧장 책을 덮고 필기구를 필통에 집어넣기 시작했다.

신경 쓰지 않고 안쪽에 들어가 히야시추카일본식 중화냉면와 2리터짜리 보리차를 집었다. 계산하고 출입문까지 돌아왔을 때는 응우옌이 보이지 않았다. 그대로 밖으로 나와 걸을 때였다. 편의점 옆옆 건물인 맨션 앞에 응우옌이 서 있었다.

"저기." 응우옌이 말을 걸어왔다.

"아……." 나는 응우옌 쪽으로 다가갔다. "논문 일이라면 아직 못 물어봤는데……."

"그건 괜찮아요. 다른 일로, 알려줬으면 하는 것이 있어요. 조금만 이야기할 수 있어요?"

"지금?"

"몇 번이나 죄송합니다." 응우옌이 나를 똑바로 올려다보며 말했다. "20분이나 30분 정도만, 부탁합니다."

자주 빨아서인지 응우옌의 티셔츠는 목 부분이 해져 있었다. 흰 운동화도 군데군데 닳아 있었다.

그걸 보고 문득 생각했다. 응우옌도 이 도쿄에서 필사적으로 살아가고 있구나. 아니, 나 같은 사람과는 급이 다르다. 응우옌은 말도 습관도 다른 이국의 도시에서 살아가고 있다.

결국 거절하지 못하고 이야기를 들어보기로 했다. 어디 앉을 만한 곳이 없는지 물어보기에 교차로 너머의 어린이공원으로 같이 걸어갔다.

늘 앉는 자리 말고 가로등 바로 아래 벤치에 나란히 앉았다. 습기가 소리를 모두 빨아들이기라도 한 듯 주위는 무척 조용했다. 이런 한밤의 공원에 누군가랑 같이 있다니, 기분이 무척 이상했다.

응우옌은 가방에서 그 종이를 꺼냈다. 논문의 첫 페이지다. 그걸 뒤집더니 기요타가 그린 그림 쪽을 내게 보였다.

"이거 어필리에이트 이야기 맞죠?" 응우옌이 불쑥 물었다. "이런 아르바이트나, 사업이 있어요?"

"어……." 예상 밖의 전개라 당황했다. "뭐, 있는 것 같은데……."

응우옌은 그림을 보고 알아차린 모양이었다. 그러고 보니 그때 응우옌은 우리 근처에서 쓰레기를 치우고 있었다. 기요타의 말이 부분부분 귀에 들어갔을지도 모른다.

"어떤 일이에요? 돈 얼마나 받을 수 있어요?"

질문이 꼬리에 꼬리를 물었다.

"잘 몰라요. 내가 하는 게 아니라서."

"왜요? 위법한 일이에요?"

"그것도 잘은 모르는데……."

나는 그 일의 구조를 나름대로 설명했다. 더듬더듬 설명했는데, 응우옌은 잘 이해한 모양이었다. 다 듣더니 미간에 힘을 주고 "아, 알겠네요" 하고 중얼거렸다.

"그건, 좋지 않은 일이에요."

"그렇죠."

"조금 안 좋은 일도 정말은 하고 싶은데, 하지만……." 응우옌은 잠깐 한숨을 내쉬고 말했다. "사람을 속이는 건 나쁘지요."

여리여리한 어깨를 떨어뜨린 응우옌의 옆얼굴을 보다가 결국 말이 새어 나왔다.

"편의점, 그만두고 싶어요?"

"그렇지는 않아요. 그래도, 돈이 더 필요해요."

"학비 같은?"

"학비는 필요 없어요. 저, 장학생이에요."

"일본어학교?"

"아니요." 응우옌은 살짝 고개를 저었다. "미안해요. 저, 원래는 대학원생이에요. 사람 속이는 건 나쁘다고 말할 자격이 없네요."

"역시, 그렇구나. 그 논문 같은 쪽이 전공이에요?"

"네. 저, 지진을 연구하고 있어요⋯⋯."

그렇게 말하며 응우옌이 밝힌 정체는 내 상상을 훨씬 뛰어넘는 것이었다.

응우옌은 메이토대학 대학원 박사과정 1년 차로, 이학부 지진연구소 소속이었다. 일류 국립대 유학생인 것만이 아니었다. 메이토대학의 국제 장학생 프로그램에 선발되어 매달 장학금을 18만 엔씩 받고 있다. 출신 대학은 베트남의 명문 하노이국가대학으로, 가난한 농촌에서 태어나 고등학교와 대학은 베트남 정부의 특대생으로 진학했다. 고향에서는 신동이라고 불리는 소녀였을 것이다. 하노이에서 지구물리학을 공부하고 지진학의 총본산에서 다시 배우고자 재작년에 일본에 왔다. 연구자가 되는 것이 목표라고 한다.

대학원에서 배우는 데는 일본어가 필요하지 않은 모양이었다. 영어로 들을 수 있는 강의가 많고, 연구소 안에서도 대부분 영어로 소통이 된다고 했다. 일본어는 메이토대학 유학생 대상 일본어 수업에서 배웠단다. 어학 센스라곤 제로인 나와는 한참 달랐다.

뭔가에 홀린 듯이 말 한마디 없이 듣고만 있다가 겨우 한마디 꺼냈다.

"⋯⋯대단하네요."

"대단하지 않아요. 저 아직 논문 한 개도 안 냈어요."

응우옌은 담백하게 말하더니 손에 쥔 종이를 다시 뒤집어 영어로 된 페이지가 내 쪽을 향하게 했다. 가로등 불빛이 P'라는 큼직한 제목을 선명하게 비췄다.

"잉게 레만이라는 사람, 알아요?"

"잘 모르는데, 그 논문 쓴 사람 맞죠?"

"네, 덴마크 여성 지진학자예요. 이미 돌아가셨지만, 내가 동경하는 사람이죠. 이 논문은 그 사람의 역사적인 작업이에요. 1936년 지구 중심에 '내핵'이 있다는 거, 세계에서 처음으로 제창했어요."

"내핵……."

어딘가에서 배운 건 분명한데, 확실히 기억나지는 않았다.

"일본은, 지진이 정말 많아요. 피해도 많고. 그래서 일본 사람은 지구 안쪽에 대해 잘 안다고 생각했어요. 그런데, 틀렸어요. 상세히 아는 사람은 아무도 없어요."

"아, 그럴지도요."

"지면의 바로 아래는……." 응우옌은 발밑의 단단한 땅을 운동화로 밟으며 말했다. "지각이죠. 지구가 달걀이라면, 지각은 달걀껍데기. 얇아요. 그 아래에 아주 두꺼운 암석층이 있는데, 맨틀이에요. 지구의 반지름 정도까지 계속 맨틀이 이어지죠. 거기서 안쪽으로 더 들어가면 코어예요."

"아, 철로 된 부분인가 그렇죠?"

점점 기억이 났다. 지구를 절반으로 쪼갠 단면도가 떠올랐다.

"응, 맞아요. 코어는 두 층으로 되어 있어요. 바깥이 외핵인데, 고온이 금속을 흐물흐물하게 녹인 액체의 층이에요. 안쪽이 내핵인데, 그건 고체의 구예요. 지구의 심이에요."

즉, 지구의 한가운데에는 철의 구로 된 심이 있다, 그걸 1936년에 알았다는 건가. 그렇게 오래된 일이 아니라 놀랐다. 응우옌도 비슷한 이야기를 했다.

"목성에 위성이 몇 개나 있다는 걸 400년 전에 알았어요. 그런데 우리가 사는 지구 안에는 무엇이 있는지 주욱 아무것도 몰랐어요. 인간은 달까지 갔어요. 그런데 우리는 아직 맨틀까지도 못 가고 있어요. 인간이 판 가장 깊은 기록이 지하 12킬로미터예요. 코어 표면의 깊이가 2900킬로미터죠. 코어는 멀어요. 달보다 더. 보이지도 않고, 만질 수도 없어요."

듣고 보니 그렇다 싶다. 그래도, 그럼 어떻게 그런 깊은 곳의 정보를 알게 되었을까? 내 궁금증을 알아차린 듯 응우옌이 고개를 끄덕거렸다.

"그래서 지진학자는 귀를 기울여요." 응우옌은 머리를 옆으로 기울이고, 손바닥을 귀에 갖다 댔다. "이렇게, 지면에 귀를 붙이고."

"네? 거짓말."

무심코 내뱉자 응우옌이 처음으로 미소를 지었다. 그러곤 곧 진지한 얼굴로 돌아와 계속 말을 이었다.

"귀를 기울이면 가끔 파도 소리가 들려요. 지진파예요. 진원에서 출발해 지구 깊은 곳을 지나서 멀리까지 와요. 지각, 맨틀, 외핵, 내핵. 그 경계에서 반사하고, 굴절하고, 지표에 도착해요. 그러니까 정말은, 귀로 듣는 게 아니에요. 지진계예요. 그러면 지진파가 알려줘요. 어디에서, 어디를 지나서, 어느 정도의 시간이 걸려서 여기까지 왔는지. 데이터를 많이 모으면 점점 알게 돼요. 지구 내부 구조가 어떻게 되어 있는지."

그렇구나. 그런 말인가. 이래 봬도 이공학부다. 이미지는 그릴 수 있다.

"그거 그럼 CT 스캔이다. 아니면 초음파 에코려나."

"아, 낫아요. 필 아니요."

"어쨌든 이과니까."

"그랬어요? 그럼 아실 거라 생각해요. 지진파에 P파와 S파가 있죠. S파는 횡파로, 액체에서는 전달이 안 돼요. 외핵을 지나는 코스에서 오는 건 P파뿐으로, S파는 오지 않아요. 그걸 토대로 외핵은 액체라는 걸 알았어요."

"오오……."

솔직히 재미있다고 생각했다.

"잉게 레만은 그 누구보다 계속 귀를 기울인 사람이었어요. 잉게 레만이 유럽에 지진계를 두었는데, 지구 반대편의 남태평양 지진이 많이 잡혔어요. 코어의 한가운데를 지나온 P파였어요. 코어는 전부 액체라는 게, 그게 당시 생각이었어요. 그래도 그 생각으로 잉게 레만의 데이터를 설명하기는 어려웠어요.

그 밖에도 알게 된 게 있었어요. 아무것도 도착하지 않아야 하는 지역에, P파가 도착한 거예요. 정말 희미한 P파였죠. 코어 안에 **뭔가**가 있다…… 그것 때문에 굴절해서 도착한 지진파로 보였어요. 측정을 잘못했다고 말하는 사람도 있었어요. 그래서 잉게 레만은 데이터를 더 많이 모았어요. 그래서 마침내 굉장한 아이디어를 생각해내요. 액체 코어의 한가운데에 고체 부분이 있다, 그렇게 생각하면 데이터는 전부 설명이 된다고."

"그거 꽤 대담한 아이디어네요. 고온으로 절절 끓는 코어가, 또 중심은 딱딱하다는 게."

"네. 그래도 레만은 상식보다 데이터를 믿었던 사람이었어요. 쉬는 날에 데이터를 기록한 종이를 집 마당에 펼치고 그 안에 묻혀 있는 것 같은 사람이죠. 말 없고, 무뚝뚝하고……." 웅우옌이 다시 입꼬리를 살짝 풀었다. "아마, 친해지는 건 좀 시간이 걸리는 사람이었을 거예요."

"그랬구나."

조금은 친근감이 들었다.

"저, 그런 부분도 좋아해요. 여자답지 않다, 여자인 주제에, 어차피 여자니까, 분명히 그런 시대였는데. 데이터만으로 연구자로서 인정받았어요. 정말로 대단하죠."

웅우옌은 다시 논문으로 시선을 떨어뜨리고 제목 부근을 손으로 쓰다듬었다.

"이 논문 제목은 딱 한 글자 P'예요. 코어를 지나온 P파. 진짜 근사한 제목이죠. 레만의 자신감을 보여준다는 생각이 들어요. P'라는 지진파는 내가 제일 잘 알고 있다……. 그렇게 말할 수 있을 정도로 너도 데이터를 마주해라, 제 하노이 은사님은 그렇게 말하고 싶었을 거예요. 그래서 이 논문을 주셨어요."

"아, 이걸 베트남의 선생님이……."

"네. 여기……." 응우옌이 논문 왼쪽 아래 여백에 적혀 있는 베트남어 한 문장을 가리켰다. "선생님의 메시지예요. '마이 님에게, 성공을 기원합니다'."

그런 논문이라면 필사적으로 찾는 것도 당연하다. 이 한 장이라도 찾아서 다행이라고 생각하며 응우옌 본인에 관한 것을 물어봤다.

"지금 코어를 연구하고 있어요?"

"네, 맞아요. 내핵 표면이 어떻게 되어 있는가, 거기서 뭐가 일어나고 있는가, 지진파를 사용해서 조사해요. 그래도 그 얘기를 하면 다들 그게 무슨 도움이 되느냐고 물어봐요. 지진 피해를 막는 연구는 안 하는지."

"아, 그렇겠네요."

그렇게 말하고 싶어지는 마음은 알 것 같았다.

"그래도 저는……." 응우옌은 눈에 힘을 주고 내 쪽을 쳐다봤다. "반대로 묻고 싶어요. 다들, 왜 자기들이 사는 별의 내부를 알고 싶어 하지 않는지. 안쪽이 어떻게 되어 있나 궁금하지 않은지. 표면만 보고 있어봤자 아무것도 모르는데. 저, 그런 것만 생각하느라 잠도 못 자는 아이였어요. 아……."

응우옌은 뭔가 생각난 듯 입을 손으로 가리고 벤치에서 일어났다.

그러고는 논문을 집어넣으며 말했다.

"미안해요. 상관없는 얘기만 했네요. 시간을 많이 써버렸어요. 이렇게 밤늦게."

"아니요, 그건 별로……."

그보다, 부끄러웠다. 표면적인 것만 보고 응우옌이 바보 같다고 생각했던 게, 선입견을 갖고 무시했던 게, 그저 부끄러웠다.

교차로에서 헤어질 때 응우옌이 생각났다는 듯 말했다. "한 가지 더 부탁이 있어요. 오늘 한 얘기, 여기서만 해줄 수 있어요? 그러니까 그 친구한테라든지, 가게 안에서 말하지 않았으면 좋겠어요."

"괜찮은데…… 오늘 한 얘기라면, 어필리에이트?"

"아뇨, 내가 메이토대학 대학원생인 거요. 가게 사람한테는 알려지고 싶지 않아요. 가게에서는 일본어학교 유학생이라고 했어요."

"앗……."

이유를 물어볼 새도 없이 응우옌은 꾸벅 고개를 숙이고 한밤중의 길을 걸어 철로 건널목 쪽으로 멀어져갔다.

*

"자기 인생의 가격이 얼마인지 알아?"

매니저라는 남자가 여학생을 향해 물었다. 내 옆에 앉은 여학생은 머뭇머뭇 고개를 갸웃거렸다.

"두 사람이 내년에 취직하면 금방 알 거야." 매니저는 여학생과

내 얼굴을 번갈아 보더니 손가락을 접어나갔다. "초봉 얼마, 보너스 얼마, 승진하면 얼마, 퇴직금 얼마. 전부 더하면…… 맞아, 그게 두 사람 인생의 가격이야. 이런 말 하면 실례될지 모르지만, 뭐, 그 정도 되는 친구들이랑 금액은 비슷한 수준일 거야."

우리 대학 사회학부 4학년이라는 여학생이 "네, 그건……" 하고, 작게 기어드는 소리로 말하며 끄덕거렸다. 그걸 보고 내 맞은편의 기요타가 빙긋 웃었다.

기요타가 부탁한 두 번째 일은 매니저와 기요타 두 사람이 이 여학생을 흘리는 자리에 동석하는 것이다. 이전에도 들었는데 매니저란 어필리에이터 몇 명을 총괄하는 위치에 있는 사람으로, 기요타는 이 남자에게 제안을 받아 이 일을 시작했다고 했다. 우리보다 몇 살 위인 것 같았는데 아직 20대일 것이다. 턱수염을 기르고 열어젖힌 마 재킷 안쪽으로 체인을 건 게 보였다.

지난번과 같은 카페로, 일요일 점심이 지난 때라서 책을 읽거나 공부를 하며 보내는 이들이 많았다. 옆 테이블에서 잡지를 보고 있던 50~60대쯤 되어 보이는 남자가 슬쩍 내 쪽을 쳐다봤다. 나는 눈을 내리깔고 물을 한 모금 마셨다.

"그래도 난 말이지……." 매니저는 여학생의 눈을 들여다보며 말을 이었다. "학생이라는 인간의 가치가 그 정도라고 생각하지는 않아. 물론, 학생에 대해 아직 잘 모르지. 그래도, 일본의 회사들이 기본적으로 어디를 가나 값을 후려치거든. 즉, 다들 헐값에 일하고 있는 거지."

"아…….."

여학생은 감명받은 얼굴이었다.

"잉여노동이라고, 들어본 적 있어?"

"아니요."

"마르크스는 들어본 적 있지? 마르크스가 한 얘긴데, 노동자는 죄다 임금 이상의 일을 하고, 그만큼 착취당한다는 거야. 이건 사실 노동자들의 숙명인데……."

어떤 의미에서는 대단했다. 기요타하고는 급이 다른 느낌이었다. 진짜인지 거짓말인지 알 수 없는 말들을 쉴 새 없이 퍼부었는데, 단정적인 말투에 위세가 당당해 듣는 사람은 그저 듣고 있게만 된다.

옆에서 냉정하게 들어보면 근거도 맥락도 없는 얘기들이란 걸 금방 알 수 있다. 인터넷 정보를 대충 짜깁기한 게 틀림없다. 그래도 이런저런 것들에 대해 쉬지 않고 확신 있게 주장을 펴는 걸 듣다 보면 '그럴지도 모른다'고 생각하는 녀석들이 분명 있으리라. 그래서 이 남자는 매니저가 된 것이다.

"그러니까 핵심은, 자기 인생의 가격을 다른 사람이 정하게 됐다는 거지." 매니저가 말했다. "그런 건 자기가 정해야 하는 거잖아. 그렇게 생각 안 해?"

"……그렇게 생각합니다."

"오, 인식이 달라졌네." 기요타가 여학생을 바라보며 웃었다. "좋아좋아."

"그러려면 뭐가 필요할 것 같아?" 매니저가 다시 치고 들어왔다.

"경제 지식. 학교에서는 절대로 가르쳐주지 않는 진짜 지식. 리얼한 경제. 실제로 세상은 그걸로 돌아가고 있으니까. 현금을 얼마 받는지, 은행에 얼마나 들어 있는지, 그런 거 말고. 캐시플로를 읽을 줄 알아야지. 그게 바로 투자고."

말 한번 잘한다. 시시콜콜한 얘기만, 줄줄줄이다. 귀에 거슬리는 그 목소리를 한 귀로 흘려들으며 전날 밤에 응우옌이 했던 이야기를 떠올렸다.

편의점에서 응우옌은 불필요한 말은 한마디도 하지 않는다. 손님들에게 상냥하기는커녕, 내ㅠ열에 있는 민ㅜ 제대로 내뱉지 않는다 그런 것들의 필요성을 느끼지 못하는 거겠지.

그래도 말할 가치가 있는 건 확실히 말한다. 모국어가 아닌 말로 천천히, 친절히 들려준 이야기는 무척이나 재미있었다. 치장하지 않은 말로 조리 있게 설명해줘서 쉽게 이해됐다.

말이 많은 건 지성과 아무런 관계가 없다…….

"어이, 호리카와."

기요타의 목소리에 정신이 들었다.

"왜 그렇게 멍하니 있어? 나 전화 한 통 하고 올 테니까. 매니저님은 한 대 태우신다고 하고. 두 사람은 잠깐만 있어." 기요타는 매니저와 함께 일어서며 말했다. "아, 호리카와가 가볍게 얘기 좀 해줘. 교류회 얘기 같은 거."

뭐, 밖에서 작전이라도 짜려는 것이리라. 두 사람이 가게를 나서자 여학생이 한숨을 쉬었다.

"으으, 어째야 할지 진짜 모르겠네요." 여학생은 내 쪽은 보지 않고 덧붙였다. "진짜 괜찮은 건지, 투자나 어필리에이터 같은 거요."

"수상하게 느껴져요?" 일단 물어봤다.

"그건 아닌데, 이런 걸 진짜 일이라고 할 수 있는 걸까요. 프리터ㅍ 리와 아르바이트의 합성어로, 일본에서 유래한 사회 용어보다 나은 것 같긴 한데, 부모님한텐 뭐라고 해야 할지…….."

"음, 취직은요?"

"저, 아직 확정된 게 없어요. 중소기업도 진짜 많이 지원했는데, 한 개도 안 됐어요. 뭐가 문제인지도 모르겠고 매일 울면서 지냈거든요. 그러고 있으니까 지인이 기요타 씨를 소개해주더라고요. 기요타 씨는 그럴 거면 차라리 취업 같은 거 때려치우라고. 부모 눈치 보고, 다들 하니까 하려는 거 아니냐고. 그 얘기 들으니까 또 다 뭔가 싫어지더라고요. 이런 꼴 당하면서까지 뭘 하고 싶었던 건가 싶어서."

위로의 말이라곤 한마디도 나오지 않았지만 어떤 기분인지는 내일처럼 와닿았다. 삼복더위에 면접 정장 입고 구두 밑창 다 해질 정도로 돌아다녀봐야 얻는 건 상처뿐이다. 마음이 약해지지 않는 게 오히려 이상하다.

"이 일, 하기로 한 거예요?" 여학생이 물었다.

"저요?"

어떻게 말해야 할지는 정해져 있었다. 그런데 도무지 고개가 끄덕여지지 않았다.

"그게, 결정했다고 해야 할지…….."

"이공학부랬죠? 이과면 취업 잘 되잖아요. 확정된 거 있죠?"

"뭐……."

"어떻게 생각해요? 진짜 취업을 관둬도 될까요?"

"글쎄요, 저한테 물어보셔도……."

그건 내가 알고 싶을 정도였다. 가령 신이 말해준다면 나도 듣고 싶다. 괴로운 취준생의 삶, 지금 당장 때려치워도 좋다, 그런 거 안 해도 넌 뭐든지 될 수 있다.

"그래도……." 나는 단어를 골라가며 말했다. "취업 같은 거 때려 치워라, 그런 말을 남한테 쉽게 해도 되니? 그런 말을 해도 되는 사람, 그런 말을 할 자격 있는 사람이, 진짜 이 세상에 있는 건가? 뭐, 그런 생각은 드네요."

여학생은 잠시 내 옆얼굴을 물끄러미 바라보더니, "으아아!" 하고 탄식하며 테이블 위로 엎어졌다.

가짜 교류회 얘기 같은 건 도무지 할 수 있는 상황이 아니었다.

결국 여학생은 마지막까지 어중간한 태도를 취하며, "조금만 더 생각해볼게요" 하고는 집으로 돌아갔다. 얘기에 진전이 없어서 다 행히 내가 앞장서서 "사인할게요" 하고 선언해야 하는 상황까지는 이르지 않았다.

매니저는 누군가와 전화로 얘기하며 가게를 나간 뒤 돌아오지 않 았다.

나는 석 잔째인 아이스커피를 빨대로 섞고 있는 기요타를 향해 말했다. "왜, 요전에 편의점에서 알바생이 분실물 봤느냐고 물어봤잖아."

"분실물?" 기요타가 피곤한 듯이 느릿하게 대꾸했다. "아, 그 집 요한 중국인 알바?"

"베트남 사람이야."

나는 응우옌이 대학원생이라는 건 말하지 않고, 간추린 이야기를 전했다. 기요타는 관심 없는 듯 듣고 있다가 다 듣고 나서, "응, 그래서 뭐?" 하고 물었다.

"내가 갖고 있던 건 첫 페이지뿐이라, 다른 페이지를 기요타가 갖고 있지 않을까 싶어서. 그때 다른 거 메모할 때 쓴 거 갖고 있지 않으려나?"

"알 게 뭐야. 기억 안 나. 그나저나 왜 그렇게 친절해? 그 여자한테 관심이라도 있어?"

"뭔 소리야. 그냥……." 나는 기요타 눈을 바라보며 말했다. "중요한 거라니까. 그러니까……."

"아, 미안." 기요타가 손목시계를 쳐다보며 말했다. "나 신주쿠에서 미팅 한 건 더 있거든. 가봐야겠다."

"아, 그래. 논문 한번 찾아봐주고."

기요타는 남은 아이스커피를 빨며 자리에서 일어나더니 "다시 연락할게"라는 말만 남기고 서둘러 자리를 떴다.

기요타를 바라보다가 가게를 나서기 전에 화장실에 들렀다. 볼일을 보고 밖으로 나오니 좀 전에 앉았던 자리에 매니저가 돌아와 있었다. 혼자가 아니었다. 밖에서 합류했는지, 맞은편에 야구 모자를 쓴 남자가 앉아 있었다. 두 사람은 테이블의 서류를 보며 이야기하느라 내가 있는 건 알아채지 못했다. 그대로 모르는 척 밖으로 나가려는데 매니저의 말이 귓속을 파고들었다.

"문제는 기요타야." 매니저가 혀를 차며 내뱉었다. "진짜 제대로 하는 게 없다니까?"

나도 모르게 발이 멎었다. 자연스럽게 칸막이 뒤쪽으로 숨었다.

"슬럼프인가 뭔가 얘기하던데요." 야구 모자가 비웃듯이 말했다.

"그럼 처음부터 슬럼프였게?"

야구 모자는 고객이 아니라 어필리에이터인 모양이었다. 그렇다 해도 기요타가 동료들에게 그런 소리를 듣고 있다니, 생각지 못한 일이었다. 윗사람들한테 기대받는 게 아니었나.

조금 더 들어보고 싶었다. 칸막이 반대편으로 슬쩍 갔다가 두 사람 테이블 쪽으로 다가갔다. 적당한 곳에 자리가 비어 있었다. 칸막이를 끼고 바로 옆자리였다. 엿듣는 걸 들키면 난감하겠지만 매니저가 일어났을 때 엎드려 자는 척하면 될 것이다. 내가 입은 옷 같은 거, 흔해서 기억에 남았을 리 없다.

"좀 전만 해도 그래. 제대로 서포트를 하나, 치고 들어가길 하나. 지 고객이라고요." 매니저의 입에서 불만이 계속 터져 나왔다. "그렇게 미적지근하게 하니까 마지막에 번번이 빠져나가지. 그저 말, 폼. 만능남 **행세.** 재교육 들어가야 하나?"

"그런 놈 교육해봐야 소용없지 않아요?" 야구 모자가 말했다. "옛날부터 말만 번지르르했던 모양이던데.”

“그건 뭔 얘기야?”

“걔, 전문상사 같은 데 취직해서는 들어가자마자 관두고 이쪽으로 왔잖아요? 제 친구 놈 후배가 그 회사에서 기요타랑 동기였더라고요. 걔한테 이래저래 얘기 들었는데, 기요타, 부서에 배정되자마자 상사한테 딱 걸린 모양이던데요. ‘넌 말이 다구나’ 하고.”

“진짜로? 이야, 그 상사 물건이네.”

“기요타 그놈, 옛날부터 요령 하나로 재미 봐온 것 같아요. 공부 같은 건 안 하고, 대학은 수시 전형에, 편한 수업만 골라 듣고, 취업에 유리한 봉사활동 동아리에서 임원 맡고, 알바는 이미지 좋은 걸로, 인턴십에선 내내 헤헤거리고.”

그런 흐름에서 교양 세미나에서도 자원해서 조장이 된 건가.

야구 모자가 계속 이어 말했다. “그렇게 해서 들어간 회사에서 상사한테 한 소리 들은 거죠. ‘사회에 나오면 아무리 실력 이상으로 보이고 싶어도 가면은 곧 벗겨지게 되어 있다, 너 같은 녀석은 서툴러도 한 땀 한 땀 노력해온 사람을 절대 못 이긴다’ 같은. 회사 일 관계로 여러 가지 해먹은 것 같던데요. 할 수 있습니다, 아무 문제 없습니다, 그런 말을 늘어놓고서요.”

“지금이랑 똑같은데?”

“그런 말 듣고 좀 바뀌려나 했더니 적반하장이랄지, 삐져가지고. ‘이 회사, 생각했던 거랑 좀 달라서요’라고 하면서 팩 관둬버렸다더라고요.”

*

인간의 내부도 층 구조와 비슷하다. 지구와 마찬가지로.

딱딱한 층이 있는가 싶으면 그 안에 여린 층. 차가운 층을 파고 들어가면 펄펄 끓는 층. 그런 식으로 층층이 몇 겹으로 이루어져 있겠지. 한가운데의 심이 어떤 것인지는 의외로 본인조차 모를지 모른다. 그러니 다른 사람이 표면만 봐서는 알 수가 없다. 그 사람에게 어떤 일이 있었는지, 안쪽 깊숙이 어떤 것을 감추고 있는지.

그걸 아는 방법이란 게 있기는 할까? 응우옌이 말했듯이, 계속 귀를 기울이고 있으면 안에서 희미한 소리라도 들려오는 걸까? 예를 들어…… 기요타 안에서 들려온 소리는? 깊다고는 할 수 없는 관계 속에서 기요타는 지금껏 나한테 뭘 했고, 뭘 말해왔던가?

밤 11시가 지났다. 기요타한테 메시지가 온 건 두 시간쯤 전이었다. 할 얘기가 있으니 늘 보던 편의점에서 보자더니, 좀 전에 '30분 정도 늦을 것 같다'고 메시지가 왔다.

학교에서 오는 길이라 가방에 노트북이 있었다. 별수 없이 창가 자리에서 노트북을 열었는데 맥락 없는 생각들로 머리가 가득 차 손이 거의 움직이지 않았다.

"파이선이에요?"

느닷없이 등 뒤에서 조그만 목소리가 들려왔다. 청소하러 온 모양인지 행주와 스프레이를 손에 든 응우옌이 화면의 코드를 보고 있다.

"맞아요……."

파이선Python은 프로그래밍 언어다.

"쓰세요?"

"네, 가끔."

응우옌은 그러면서 테이블 위를 닦기 시작했다.

"그거, 대학교 공부예요?"

"아뇨…… 취미로."

"좋은 취미네요. 무슨 프로그램이에요?"

"뭐 로봇 제어 같은."

"로봇?"

응우옌이 되묻더니 청소하던 걸 멈췄다.

나는 상자 로봇을 제작하는 얘기를 조금 했다. 응우옌이 사진은 없느냐 해서 며칠 전에 스마트폰으로 찍은 동영상을 보여주었다. 메일 제목을 읽어주는 로보팩 2호의 영상을 보고 응우옌은 "귀엽다!" 하며 웃어주었다.

"훨씬 더 좋은 취미예요."

응우옌은 다시 청소를 이어가며 테이블 위에 스프레이를 뿌렸다.

"취직도 그런 회사로 알아보는 거예요?"

"네?"

"요전에, 그 친구랑 취직 얘기……."

"아……."

역시 들렸던 건가. 순간 멈칫했지만, 어쩐지 응우옌한테는 거짓말 같은 걸로 나를 포장하고 싶지 않았다.

"아직 결정된 곳이 하나도 없어요. 구직 생활 자체가 갈피를 잃었다고 할지…….."

"왜 안 정해져요?" 응우옌이 미간을 모으며 말했다. "그렇게 재미있는 로봇을 만들 수 있는데."

"이런 건, 그냥 장난감이에요. 다른 사람 하는 거 보고 흉내 낸 거고요."

"흉내 내도 괜찮은 거 아니에요? 왜냐하면…….." 응우옌은 그러면서 유리 너머를 보더니 말했다. "부르고 있어요."

기요타가 유리 너머에 마침 서서 내게 손짓했다.

기요타는 아무 말도 하지 않고 철로 건널목 쪽으로 걸어갔다. 늦어서 미안하다거나 어디로 가자거나 하는 말도 없었다. 발걸음이 느릿한 걸 보니 걸으면서 얘기하자는 뜻 같았다.

"호리카와." 기요타가 입을 열었다. "요전에 봤던 애한테 뭔 말 하거나 그랬어? 사회학부 애."

"응? 무슨 말……."

"걔한테 뭐라고 할 필요 없었는데." 기요타의 목소리에 날이 서 있다. "걔, 취업 준비로 바빠졌다고 오늘 모임 취소했어. 전화해서 캐물으니까 '다른 사람 말 듣고 취업 준비를 그만두는 건 좀 아니다 싶어서요' 그러더라고? 부모님한테 뭔 말이라도 들었나 싶어서 물어봤더니 그 이공학부 학생이 그랬다고, 그게 묘하게 마음에 남았다고 하더라? 도대체 뭔 말을 한 거야?"

그런 건가. 어딘가 마음이 놓이는 느낌에 생각한 대로 말하는 게 어렵지 않게 느껴졌다.

"걔, 아직 취직이 확정된 게 하나도 없다고 하더라고. 괴로워서 갈 피를 못 잡겠다는 애한테 취업 같은 거 다 소용없다, 때려치워라 그러는 건…… 좀 아닌 것 같아."

"뭐? 갑자기 태도를 확 바꾸네?"

"내 책임이면 돈 전부 돌려줄게."

"그런 말을 하자는 게 아니라……." 기요타가 얼굴을 찌푸리며 말을 이었다. "근데 매니저한테 한 소리 들었어. 그 호리카와란 애, 옆에 앉힐 필요 있겠냐고."

"나도 그렇게 생각해. 그러니까 그만둘게."

"호리카와, 너 말이야……." 기요타가 내 쪽을 한 번 쳐다봤다. "가끔 속을 알 수가 없어. 아까 그 편의점 알바도 그렇고, 그 사회학부 애도 그렇고, 이상하게 팔 걷어붙이고 나서질 않나. 도대체 무슨 생각인 건데?"

"나서는 게 아니라 나도 똑같은 입장이야. 다른 사람이랑 말도 잘 못 하고 잘 지내지도 못하고 요령도 없어. 그래서, 뭐 그것 때문만은 아니겠지만…… 나도 아직 확정된 거 하나도 없어."

"뭐, 하나도? 뭐야, 요전에는……."

"미안, 거짓말이었어. 근데 그래서 걔 기분 진짜 잘 알아. 취업 준비를 하는 나 자신이 거지같이 느껴지고 다 관둬버리고 싶은 건 뭐, 이제 일상이야. 실제로 요즘 현실도피 증세가 다분하고. 그런데도 역시 확정된 곳이 하나는 있으면 좋겠어."

확정된 회사의 수를 자랑하고 싶다거나 안심하고 싶다거나, 그런 것 때문이 아니었다. 누군가 한 사람이라도 좋으니까, 한마디라도 좋으니까, 나한테 말해줬으면 싶었다. 너는 너 나름대로 열심히 해왔구나, 하고.

"월급도 변변치 않은 회사에 들어가려고 필사적으로 노력하는 건 나도 똑같아. 그러니 나랑 같은 처지에 있는 사람을 쉽게 볼 수는 없어." 나 자신도 놀랄 만큼 차례차례 말이 흘러나왔다. "나 같은 인간이, 혹시나 취직이 된다고 해도 길게나 갈 수 있을지 모르겠어. 그래도, 내가 회사에서 잘나가지 못한다고 해도, 남한테 취업 같은 거 때려치우라는 소리는 못 할 것 같아. 그래서……."

"나는!" 기요타가 버럭 소리를 질렀다. "난 일 같은 거 어려워서 회사 관둔 거 아니야. 주변 인간들 수준이 한심해서, 그런 놈들 이겨봤자 뭔 의미가 있나 싶어서, 그래서 관둔 거라고."

뒤쪽 건널목에서 경보음이 울렸다. 어느새 우리는 선로 옆길을 걷고 있었다.

"……그래. 그런데……." 말이 좀처럼 떠오르지 않아 에둘러 질문을 던졌다. "그래서 기요타, 넌 지금 이겼어?"

대답은 돌아오지 않았다. 앞쪽에서 열차가 달려와 우리를 지나쳐 갔다.

앞을 뚫어지게 바라보는 기요타의 입술이 조금 움직였다. 열차의 굉음 속에서 귀를 기울였다.

"시끄러워!"

흠칫했다. 그 희미한 목소리는 기요타라는 인간의 안쪽 깊숙이에서 온 것 같았다. 내 짧은 질문이 기요타의 심 근처에서 반사해, 굴절하며 표면에 다다르는 쓸쓸한 소리의 파동波動.

그것이 3년 전의 기억을 불러일으켰다.

"조장, 기억나?" 나는 조용히 말했다. "교양 세미나에서 처음 조를 나눌 때, 기요타가 나한테 말 걸어줬잖아."

"뭐? 갑자기 뭔 소리야?"

그때 적당히 조를 짜라고 해서 학생들이 여기저기서 뭉쳐지는 중에 나는 어디에도 끼지 못하고 느릿느릿 강의실 뒤쪽으로 향했다. 그대로 문밖으로 나갈까 싶었는데, 그때 기요타가 성큼성큼 내 쪽으로 다가왔다.

기요타는 내 이름과 학부를 묻더니 자기 조로 나를 데려가 전부터 알고 지낸 친구인 것처럼 조에 끼워줬다. 그러니까 그건, 기요타의 그 행동만은 연기나 스탠드플레이관중을 의식한 과장된 연기나 동작 같은 종류가 아니었던 것이다.

"그때 어쩌다 내 쪽으로 온 거야?"

"기억 안 나, 그런 거." 귀찮은 듯이 말했지만 기요타는 눈을 내리깔고 말을 이었다. "그래도…… 그런 데 있으면 신경이 쓰인다고 하나. 혼자 서성거리는 애는 없나, 그런. 나 초등학교 때랑 중학교 때, 계속 그런 부류였어서."

기요타는 곧 시시껄렁한 얘기를 했다는 듯한 표정으로 발을 멈췄다. 그러곤 "됐어, 이쯤 하자!" 하더니 역을 향해 혼자 걸어갔다.

그 뒷모습을, 나와 똑같은 고독이 담긴 등을 한동안 바라봤다.

*

메이토대학 지진연구소 건물은 캠퍼스 가장 안쪽, 테니스코트 옆에 뚝 떨어져 있었다.

정면 현관 지붕 밑에서 15분 넘게 서 있었는데도 드나드는 사람이 한 명도 없었다. 도착해서 바로 그 학생 같은 남자를 만난 건 행운이었던 것이다.

그 남학생이 카드키를 꺼내며 이상하다는 듯이 쳐다봐준 덕에 큰맘 먹고 말을 꺼낼 수 있었다. 내 이름과 대학명을 말하고 "박사과정의 응우옌 씨를 만나고 싶은데요" 하고 말했더니, 남학생이 "아아" 하고 고개를 끄덕였다. 그러곤 "잠깐만요" 하는 말만 남기고 건물 안으로 들어갔다.

응우옌이 지금 여기 있는지 없는지, 그건 모른다. 혹시 없으면 남학생이 전해주러 오겠지.

응우옌이 편의점을 그만둔 걸 알게 된 건 어젯밤의 일이었다.

어느 날부터 응우옌이 보이지 않아서 일주일 정도 이런저런 시간대에 가봤는데 역시 보이지 않았다. 더는 기다리지 못하고 명찰에 '점장'이라고 적힌 나이 지긋한 직원에게 사정을 물었다.

점장은 번거롭다는 듯 빠른 말투로 "어떤 응우옌요?" 하고 되물었다. 들어보니 베트남 사람들의 성은 40퍼센트 정도가 '응우옌'으로, 그 가게에도 몇 명이나 '응우옌 씨'가 일했다고 했다. 7월쯤부터 일하던 체격이 작은 여성이라고 하자 "아, 스안 씨? 요전에 그만뒀는데?" 하고 딱 잘라 말했다.

그럴 가능성은 물론 생각해보지 않았지만 이해되지 않았던 건 '스안'이라는 이름이었다. 응우옌의 이름은 분명히 '마이'였다. 점장에게 다시 확인하니 응우옌의 이름은 '응우옌 티 스안'이라는 대답이 돌아왔다. 신분만이 아니라 이름도 가명이었나? 근데 그런 게 가능한가?

햇빛이 내 쪽으로 비쳐와 한 발 안으로 들어섰다. 아직 더위가 물러갈 기미가 없었지만, 해가 기우는 게 확실히 빨라졌다. 8월도 오늘로 끝이다.

응우옌도, 좀 전의 남학생도, 좀처럼 나오지 않았다. 생각해보니 응우옌은 내 이름을 모른다. 약속도 없이 어떤 남자가 갑자기 찾아와 수상해하고 있을지도 모른다.

시간을 확인하려고 스마트폰을 꺼내는데 뒤쪽에서 자동문이 열렸다.

처음 보는 은테 안경을 쓰고 나온 응우옌이 나를 보고 "아아" 하며 눈썹을 치켜뜨고는 이상하다는 얼굴로 무슨 일이냐고 물었다.

느티나무가 늘어선 캠퍼스를 걸으며 응우옌이 말했다. "기다리게 해서 미안해요. 교수님과 이야기를 하고 있었거든요."

"아니요, 제가 불쑥 찾아와서."

그렇게 말하며 가방에서 종이를 두 장 꺼냈다. 그 논문의 2페이지와 3페이지였다.

"이거, 찾아서……." 응우옌에게 종이를 건네며 말했다. "친구가 갖고 있었어요. 남아 있는 게 이것뿐이라 죄송하지만."

"대단해요." 응우옌은 주름을 펴며 종이를 들여다봤다. "두 장이라도 기뻐요."

"좀 지저분한 데다가 뒤에 메모 같은 것도……."

"괜찮아요. 이렇게 가져다주고, 고맙습니다."

이걸 봤을 때는 나도 놀랐다. 지난주의 어느 아침, 연구실에 나갔더니 내 책상 위에 올려져 있었다. 선배 말에 따르면, 내가 도착하기 조금 전에 '호리카와 친구'라며 갈색 머리 남자가 획 들어오더니 내 자리를 물어본 뒤 올려놓고 갔다는 거였다.

구깃구깃하고 뒤에는 전화번호와 함께 '40만'이라는 글자가 쓰여 있었다. 메모한 종이를 구겨 자기 방 휴지통에 버렸던 것이리라. 그걸 기요타가 찾아봤다는 게 정말 의외였다.

그걸 보고 곧바로 기요타한테 메시지를 보내 고맙다고 했다. '읽음'이 되었지만, 답은 없었다. 아마 앞으로도 오지 않을 것이다. 그래도 마음이 놓였다. 무엇에 대해 마음을 놓은 건지는 설명하기 어려웠지만.

우리는 나무 그늘이 드리운 벤치에 나란히 앉았다. 양산을 쓴 여학생들이 우리 앞을 지나갔다.

"편의점, 그만뒀던데." 내가 말했다. "어제 점장님한테 물어봤거든요."

"……네. 지금 다른 편의점에서 일하고 있어요."

"어? 다시 편의점에서?"

좀 더 효율 좋은 일이라도 찾았나 생각했다.

"왜 다시……."

"거기, 이제 틀렸어요. 요전에 지진연구소 원생 한 명이 가게에 왔어요. 내 얼굴은 못 봤다고 생각하지만, 다른 직원한테 물어보니까 가끔 온다고 하더라고요. 아마 가까운 데 살고 있겠죠."

"……아."

응우옌이 뭔가 위험한 일에 손대기라도 한 게 아닌가, 갑자기 걱정이 됐다.

"이상한 질문인데, 이름이 '마이' 맞죠? '응우옌 티 스안'은 혹시 가명이에요?"

"아아, 그것도 물어봤어요? 네, 제 이름은 '응우옌 티 마이'예요."

"괜찮은 건가요, 가명 같은 거 써도?"

"괜찮지 않아요." 응우옌이 별수 없다는 듯 미소를 지었다. "그래도, 들키지는 않을 거예요. 가게에 보여준 비자하고 증명서, 전부 진짜거든요. 그리고 '응우옌 티 스안'에 대해서는 누구보다 잘 알고 있어요. 제 여동생이니까요."

"여동생? 일본에 있어요?"

"네. 같이 살고 있어요. 일본어학교에 다녀요."

"그럼 여동생 대신 일하는 거예요?"

"스안은 다른 아르바이트를 매일 열심히 하고 있어요. 저도 스안이름하고 서류를 빌려서 아르바이트를 하고 있고요. 우리는 얼굴이똑같이 닮아서 사진으로는 몰라요." 응우옌이 안경을 살짝 올려 썼다. "여동생은 콘택트렌즈라 이건 벗어요."

"근데 왜 이름 같은 거 빌리고 그러는지……."

"메이토대학 국제 장학생 프로그램은, 아르바이트 금지예요. 룰을깨면 패널티가 있어요. 거기다 베트남 사람의 인상이 안 좋아지겠죠. 베트남 후배들한테 피해도 주고요. 그래도 저, 돈이 더 필요해요.장학금으로는 부족해요."

"혹시, 여동생 때문에?"

"……맞아요." 응우옌이 고개를 끄덕이며 말했다. "스안은 옛날부터 옷을 좋아해서, 언젠가는 패션 일을 하고 싶다고 했어요. 제가 일본에 왔으니까, 동생도 일본에 와서 복식 전문학교에 가겠다고 생각했나 봐요. 그러려면 먼저 일본어학교에 들어가야 해요. 유학 비자로 입국하기 위해서 스안은 베트남 알선업자를 썼어요. 안 좋은 업자였죠. 일본에서 공부하며 일해서 돈 갚으라고, 그렇게 말해서 빚을 많이 냈어요. 1년 치 학비하고 수수료, 120만 엔이에요."

"아……."

안된 일이었지만, 자주 듣는 이야기다 싶었다.

"먼저 상의해줬으면 좋았을 텐데." 응우옌이 고개를 살짝 가로저으며 말을 이었다. "올봄, 스안이 여기 온 다음에 이 이야기를 들었어요. 여동생이 아르바이트를 열심히 해도, 제가 열심히 아낀다고 해도, 일본어학교 내년 학비를 낼 수 없어요. 이대로라면 여동생은 베트남에 돌아가야 하고 빚만 남아요. 그래서 저, 일하기로 한 거예요."

"그래도, 공부라든지 연구라든지 힘들지 않아요?"

"밤에는 아르바이트라서 아침 일찍 학교에 와요. 5시나 6시에."

"잠잘 시간이 전혀 없는 거잖아요."

"그 정도는 괜찮아요." 응우옌은 턱을 들고 먼 곳을 보듯 눈을 가늘게 떴다. "저, 일본에서 좋아하는 거 하고 있으니까. 가족을 위해서도 아니고, 나를 위해서예요. 만약 회사에서 일했다면 동생, 이렇게 고생 안 시켰을 텐데."

내가 처음 만났을 때의 응우옌은 일 하나 변변히 못하는 편의점 직원이었다. 그 얇은 표면 밑에는 우수한 대학원생이라는 본래의 모습이 있었다. 그리고 그 한가운데에는 베트남 농촌에서 자란, 가족을 위하는 응우옌이 들어차 있다.

예상과 다른 것투성이다, 이건 틀린 말이다. 깊이 알면 알수록 그 사람의 또 다른 층이 보이는 건 오히려 당연한 일이다. 지금은 그걸 잘 안다.

응우옌은 입을 손으로 가렸다. 작게 하품을 하는 입에서 후훗, 하는 웃음소리가 흘러나왔다.

"그런 거 말하니까 졸리네요. 9월에 학회가 있어요. 그 준비 때문에 바빠서요."

"연구 발표를 하는 거예요?"

"네. 이번에 해석한 데이터로 처음 논문을 쓸 수 있을 것 같아요."

"대단하네요."

"그래도 해석 방법은 교수님이 알려준 방법이라, 제 연구는 그 흉내에 불과해요." 그러더니 응우옌은 뭔가 생각났다는 얼굴로 나를 쳐다봤다. "맞아, 연구도 사람 흉내에서 시작이에요. 과거의 연구, 누군가의 방법, 많이 공부하고 똑같이 해봐요. 잘 안 되는 부분, 더 잘하고 싶은 부분, 반드시 생겨나요. 그러면 궁리하죠. 그렇게 해서 조금씩 진보해요. 정말 조금씩요. 당신 일도 똑같죠?"

"제 일요?"

"상자 로봇이요."

"아······."

응우옌은 지금 편의점에서 하던 이야기를 이어가고 있는 거다.

"자랑스러움, 가져주세요. 대단한 아이디어 없어도 성실하게 공부하고, 꾸준하게 연구하고, 조금씩 좋은 걸 만들죠. 일본이라는 나라를 만든 사람들은 그런 사람들이에요. 말만 번지르르한 사람, 요령만 부리는 사람이 아니에요. 아닌가요? 우리 베트남 사람은 그렇게 생각하고 있어요. 배우고 싶다고 생각해요."

스스로도 이상할 정도로 가슴이 뜨거워졌다. 고도 경제 성장기 시절의 기술자도 아니면서.

"저, 취업 준비하던 거 다시 시작했어요. 내일 면접이 있어요."

실로 오랜만의 2차 면접이다. 도쿄에서 가까운 편인 이바라키현에 있는 기계부품 회사다. 규모는 작지만 재미있는 기술을 독자적인 기술로 보유하고 있다.

"상자 로봇 얘기, 한번 해볼까."

"동영상도 보여주세요."

"그건 좀…… 뭐, 그쪽에서 보고 싶어 하면 보여줄 수 있지만."

"보고 싶어 하지 않는 회사는 문제 있어요."

일본 취업 사정을 모르고 하는 말이었지만 기분이 상하거나 하지 않았다. 오히려 훌훌 털어버리는 기분이었다.

"이런 계절." 나는 고개를 들고 말했다. "이제 그만 지나갈 때도 됐는데. 8월도 끝이고."

"저는……". 응우옌이 고개를 들어 하늘을 바라본다. "빨리 겨울이 왔으면 좋겠어요."

"겨울이 좋아요?"

"싫어요. 베트남 사람이라니까요." 응우옌이 쿡 웃으며 말을 이었다. "눈이 보고 싶어요. 조금 오는 건 작년에 봤어요. 제대로 쌓인 눈이 보고 싶어요."

"아, 눈."

"혹시 알고 있어요? 내핵에도 눈이 내려요."

"네?"

"물론 본 사람은 없어요. 가설이에요."

응우옌은 두 손을 들어 동그란 구 모양을 만들었다.

"내핵은 지구의 안에 있는 또 하나의 별이에요. 크기는 달의 3분의 2 정도로, 열방사 빛을 제거하면 은색으로 빛나는 별이죠. 그런 것이 액체의 외핵에 싸여서 떠 있어요. 그 별 표면은, 전부 빽빽한 은빛 숲이에요. 높이 100미터나 되는 철로 된 나무숲이죠. 정체는 나뭇가지 모양으로 뻗은 철 결정結晶이에요.

그리고 그 숲에는 은빛 눈이 내릴지 몰라요. 그것도 철 결정의 작은 조각들이요. 외핵 밑부분에서 액체 철이 얼어서 생기는 거예요. 그게 내핵 표면으로 떨어져요. 천천히, 조용히, 눈처럼."

그 환상적인 광경이 눈앞에 있는 듯이 응우옌은 하늘을 올려다보았다.

"철 눈은 그다음에 어떻게 돼요? 다시 녹거나 하나요?" 나는 궁금해하며 물었다.

"쌓여요. 쌓이고 단단해져서 조금씩 은빛 별이 커지는 거죠."

"어? 내핵이 커지고 있는 거예요?"

"네. 지구가 아직 어릴 때, 내부는 지금보다 뜨거웠어요. 코어가 전부 녹아 있었어요. 지구가 점점 식어서 한가운데가 굳기 시작한 게 내핵의 탄생이에요. 아마, 10억 년 전보다는 최근 일일 거예요. 그때부터 조금씩 성장해서 지금 크기가 된 거죠."

지구 중심에 쌓이는, 철의 눈…….

내 안에도 심이 있다면, 거기에도 뭔가 내려서 쌓이고 있을까? 조금씩이라도, 심이 커지고 있을까?

응우옌은 얄팍한 턱을 가볍게 들어 다시 하늘에 시선을 보냈다. 그러곤 살짝 눈을 감았다.

"저, 연구 더 열심히 해서 듣고 싶어요." 응우옌이 조용히 말했다.

"은빛 숲에 내리는 은빛 눈의 소리."

"……아."

나도 귀를 기울여보자. 말은 잘 못 해도 귀는 기울이고 있자. 그 사람의 깊은 안쪽에서 뭔가가 조용히 내리며 쌓이는 소리를 들을 수 있게.

응우옌의 옆에서 나도 하늘을 올려다봤다.

8월, 내내 가슴에 틀어박혀 있던 열기를 은빛 눈이 식혀준다.

평소보다 조금 가벼워진 바람이 뺨을 쓰다듬었다. 어딘가에서 애매미 울음소리가 들려왔다.

여름의 끝이 바로 눈앞에 와 있었다.

海へ還る日

바다로 돌아가는 날

나는 이제 흑등고래와 나란히 헤엄치고 있다.

이건 조금 전에 빼도 박도 못할 그 고래다.

나와 함께 바다로 돌아가 다시 헤엄치기 시작할 것이다.

양복 입은 중년 남자가 날 보며 혀를 찼다.

내 앞의 문으로 타다가 가호가 탄 유모차 바퀴에 발이 걸린 것이다. "죄송합니다"라고 사과하며 유모차 손잡이를 내 쪽으로 힘껏 끌어당겼다.

승객들이 차량 안쪽으로 밀려 들어가며 나와 딸아이에게 싸늘한 시선을 보냈다. 걸리적거리네. 얼른 접지 않고? 상식 없는 여자구먼. 눈에서 그런 말들이 쏟아져나왔다.

문이 닫히고 전철이 움직였다.

콩나물시루까지는 아니었지만 어깨나 팔이 부딪칠 정도로, 비집고 들어갈 틈이 거의 없다.

바로 옆에서 스마트폰을 하던 검은 마스크를 쓴 젊은 사람이 다시 내 쪽을 쳐다봤다. 전철이 흔들릴 때마다 유모차가 다리에 닿는 게 마음에 안 드는 모양이다. 짜증이 느껴지는 손놀림으로 스마트폰에 뭔가를 입력한다. 아침부터 유모차 뭐야, 짜증나게? 그 비슷한 한 문장이 머리를 스쳤다.

가호가 칭얼대기 시작했다. 주머니에서 라무네포도당이 함유된 청량음료로 정제 타입도 있다 한 알을 꺼내 입에 넣어줬다. 그 정도로는 기분이 좋아질 리 없었지만 잠깐은 입을 다물고 있어준다. 이윽고 전철이 브레이크를 밟으며 게이세이타카사고역으로 진입했다. 울고 싶어졌다. 플랫폼에 사람이 그득했다.

일단 내릴까. 그 뒤로 내가 와서 다음 걸 올 기다렸다가 타는 건 더 어려울 텐데. 서둘러 유모차 벨트를 풀고 가호를 한 손으로 들쳐 안고, 다른 손으로 되는대로 유모차를 접었다.

문이 열리고 몇 명이 내리자마자 문 옆의 빈 공간으로 자리를 옮겨 딸을 제 발로 서게 했다. 하지만 역시나, 그 즉시 "안아줘!" 하며 울기 시작했다. 할 수 없이 다시 안아 올렸다. 플랫폼에서 승객이 밀려 들어와 순식간에 옴짝달싹 못 하게 됐다.

전철이 다시 움직였다. 어쩌나. 가호는 33개월, 13킬로그램이다. 한 팔로 딸을 안고, 다른 팔로 유모차를 붙잡고 앞으로 20분. 버틸 수 있는 시간이 아니었다.

이제는 "내릴래!" 하며 다리를 버둥거리던 가호의 신발이 여자 승객의 재킷을 건드렸다. 보란 듯이 그 부분을 몇 번이나 손으로 터는 여자. 다시 "죄송합니다" 하며 고개를 숙였다.

팔이 저려왔다. 아이를 데리고 통근 시간대 전철을 타는 쪽이 나쁘다. 그런 정도는 나도 안다. 그래도 이 시간 말고는 병원 예약이 힘들었다. 원래는 한 시간 일찍 나서려고 했는데 가호가 일어나서 계속 칭얼대는 바람에 나오기까지 한참 걸렸다.

아, 한계다. 팔 힘이 다 빠졌다. 가호의 몸이 점점 흘러내렸다. 그게 싫은지 가호가 대차게 울어젖혔다. 사방에서 시선이 날아들고, 내 눈에도 눈물이 고였다.

그때 갑자기 뒤에서 누군가가 팔꿈치를 붙잡았다. 놀라서 고개를 돌리니 문 옆 손잡이가 있는 자리에서 회색 머리 여자분이 반쯤 일어나 있었다.

"여기 좀 앉아요."

"아……."

망설이고 있는데 그분은 아예 일어나서 "잠깐만요, 미안합니다" 하며 주변 승객들을 헤친 다음 유모차를 잡고 내 팔을 끌어 결국 자리에 앉혔다.

"고맙습니다." 가호를 무릎에 앉히며 말했다.

관자놀이에 땀이 흘렀다.

여자분이 내 앞에 섰다. 유모차 손잡이를 내맡긴 걸 그제야 알아차리고 황급히 손을 뻗었다. 여자분은 "괜찮아" 하며 고개를 저었다.

"전철, 너무 힘들지?"

"감사해요, 정말로……."

체구는 작지만 자세가 좋았다. 좀 전의 몸놀림도 민첩했다. 그렇긴 해도 나이는 일흔 전후로 보였다. 그런 분한테 자리를 양보받다니, 죄송할 따름이었다.

"어디까지 가지?"

"우에노역이요."

"아, 나랑 같네."

그때 다시 가호가 칭얼댔다. 라무네를 한 알 더 주려는데 몸을 비틀며 거부하고는 "이제 내릴래!"를 외치며 울기 시작했다.

"꼬마 아가씨, 이것 좀 볼까?" 여자분이 가호 눈앞에 컬러풀한 작은 종이를 두 장 내밀었다. 한쪽은 고래, 다른 한쪽은 돌고래가 그려진 사랑스러운 스티커였다. "뭐가 좋아?"

가호가 울음을 뚝 그쳤다. 눈앞의 얼굴과 스티커 두 장을 잠시 들여다보더니 고래 쪽으로 손을 뻗었다.

"고래가 좋아?" 여자분이 가호에게 고래 스티커를 주며 물었다.

"……좋아." 가호가 작은 목소리로 대답했다.

"날마다 보는 어린이 방송에 고래 노래가 나와서." 내가 설명했다. "최근에는 노래라면 그 노래만 불러요."

"그래? 어떤 노랠까? 한번 불러볼래?"

가호는 부끄러운 듯 고개를 저었다.

여자분은 빙그레 웃었다. "꼬마 아가씨, 이름이 뭐지?"

"……**노우라** 가호."

"아, 성이 노무라예요. 아직 **무**를 못 해서." 내가 말했다.

"가호구나? 할머니 손녀 중에도 가호가 있어. 벌써 고등학교 언니지만. 어떤 한자 쓰려나?"

"과실 '가果'에 이삭의 '호穗'예요."

"우리 손녀는 여름 '가夏'에다 돛단배의 '호帆'. 가호 아가씨, 그럼 이것도."

여자분은 돌고래 스티커도 가호의 손에 쥐어주었다.

"고맙습니다, 정말 여러 가지로."

특별할 것 없는 이야기를 이어가는 사이에 전철이 종점인 우에노 역에 가까워졌다. 여자분이 가방에서 다시 종이를 한 장 꺼냈다.

"우에노 자연사박물관에서 지금 이런 걸 하고 있거든."

건네받고 보니 팸플릿이었다. 고래를 둘러싸듯이 돌고래와 범고 래, 물범이 헤엄치고 있다.

"바다의 포유류전…… 행사인가요?"

"응, 특별전. 이달 말까지 하거든. 첫날 온 아이들한테는 그 스티 커를 줬지." 여자분은 그렇게 말한 뒤에 가호의 얼굴 쪽으로 자신의 얼굴을 가져갔다. "박물관에 가면 커다란 고래 모형도 있고, 진짜 고 래 뼈도 볼 수 있어. 정말정말 커서 진짜 깜짝 놀랄걸?"

벤치에서 주먹밥을 다 먹자마자 가호가 분수 쪽으로 다가갔다.

목을 빼고 안을 들여다보지만 물을 만지려고는 하지 않고 '어떡 하지?' 하는 얼굴로 내 쪽을 돌아본다. 겁이 많고 좀처럼 적극적으로 나서지 않는 게 어쩐지 나를 많이 닮은 것 같다.

딸아이와 우에노공원까지 온 건 처음이었다. 5월의 햇살에 이끌 려 나온 사람들이 여기저기서 점심을 먹고 있다. 옆 벤치에 앉은 엄마와 아이는 손수 싸 온 도시락을 펼쳐놓고 있지만, 병원에 왔다 집에 가기 전에 잠시 들른 우리 모녀는 편의점 주먹밥과 샌드위치로 만족해야 했다.

다행히 검사 결과는 이번에도 걱정이 늘 정도는 아니었다.

가호는 선천적으로 심장의 판막이 약간 어긋나 있어 반년에 한 번 경과를 보기 위해 검사를 받고 있다. 심각한 정도가 아니라 지금은 치료할 필요가 없다고 한다. 이대로 잘 자라준다면 아무런 지장 없이 일상생활을 할 수도 있다. 그래도 혹시 어긋남이 심해지거나 하면 수술해야 할지두 모른다.

반년마다 찾아오는 이 불안을 같이 나눠줄 사람은 아무도 없다. 혹시 나눌 수 있다면 마음이 조금이라도 가벼워질지 어떨지, 그것조차 모른다.

검사를 받는 대학병원 소아순환기과에서는 훨씬 심각한 병을 가진 아이들을 많이 보게 된다. 오늘 대기실에 있던 여자아이는 가호보다 어리다는데 벌써 두 번이나 큰 심장 수술을 받았다고 했다. 옆에 있던 다른 아이 엄마와 그 이야기를 나눴다. 태어난 지 얼마 안 되는 아기가 몸에 수많은 줄을 달고 처치실로 이동하는 걸 본 적도 있다. 그래서 대기실의 기다란 의자에서 차례를 기다리고 있으면 늘 한 가지 생각에 사로잡히고 만다.

왜 내가, 나 같은 사람이, 건강한 몸을 갖고 태어났을까.

나의 의식은 거기서 우주로 날아가고, 망상이 머릿속을 가득 채운다.

이 세상을 만든 신이라는 존재가 있다면.

그인지 그녀인지인 그 신은 하나하나의 생명 같은 것은 괘념치 않을 것이다. 개개의 생명에 일일이 운명을 설정하거나 이리저리 개입하거나 그런 귀찮은 일을 할 리 없다. 우리는 우연히 태어나 우연히 터지는 물방울들이다. 신은 다만 우주의 한구석에서 무수한 물방울들이 떠올랐다가 사라져가는 것을 무표정하게 바라볼 뿐이다.

또는, 역시 신 같은 건 없는 거다.

어느 틈엔가 가호가 내 옆으로 돌아와 벤치 위로 기어오르려고 했다.

"이제 어쩌지?" 나는 혼잣말처럼 중얼거렸다.

"함머니 집, 갈래."

"거기 가도 아무도 없어. 할머니는 천국 갔잖아."

돌아가신 건 작년 11월이다. 나도 같이 살았던 그 아파트에는 벌써 다른 사람이 살고 있을지도 모른다.

"지바 함머니 아니야. 도쿄 함머니."

"어……?"

'도쿄 함머니'는 헤어진 남편의 어머니다. 가호 얼굴을 꼭 좀 보고 싶다고 해서 지난 설에 2년 만에 만났다. 셋이 패밀리 레스토랑에서 식사했는데, 가호는 '함머니'가 또 한 명 있다는 걸 알게 돼서 정말 좋았던 모양이다.

"갑자기는 안 돼. 다음에."

딸애가 불쑥 이런 이야기를 하는 건 오늘 아침에 전철에서 만난 그 여자분 때문인지도 몰랐다. 편의점 비닐봉지에 쓰레기를 담아 가방에 쑤셔 넣다가 그분이 준 팸플릿에 손이 닿았다. 꺼내서 펼쳐보는데 가호가 고개를 들이밀었다.

"그럼 고래 볼래."

국립자연사박물관은 이 공원 안에 있었다. 초등학교 때 체험 학습으로 딱 한 번 가본 적이 있다. 팸플릿의 지도를 살펴보니 우리가 있는 곳에서 바로였다. 나무들 너머로 박물관 비슷한 건물이 보였다. 그분 말을 듣고 박물관 앞에 커다란 고래가 있다는 게 떠올랐다. 그래, 그거라도 보여주면 되겠지. 가호의 손을 잡고 유모차를 앞으로 밀며 걸었다.

나무들이 늘어선 길을 따라 고풍스러운 벽돌 건물 쪽으로 걸었다. 이윽고 건물 바로 왼쪽에 거대한 푸른 몸의 일부가 보였다. 건물 정면에 다다르자 가호가 "아, 고래다!" 하고 소리치며 폴짝폴짝 뛰어갔다. 종종걸음으로 그 뒤를 쫓아갔다.

고래 근처에 다다른 가호는 위를 올려다보며 "정말 크다! 정말 크다!"를 되풀이했다.

정말로 박력이 넘쳤다. 적힌 설명에 따르면 몸길이 30미터의 실물 대모형이다. 막 물속으로 잠수하려는 순간인지 머리를 아래쪽으로 한 몸이 대각선을 그렸고, 꼬리 부분이 휘어져 있었다. 수염이나 몸의 모양까지 세세하게 재현되어 무척 실감 났다.

"대왕고래래." 설명을 보고 가호에게 말해줬다. "동물 중에서 제일 크대. 아기 고래도 7미터. 와! 엄마보다 몇 배나 크다."

잠시 고래를 보다가 "이제 그만 가자" 했더니, 가호는 "안 가, 진짜 고래 볼 거야" 한다.

"진짜 고래는 못 봐. 깊은 바다에 가야 볼 수 있어."

"아냐, 있어. 진짜 있다고 그랬잖아."

"아아." 뭘 말하려는지 알 것 같았다. "뼈 말이야? 뼈는 안 움직이는데, 그래도 볼 거야?"

"볼 거야."

가호는 고개를 힘차게 끄덕거렸다.

벽 전체에 바닷속 영상이 펼쳐지고 있는 어두운 공간을 지나자 확 트인 전시 공간이 나왔다. '바다의 포유류전'의 메인 전시장이다.

제일 먼저 눈에 들어온 건 들어오는 손님들을 향해 입을 벌려 이를 보이고 있는 고래 머리로, 향유고래의 두부頭部 실물 대모형이란다. 통로 건너편에는 내 키의 두 배 정도 되는 물범의 박제가 전시되어 있다. 남방코끼리물범이다. 그걸 본 가호가 "무서워!" 하며 내 다리를 꽉 붙잡았다.

평일이라서인지 손님이 그리 많지는 않았다. 가족 단위보다는 친구나 학생 커플들이 눈에 띄었다. 사람이 몰려 있는 곳은 없어서 가호 손을 놓아도 괜찮을 듯했다. 물개, 바다코끼리, 해달 등의 박제를 보고 진행 방향을 따라 돌면서 '고래의 세계'라고 쓰인 전시 코너로 들어섰다.

"여기서부터 고래 코너래." 가호에게 말해주었다.

"고래 아니야. 돌고래야."

가호를 따라 커다란 모니터를 올려다보니 돌고래 무리가 헤엄치고 있었다. 그 옆에 장식된 골격 표본 몇 개도 돌고랫과인 큰돌고래와 범고래라고 되어 있다.

안내판의 설명에는 큰돌고래도 범고래도 분류학적으로는 같은 '고래'라고 되어 있었다. 소형 이빨고래를 편하게 '돌고래'라고 부르는 것이라고.

그걸 설명해주려는데 가호가 "고래, 있다!"라고 소리치며 뛰어갔다. 거대한 고래 모형과 전신 골격이 천장에 나란히 걸려 있다. 가호는 바로 밑에 가 서서 그것들을 올려다보고 다시 "정말 크다! 정말 크다!" 하고 소리쳤다. 안내판에 따르면 실물 대모형은 혹등고래, 전신 골격은 향유고래로, 몸길이는 둘 다 10미터 이상이다. 통로 옆 전시대에는 어린 대왕고래의 두개골도 놓여 있었다.

"하마는 왜 있는 거야?" 가호가 당찬 목소리로 물었다.

손가락으로 가리켜서 보니 벽에 있는 커다란 안내판에 가호가 말한 대로 하마 사진이 크게 프린트되어 걸려 있었다.

안내판에 쓰인 제목은 '바다로 돌아간 포유류'이다. 그 밑에는 의외의 내용이 적혀 있었다. 고래와 하마가 무척 비슷한 동물이라는 것. '경우제목鯨偶蹄目'이라는 익숙하지 않은 그룹이 낙타, 멧돼지, 소 등의 계통으로 진화해나가는 과정에서 하마와 고래가 마지막에 나뉘었다는 내용인 듯했다. 그러고 보니 둘 다 물속에 산다는 공통점이 있었다.

5000만 년 전, 물에 들어가게 되었다는 고래 조상의 골격 표본도 전시되어 있었다. 복원 그림만 보면 '파키케투스'라는 이름의 그 네 발 동물은 고래와도, 하마와도 닮지 않았다. 그것보다는 오히려 머리가 큰 개와 비슷하달까? 파키케투스의 자손 중 바다에서의 삶을 특히 좋아했던 한 무리가 끝내는 육지로 돌아오지 않았다는 것이 되려나……

그때부터 30분 정도 가호는 전시물 사이를 왔다 갔다 하며 돌아다녔다. 역시나 피곤해졌는지 이제 못 걷겠다고 해서 유모차에 태워 출구로 향했다. 그런데 출구 바로 앞에서 발이 멈췄다. 시선 끄트머리로 고래 그림이 휙 들어왔다.

전시장의 구석진 공간이 갤러리로 꾸며져 있었다. 사진이 아니라 그림이라 뭔가 싶어서 맨 앞쪽에 걸린 단정한 액자 쪽으로 다가갔다. 액자에 담긴 그림은 폭이 30센티미터 정도였다. 수채화일까? 옆에서 본 고래의 몸이 놀랄 정도로 세밀하게 그려져 있다. 작은 글자로 쓰인 '브라이드고래', 그리고 학명인 듯한 알파벳.

안쪽으로 들어서니 손님은 몇 명뿐이었다. 벽에 걸린 것은 전부 고래와 돌고래 그림이었다. 밍크고래, 귀신고래, 북극고래. 돌고래로는 큰돌고래, 아마존강돌고래, 흑범고래. 그림체가 비슷한 걸 보니 같은 화가의 그림들인 것 같았다.

벽의 중간쯤에 사이즈가 좀 더 큰 그림이 있었다. 대왕고래.

박력 면에서는 물론 건물 앞의 거대한 모형에는 미치지 못했다. 선명함도 사진에는 뒤질 것이다. 그런데도 보면 볼수록 눈을 뗄 수가 없었다. 그려진 것을 속속들이 확인하고 싶어졌다. 모두 아름다운 그림들이지만 미술관이 아니라 박물관이라 어울리는 그림이라는 느낌이 강하게 들었다. 왜일까? 왜…….

그때 대각선 뒤쪽에서 남녀가 이야기하는 소리가 가까워진다 싶더니 "어머, 왔네!" 하는 목소리가 들려왔다. 뭔가 싶어 돌아보니 오늘 아침 전철에서 만난 여자분이 서 있는 게 아닌가.

"아! 전철에서는 감사했습니다…….

상황 파악은 못 한 채 눈을 끔벅거리며 꾸벅 인사부터 했다.

"바로 모디 쇠있네."

여자분은 그렇게 말하고는 옆에 있던 넥타이 맨 남자분과 몇 마디로 이야기를 마무리했다. 두 사람 다 목에 직원 명찰을 걸고 있었다. 박물관 직원인 것이다. 여자분이 혼자 내 쪽으로 다가오기에 내가 먼저 말했다.

"여기 분이셨네요."

"여기라고 해도 벌써 오래전에 정년퇴직이라, 지금은 위탁으로 계속 일하는 거야."

그러면서 손으로 잡아 보인 직원 명찰에는 '동물연구부 (위탁) 미야시타 가즈에'라고 쓰여 있었다. 경험이 풍부해서 정년 뒤에도 계속 일을 부탁받으시는 건가? 내 마음대로 상상했다.

"이런!" 미야시타 씨는 유모차에 탄 가호를 내려다보며 싱긋 웃었다. "잠들었네."

"자요?" 옆으로 들여다보니 쌕쌕거리는 게 보였다. "진짜네. 언제 잠들었지?"

"낮잠 잘 시간인가? 가호한테는 이런 그림 지루할 테지."

"저는 완전히 몰입했어요."

다시 한번 대왕고래 그림을 바라봤다. 미야시타 씨가 내 옆으로 와서 "아, 이거?" 하고 조용히 말했다.

"이 그림은 제일 힘들었어. 이러니저러니 해서 완성까지 1년이나 걸렸네."

"네?" 나는 그만 놀라서 미야시타 씨를 쳐다봤다. "그럼 여기 이 그림들……."

미야시타 씨가 후후 웃으면서 고개를 끄덕였다. "맞아, 내가 그린 그림."

"화가, 이신 거예요?"

"아니, 그런 대단한 건 아니고." 미야시타 씨가 손사래를 치며 말했다. "박물관 선생님들 보조로 이것저것 하는 중에 어쩌다 이런 생물화를 그리게 됐네."

"생물화…… 연구용 그림인가요?"

"응, 학술적인 자료나 책에 사용되는 그림이야. 여기 고래 그림들은 원화고."

미야시타 씨는 반대편 벽을 가리키며 그쪽으로 다가갔다. 그 벽에는 대형 포스터가 걸려 있었다.

"와!" 나도 모르게 감탄사를 내뱉었다.

'세계의 고래'라는 제목대로 크고 작은 고래들, 돌고래들이 포스터를 가득 채우고 있다.

"몇 종류나 되나요?"

"83종."

"83……."

나는 숫자를 소리 내어 말하며 다시 벽을 죽 돌아보았다. 여기 전시되지 않은 원화가 수십 개나 더 있다는 뜻이었다. 그만한 그림을 완성하는 데 도대체 몇 년이 걸렸을까? 다시 포스터를 바라보는데 포스터 옆 안내판에 미야시타 씨에 대해 적혀 있는 글이 눈에 들어왔다.

'본 박물관의 동물연구부 비상근 직원으로 소동물 및 곤충 표본 제작 등을 담당하며 뛰어난 그림 실력을 살려 출판물용 생물화를 그려왔다. 그중에서도 본 박물관에서 발행한 〈세계의 고래〉 포스터는 사진 및 계측치를 토대로 83종의 고래를 정밀하게 그린 미야시타 씨의 대표작이다. 높은 학술적 가치를 지닌 자료로 세계 각국의 연구, 교육 현장에서 널리 활용되고 있다.'

나는 기죽는 듯한 느낌을 받으며 미야시타 씨의 옆얼굴을 들여다봤다. 친절한 어른. 일 잘하는 베테랑 직원. 그런 이미지가 더욱 또렷한 색으로 다시 칠해졌다.

"고래랑 돌고래가 특히 그런데……." 미야시타 씨가 내 옆에서 말했다. "물속에서 딱 옆을 보고 있는 사진이란 게 웬만해선 찍기 어렵잖아. 그래서 이런 생물화가 아주 요긴한 거지."

"아, 그렇겠네요."

미야시타 씨는 나랑 눈이 마주치자 장난기 가득한 미소를 지어 보였다.

"이 포스터, 박물관 기념품숍에서 팔아. 마음에 들거든……."

"어, 정말요?"

"이건 초판이라 지금은 귀하지만, 개정판은 세금 포함 860엔."

미야시타 씨의 얼굴이 다시 마음을 푹 놓게 하는 여자분의 얼굴로 보였다. 신기한 분이다.

"갈 때 사야겠네요, 꼭."

진심이었다.

"아이, 좋아라." 미야시타 씨는 자는 가호의 얼굴을 빙그레 웃으며 들여다보고는 말했다. "엄마까지 고래가 좋아진 모양이네."

"좋아졌다고 할지……." 더 분명한 표현을 찾고 싶었다. "전시를 이리저리 보던 중에 왠지 마음이 맞을 것 같더라고요."

"고래하고? 재미있는 말을 하네. 어떤 점이?"

"저는 사람 많고 북적거리는 데는 좀 힘들어서요. 고래도 조용하고 깊은 바닷속에서 혼자 수영하고 있을 것 같아서."

"맞아. 대왕고래만 해도 번식기 이외에는 기본적으로 단독 행동을 하지. 향유고래처럼 수심 2000미터까지 들어가면 거긴 어둡고 쓸쓸한 세계야."

"아, 역시. 그럼 고래 조상도 밝은 태양이 안 맞았던 걸까요. 더 어둡고 조용한 곳에서 살고 싶어서 바다로 간 게 아닐까요?" 말을 내뱉고는 곧 부끄러워져서 피식 웃었다. "웃으실지도 모르겠네요."

"안 웃어." 미야시타 씨가 진지한 얼굴로 말했다. "나도 골격 표본을 뚫어지게 보면서 고래 그림을 그리거든. 그러다 종종 그림한테 말도 걸고. 너, 원래는 네발로 걸었는데 다리가 없어진 거지? 손도 이런 모양이 되어버렸고. 그런데도 바다가 좋았던 거야? 바다에 가서 얻은 게 뭔데? 그런 커다란 몸? 그것뿐이야? 그런 식으로."

"그 기분, 알 것 같아요." 이번에는 자연스럽게 웃음이 흘러나왔다. "저도 고래한테 물어보고 싶거든요. 바다에서 사는 건 어때요, 역시 육지보다 좋은가요, 하고."

"고래한데?" 미야시타 씨가 재미있다는 듯이 웃더니 뭔가 떠오른 듯 눈썹을 치켜세웠다. "그럼 고래 대신 고래 연구자 이야기를 들어보면 어때? 이번 주 일요일에 일정 있으려나?"

"아니요, 별 약속은 없는데……."

"상설전하고 연계해서 주말마다 연구자 토크 행사를 하거든. 이번 주에는 우리 아미노 선생님 차례야. 고래 생태를 오래 연구하신 선생님인데, '고래의 노래'라는 주제로."

"노래요?"

"응. 그 얘기 하시다가 결국 늘 해오던 얘기 하실 거야. 고래 **머릿속** 얘기."

*

플랫폼 중간의 엘리베이터 앞에 유모차가 벌써 한 대 대기하고 있었다. 젊은 여자 두 사람이 여행용 트렁크를 끌고 오다가 우리를 보고 포기한 듯, 에스컬레이터 쪽으로 발길을 돌렸다.

그러면서 그중 한 여자가 유모차에 탄 가호를 노려본 듯한 기분이 들었다. 야, 너 정도면 걸을 수 있잖아. 그런 말이 귓속에서 울려 퍼졌다.

다른 사람의 머릿속 생각을 떠올려보는 건 옛날부터의 버릇인데, 최근에는 유난히 쓸데없는 것들만 떠올랐다. 가호를 낳은 뒤에 낯모르는 타인들의 노골적인 악의를 느끼는 일이 많아져서일까.

엘리베이터에서 내려 유모차를 밀며 개찰구로 향했다.

양복을 입은 남자가 눈에 핏발을 세우고 스쳐 지나갔다. 일요일에 불러낸 상사를 확 찔러버리고 싶다는 듯한 얼굴이다. 장바구니를 든 여성이 침침한 눈으로 가게 쪽을 쳐다보고 있다. 스트레스 해소를 위해 작은 거 하나 훔치려고 어슬렁거리는 건지도 모른다. 뚱뚱한 체격의 남자가 스마트폰을 보며 중얼거리고 있다. 인터넷에 막말이라도 쓰면서 우울감을 날려버리고 있는 걸까.

내게 도시는 이렇게 패배감으로 점철된 장소다. 누군가에게 칭찬받는 일도 없고, 주변에서 소중히 대해주는 일도 없다. 그런 사람들이 넘쳐나는 것 같다.

물론 나도 그중 하나다. 잘하는 것 하나 없는 혈혈단신 싱글 맘이 행복해 보일 리 없다. 딸아이를 어린이집에 맡기고 급식센터 일과 요양사 일을 병행하는 하루하루가 반짝거릴 리 없다.

게이세이우에노역 정면 출구로 나갔다. 오후의 햇살에 눈이 부셨다. 유모차 차양막을 펼치고 가호에게 모자를 씌웠다.

허름한 행색의 노인이 보도에 헌 잡지들을 늘어놓고 팔고 있었다. 소년 잡지 표지에 그 만화의 주인공이 보여 불쾌한 기분이 되살아났다. 이틀 전에 직장 여자 동료가 휴식 중에 읽던 만화였다. 중학생 아들이 사 모은 단행본을 보고 빠진 모양이었다. "진짜 재미있다니까" 하며 한 권 건네주길래 받아서 넘겨봤는데 기분이 나빠졌다.

전란의 시대를 그린 역사 히어로물로, 말단 병사나 마을 사람들이 엄청나게 죽어나가는 내용이었다. 전쟁 장면을 리얼하게 그렸다. 그렇게 밀릴 수만은 없었다. 초인적인 힘을 자랑하는 주인공이나 적장이 이름 없는 병사들을 그야말로 쉬지 않고 베어나갔다.

보통의 독자들은 주인공들의 상상을 뛰어넘는 초인적인 힘과 캐릭터에 빠져들 것이다. 그런데 나는 대사 하나 없이 목이 날아간 마을 사람들한테만 감정이입을 했다.

그 만화만 그런 게 아니었다. 전쟁 영화에서도, 서스펜스 드라마에서도 주연급 이외의 인간은 너무나 쉽게 목숨을 잃는다. 자신의 인생이나 사정은 단 한순간도 조명받지 못하고 다른 누군가의 사정으로 살해당하는 이들. 그리고 나는 말할 것도 없이 간단히 죽는 쪽의 인간이다.

나는 내 인생에서조차 내가 주인공이라고 생각해본 적이 없었다. 어릴 때부터 그랬다. 학교에서는 아무한테도 주목받고 싶지 않아 조용히 지냈지만, 그렇지 않았더라도 주목받을 일은 없었을 것이다.

수업 중에는 쓸데없는 생각만 했다. 우주의 끝은 어떻게 생겼을까, 시간에 시작이나 끝은 있을까. 그런 대답을 찾는 건 과학자들이라는 건 알고 있었지만, 수학이나 이과 과목은 특히 어려운 과목 중하나였다. 쉬는 시간이나 방과 후에 혼자 도서관에서 책을 읽는 시간이 많았다. 문자를 따라가는 것보다는 삽화를 들여다보는 쪽이 좋았다. 잘하는 것도, 열중하는 것도 없었다. 공부도 운동도 평균 이하. 되고 싶은 것도 하나 없었는데, 그저 엄마가 되어버렸다⋯⋯.

파출소 쪽에서 우에노공원으로 들어섰다. 파릇파릇한 잎을 매단 벚나무들이 늘어선 길에는 아기를 데려온 엄마들도 많았다. 동물원에라도 가는 것이리라.

오늘, 박물관 토크 행사에 올지 말지 꽤나 망설였다. 가호를 데리고 전철을 타는 것도 일이었지만, 강연 중에 애가 줄곧 조용히 있어줄 것 같지 않아서였다. 게다가 어젯밤에는 어린이집 준비물인 여벌 옷 주머니를 늦게까지 만드느라 잠도 부족했다.

그런데 바다로 돌아간 고래의 머릿속 이야기라는 게 계속 신경이 쓰였다. 인간들 속에서 살벌한 것들만 찾고 있는 나 자신에게 지친 걸까? 아니면, 나도 고래가 돌아간 바다처럼 이 세상을 대신해줄 곳을 찾고 있기 때문일까?

네 살 정도 되어 보이는 여자아이가 아빠의 손을 잡고 스쳐 지나 갔다. 다른 손으로 아직 가격표가 붙어 있는 판다 인형을 안고 있었는데, 가호가 그걸 보곤 "엄마" 하며 몸을 일으켰다.

"고래 인형 줘."

"아, 잠깐만."

토트백에서 작은 고래 인형을 꺼내줬다. 요전에 박물관을 나설 때 기념품숍에서 포스터랑 같이 하나 사준 것이다. 가호는 더 큰 사이즈를 사고 싶어 했지만, 작은 것밖에 사주지 못했다.

나도 가난한 집에서 자랐다. 여행을 가거나 외식을 하거나 했던 기억이 거의 없다. 그래도 생일 때만큼은 백엔숍에서 좋아하는 걸 두 개 살 수 있었다. 내가 고른 건 대개 비즈나 펠트 같은 수예용품이었다. 할머니한테 배워가며 액세서리나 장식 같은 걸 만들었다.

주변 친구들 집에는 귀여운 토끼 가족 인형과 그 가족이 사는 멋진 집이 있었다. 지금도 선명하게 기억나는 걸 보면 나도 갖고 싶었던 것 같다. 그런데 당시에는 그런 기분이 드러나지 않게 꾹 눌렀다. 어린아이였지만 내가 **당첨되지 않은** 것을 알았던 것이다.

가호도 언젠가 그걸 알아차릴까? 커다란 인형도 못 가지고, 좋아하는 것도 못 배우고, 가고 싶은 학교에도 못 가게 되면서?

전 남편 요시히코의 어머니를 만난 건 결과적으로는 좋았다. 그 후에는 매달 5만 엔씩 양육비가 제대로 들어오게 됐으니까. 내가 양육비가 제대로 이체되지 않는다고 원망 섞인 말을 한 건 아니었다. "요시히코가 양육비는 제대로 보내고 있니?" 그리 물으셔서 사실대로 대답했을 뿐이다. 요시히코의 집은 그런대로 부유했고, 부모님 두 분 다 체면을 중시하시는 분들이었다. 이름은 요시히코로 되어 있지만 실제로는 부모님이 보내시는 것이리라.

두 분이 핏줄인 가호를 귀여워하시는 건 진심인 것 같다. "이런 말 해서 불편할지 모르겠지만, 교육비 조금씩 모아놓을 테니까"라는 말도 해주셨다. 요시히코와는 가끔 메시지만 보내는 정도지만, 혹시 부모님들이 원하시면 앞으로도 가끔 가호의 얼굴을 보여드리는 것도 괜찮다. 그래도 요시히코가 혹시 재혼이라도 해서 다른 손자가 생기면 가호에 대한 관심도 사그라들겠지…….

분수 광장을 앞에 두고 오른쪽으로 꺾었다. 왼쪽의 야구장에서 함성이 들려왔다. 가호가 "과자 줘" 하기에 라무네 두 알을 쥐여줬다.

"고래도 라무네 먹어?" 가호가 고래 인형을 무릎 위에 올려놓은 채로 물었다.

"글쎄, 라무네는 안 먹지 않을까?"

"그럼 뭐 먹어?"

"음, 뭘 먹냐면…….”

'바다의 포유류전' 때 읽은 내용을 떠올려보려 했다.

"아마 작은 생선 같은 거나 플랑크톤을 먹을 거야. 플랑크톤은 바닷속에 떠다니는 건데, 아주아주 작은 살아 있는 거야."

"그렇구나."

플랑크톤도 좋겠는데? 문득 그런 생각이 들었다.

바다로 돌아간다면 말이다.

심해어나 조개류도 좋겠다고 생각했는데, 플랑크톤이 최고일지 모른다.

플랑크톤으로 태어나서 바닷속을 떠돈다. 자기 의지나 힘으로 헤엄치거나 할 필요가 없다. 단지 조류에 몸을 맡길 뿐이다. 즐거움도 없지만 고통도 없다. 살아 있다는 실감은 없겠지만 그건 지금도 그러니까.

그러고 있는데 거대한 그림자가 다가온다. 대왕고래다. 순식간에 먹히고 만다.

한순간의 정적. 어라? 싶을 때는 다시 플랑크톤으로 태어나 있다. 그리고 다시 고래의 먹이가 된다. 영원한 반복. 최고다.

중학교 때 반에서 전생을 알아보는 점이 유행한 적이 있다. 흥분한 아이들을 보며 나는 혼자만의 생각에 골몰해 있었다. 전생이나 내세가 정말로 있다면…….

인간이 인간으로 다시 태어날 리 없다. 대부분의 살아 있는 것은 세균이나 미생물이 될 것이다. 왜냐, 압도적으로 수가 많으니까.

아니면, 역시 다시 태어나고 뭐고 없는 거다…….

그런 나인데 이 아이, 가호가 태어났다. 내 딸로 태어나고 말았다.

아이를 갖고 싶다고 생각한 적은 없었다. 오히려 그렇게 되는 걸 두려워했다. 그래서 누군가랑 결혼할 생각도 없었다.

나는 고향의 상업고등학교를 졸업하고 학교 소개로 도쿄의 건축 자재 회사에 취직했다. 요시히코는 당시 거래처였던 건축회사 직원으로 우리 회사를 자주 찾았다. 커피를 내갈 때 몇 마디씩 하다가 다음에는 밥을 먹자고 했고 어쩌다 보니 사귀게 됐다. 물어본 적이 없어서 내 어떤 점이 좋았는지는 모른다. 그냥 잠깐 마음이 동했다는 쪽이 지금으로서는 가장 이해가 간다.

반년도 안 돼서 가호가 생겼다. 배 속에 살아 있는 생명을 가졌다는 데 겁이 났지만 그렇다고 없던 일로 할 용기도 없었다. 임신 사실을 알리니 "그럼 혼인신고 할까" 하는 이야기가 나왔다. 그렇게 말하는 요시히코한테서 기대 같은 건 찾아보기 어려웠다. 아마도 부모님들이 책임지라고 강하게 말씀하셨을지도 모른다. 식 같은 건 안 올려도 좋다고 내 쪽에서 이야기하자 요시히코는 다행이라는 듯한 얼굴로 동의했다.

난산이었다. 거의 하루 꼬박 걸려서 내 안에서 나온 가호는 건강하게 울음을 터뜨렸다. 드러난 가슴에 얹힌 아이 얼굴을 보고 나도 덜덜 떨며 울었다.

아가, 괜찮니? 내가 네 엄마인데…… 괜찮아?

마음속으로 몇 번이고 같은 질문을 하는 동안 내 안에서 뭔가가 싹터서 힘껏 분투하려 하는 게 느껴졌다. 그걸 애정이라고 불러야 하는지, 그때는 아직 몰랐다.

그래도 겁내고 있을 때가 아니라는 건 알았다. 겁만 내고 있으면 이 아이가 죽는다. 이 아이한테는 나밖에 없다. 제대로 엄마가 되자, 그렇게 생각했다.

그런데 가호가 태어난 뒤에도 우리는 보통 가족처럼은 될 수 없었다. 요시히코는 아이와 관련된 모든 것이 번거로운 듯했다. 시간이나 돈을 쓰는 것에 있어서 전과 조금도 다를 바 없었고, 밤에도 주말에도 집을 비우는 일이 전보다 더 많아졌다.

이혼하고 싶다고 요시히코가 말한 건 가호가 두 살이 된 직후였다. 딸이 태어나서 처음 맞는 생일날에도 친구들이랑 술 마시러 돌아다녔기에 놀랍지는 않았다. 아마도 요시히코는 나와 달리 자기 자신을 다른 누구보다 좋아하는 사람이리라. 그런 사람인 채 결혼 생활을 계속한다는 건 내가 짐작하는 것보다 훨씬 어려운 일일지 모른다.

울고불고 매달려도 요시히코는 달라질 것 같지 않았다. 특별한 각오 없이 결혼이라는 선택을 해버린 건 나도 마찬가지였다. 처음 해보는 육아에 남편과 옥신각신할 힘 같은 건 남아 있지 않았다. 최소한으로 결정할 것만 결정한 뒤 이혼을 받아들였다.

에도가와강 근처의 작은 아파트에서 가호랑 둘이 살게 됐다. 급식 센터 조리 보조 일을 구했지만 역시 생활이 빠듯했다. 토요일에도 파트 타임으로 교보사 일을 시작했다.

어느 토요일, 일을 하다 아이를 데리러 가는 시간에 15분 정도 늦었는데, 가보니 넓은 방에 가호 혼자 남아 있었다. 바자회에서 산 헐렁한 긴소매 티셔츠를 입고 구석진 바닥에 앉아 보육교사가 만든 인형으로 혼자 놀고 있었다. 정신없이 달려오느라 씩씩대는 얼굴이었는지, 가호는 날 보고 "엄마 화났다, 가호가 기다렸는데……"라며 흐느껴 울었다.

그런 가호의 모습이 그저 놀라웠다. 이 아이는 예전의 나다. 그리고 나는 역시 나일 뿐이다. 쉽게 변하지 못하는 건 요시히코만이 아니었다. 긴장이 툭 끊어지는 걸 느꼈다. 훌쩍거리는 가호를 바라보며, 아이를 안아 올리지도 못하고 한참을 멍하니 서 있었다.

"엄마." 유모차에서 가호가 해맑은 목소리로 나를 불렀다. "라무네, 또 줘."

펼쳐진 작은 손에 라무네를 두 알 더 올려줬다. 그걸 쥔 손의 올망

졸망한 손톱이 나랑 판박이다.

나한테 아빠가 없었던 것처럼, 이 아이 곁에도 아빠가 없다. 내 엄마가 나한테 아무것도 주지 않았던 것처럼, 나도 이 아이한테 무엇 하나 줄 수가 없다.

결국 이 아이는 평균 이하인 내 유전자만을 이어받아, 철들 무렵에는 자신이 **꽝**만 뽑았다는 걸 알게 되어 공허한 삶을 재생산하게 될 것이다.

"가호야." 유모차를 밀며 조용히 딸아이를 불렀다. "우리 엄마한테 가볼까?"

"누구?"

"엄마의 엄마."

"어디?"

나는 그 이상은 대답하지 않은 채 박물관 쪽으로 향했다.

"여러분은 심해라고 하면 어떤 이미지가 떠오르나요?"

아미노라는 강사가 40~50명쯤 되는 청중들을 죽 돌아보며 물었다. 맨 앞줄에 앉아 있던 초등학교 저학년 정도의 남자아이가 "심해어!"라고 소리쳤다.

"옳거니!" 아미노 선생이 수염으로 뒤덮인 얼굴로 빙그레 웃었다. "오늘은 반응이 좋아서 참 편하네요. 맞아요. 초롱아귀라든지. 머리에 달린 초롱불을 밝혀서 먹이를 유인하는 이유는 뭘까요? 주변이 어두워서입니다. 심해는 어둡고 조용한 곳입니다. 그래서 거기 사는 고래들은 소리를 많이 이용하죠. 그래서 고래들을 '음감 있는 동물'이라고도 합니다."

토크 행사는 '고래는 노래한다: 고래류의 생태와 사회'라는 제목이다. 건물 한쪽의 개방된 공간에 의자를 늘어놓고 진행하는 행사라 토크 중에 자유롭게 드나들 수 있는 듯했다. 나는 다행히 맨 끝줄에 자리를 확보했지만 서서 보는 사람도 여남은 명 있었다.

아미노 선생이 화면의 슬라이드를 넘겼다.

동물연구부 연구주간이라는 직함이었지만 그을린 피부와 주름진 티셔츠에 칭비기 가깝이 비다이 집일본의 해수욕장을 따라 지어진 숙박, 식사 등을 위한 간이 시설 사장님 쪽이 더 어울릴 것 같았다. 마침 비치 샌들을 신고 있었다. 화면 앞에서 왔다 갔다 하는 동안 딱딱 소리가 났다.

"예를 들면, 돌고래나 고래는 다양한 주파수로 소리를 내고, 그것이 주위 물체에 반사되어 돌아오는 것을 듣습니다. 먹이가 어디 있나, 친구가 어디 있나, 바닷속 지형이 어떻게 생겼나, 그런 것들을 알아보는 것이죠. 어려운 말로 하면 '에코 로케이션'이라고 하는데, 박쥐 같은 동물도 이 능력을 이용해서 캄캄한 하늘을 날아다닙니다.

그리고 돌고래나 고래는 서로 소통할 때도 소리를 이용합니다. 상당히 복잡한 소리를 내서 친구들이랑 이야기를 하는 거죠. '돌고래어'라고 들어본 적 있으신 분? 아, 손 들면 나이가 들통나는데."

어른들 사이에서 한바탕 웃음이 일었다. 아미노 선생은 흐뭇한 얼굴로 수염을 쓰다듬고는 계속 말을 이어나갔다.

"수십 년 전까지는 돌고래어나 고래어를 어떻게든 번역해보자는 연구가 많이 있었지요. 그래도 결국 이렇다 할 성과는 얻지 못했습니다. 지금은 연구자들 거의 대부분이 돌고래나 고래의 소리는 이른바 '언어'가 아니라고 생각하고 있습니다. 소통하는 데 이용하는 건 분명하지만 언어로서의 자유도와 발전성이 없다고 보기 때문입니다. 꿈을 확 깨는 이야기라 죄송하지만."

나는 고개를 돌려 전시 공간 쪽을 살폈다. 고래 인형을 안은 가호가 미야시타 씨와 새 코너에 있던 게 좀 전까지는 보였는데 지금은 보이지 않았다. 다른 데로 간 듯했다.

행사장에 도착했을 때 미야시타 씨가 준비를 돕고 있었다. 미야시타 씨는 "엄마가 얘기 듣는 동안 할머니랑 놀까?" 하며 가호를 맡아주었다. 아이와 잘 놀아줄 수 있는 분이고 가호도 "고래 할머니다!" 하고 흔치 않게 자기 쪽에서 반겼다. 40분 강연 시간 동안 말씀대로 신세를 지기로 했다. 집에서 나오기 전에 낮잠을 재웠으니 기분은 괜찮을 터였다. 칭얼대면 바로 데려다주십사 부탁드려놓았다.

"자, 여기서 첫 번째 퀴즈." 아미노 선생의 이야기가 계속됐다. "혹등고래가 제대로 마음먹고 소리를 내면 얼마나 멀리까지 다다를까요?"

좀 전의 남자아이가 다시 "우주까지!" 하고 소리쳤다.

"좋네, 좋아. 맞아요. 거리만 생각하면 우주까지 가니까. 정답은 1800킬로미터입니다. 깊은 바다에서 잡음이 없을 경우지만. 혹등고래하고 말 전달하기 게임을 했다간 태평양 끝에서 끝까지 단 몇 마리면 전달이 끝난다는 말이죠. 그리고 혹등고래 하면 오늘 강연 제목에도 있듯이 '노래'가 빠질 수 없습니다."

나는 무슨 이야기인지 몰랐지만 주변 청중들은 몇 명이나 고개를 끄덕거렸다. 이런 행사에 오는 사람들은 원래 지식이 좀 있는 것 같았다.

"혹등고래 수컷이 내는 복잡한 연속음 이야기인데요. 번식기에만 노래하니까 암컷을 향한 세레나데죠. 같은 시기에 같은 해역에 있는 수컷들은 다들 같은 노래를 부릅니다. 긴 것은 30분 정도인데, 한 곡이 끝나면 좀 쉬었다가 다음 곡을 부릅니다. 어떤 날에는 온종일 노래하기도 하죠. 노래의 멜로디나 패턴은 몇 개월, 몇 년에 걸쳐 조금씩 달라지는데, 같은 해역 고래들은 또 전부 바뀐 노래를 똑같이 부릅니다. 재미있죠. 뭐, 어쨌든 간에 일단 한번 들어봅시다."

아미노 선생이 스피커에 연결된 컴퓨터를 조작했다. 먼저 소의 울음소리 같은 낮은 소리가 들려왔다. 그런데 한순간에 소리가 높아졌다가 바이올린처럼 날카로운 소리가 됐다. 거기에 때때로 파열음이나 피리 소리 같은 것이 섞여들었다. 물속이라서인지 소리가 울려 신비로웠다. 아미노 선생이 음성 파일의 볼륨을 줄이고 "아름답죠?" 하며 미소 지었다.

"고래들도 '참 좋은 노래야!' 하고 생각하며 노래합니다. 그렇다는 걸 말해주는 증거도 있고요. 1997년 오스트레일리아 동쪽 남태평양의 혹등고래들이 사는 곳에 오스트레일리아 서쪽 인도양의 '음유시인' 고래가 몇 마리 찾아왔습니다. '음유시인'이 뭔지 아니?"

아미노 선생이 앞줄 어린이들을 향해 질문했다. 아미노 선생은 기타를 퉁기는 흉내를 내며 간단히 아이들에게 설명을 해주고 다시 이야기를 계속했다.

"그러자 오스트레일리아 동쪽 고래들은 그때까지 계속 불러오던 노래 대신 그 음유시인 고래들의 노래, '인도양 타입'이라고 알려진 노래를 부르게 된 겁니다. 이건 환경 변화에 따른 적응이나 학습이라기보다는 세련된 '문화적 전달'이라고 생각하는 게 자연스럽습니다. 그도 그럴 것이 음유시인들이 불러온 노래가 **좋은 노래**였거든요."

나는 낮게 울려 퍼지는 고래의 노랫소리에 귀 기울이며 알 수 없는 감각에 휩싸였다. 물속을 떠도는 듯한 감각.

혹시 플랑크톤이 된다면, 생의 최후에 듣는 소리는 고래의 노랫소리일지도 모른다. 플랑크톤이 소리를 들을 수 있을지는 모르지만 물속에 전해지는 울림 정도는 느낄 수 있겠지. 몸이 흔들렸다고 느낀 바로 다음 순간, 집어삼켜진다…….

의식이 지상으로 돌아왔을 때는 아미노 선생의 이야기가 좀 더 진행되어 있었다.

"……그래서 고래의 문화나 사회성 같은 이야기를 할 때면 '아, 역시 고래랑 돌고래는 머리가 좋네'라는 이야기들을 많이 하시죠. '혹시 인간에 필적할 만큼 지성을 갖추고 있는 게 아닐까요?' 그렇게 이야기하는 분도 계시고요. 솔직히 대답하기가 무척 어렵습니다. 돌고래쇼에서 많이들 접하셨을 큰돌고래에 대해서는 여러 가지 지능 테스트를 실시했습니다. 예를 들면……."

아미노 선생은 해외의 연구를 몇 가지 소개하고 잠시 말없이 수염을 만졌다.

"이런 연구들에서 돌고래들이 좋은 성적을 올린 건 분명합니다. 여기 더해서 복잡한 사회를 이루고, 놀이와 문화를 갖고, 이타적 행동을 보이고, 도구를 사용하죠. 하지만 이런 능력은 인간 이외의 영장류에게서도 찾아볼 수 있고, 더 나아가면 까마귀들도 이런 능력을 갖고 있습니다."

앞줄 쪽에서 누군가가 의외라는 듯한 소리를 내며 고개를 갸웃거렸다.

"실망스러운 말인가요?" 아미노 선생이 빙그레 웃으며 말했다. "그래도 저는 이렇게 생각합니다. 지능 테스트라는 건 본래 우리 인간이 '이것이 지성이다' 하고 마음대로 믿어버린 것들을 측정하는 수단일 뿐이다, 그런 것들로 돌고래들의 머릿속을 평가하려는 건 오만한 게 아닐까? 그도 그럴 것이, 고래와 돌고래들이 무엇을 느끼고 생각하는지 우리 인간으로서는 절대 알 수 없는 거니까요."

아미노 선생은 느끼는 바가 있는 듯 조용해진 청중들을 돌아보며 해죽 웃더니 "그럼 마지막으로……" 하고 말을 이었다.

"여러분께 가장 중요한 사실 하나를 말씀드리면서 오늘 이야기를 마무리하려고 합니다. 고래와 돌고래의 뇌는 인간보다 큰데, 그건 단순히 몸이 크기 때문입니다. 뇌의 크기로 지능을 예측하고 싶다면 뇌의 무게와 체중의 값을 비교해봐야 하는데요. 그런 지표 중 하나인 뇌화지수라는 것을 보면 인간은 약 7 정도 되는 값인 데 비해 돌고래는 1.6에서 4.6입니다. 즉 상대적인 뇌의 크기는 인간 쪽이 꽤나 큰 편이죠.

그런데 최근에 뇌의 힘을 재려면 뇌화지수가 아니라 뉴런의 수를 헤아려야 한다는 의견이 나왔습니다. 뉴런이란 정보처리에 특화된 뇌 속의 세포입니다. 연구자들은 보다 고도의 기능을 담당하는 대뇌 피질의 뉴런 수를 여러 동물들에게서 조사해 비교해보았죠. 인간은 160억 개 이상으로, 예상대로 포유류 중에서는 단연 가장 많은 숫자일 줄 알았는데…… 그게 아니었습니다. '참거두고래'라는 이빨고래류의 뉴런 수가 두 배 이상 많았던 겁니다. 자, 여러분은 이 사실을 어떻게 생각하십니까?"

강연이 끝나고 질의응답 시간으로 이어졌다. 아이들만이 아니라 어른 중에도 손을 든 사람들이 많았다. 시간이 꽤 걸릴 듯했다. 가호 쪽이 신경 쓰여 조용히 일어섰다.

전시 공간으로 가니 두 사람의 모습이 보였다. 그때 마침 그리로 돌아오는 모양이었다. 나를 보고는 가호가 잡고 있던 미야시타 씨의 손을 놓고 내 쪽으로 달려왔다.

"감사했어요." 가호를 안아 올리며 미야시타 씨에게 고개 숙여 인사했다. "덕분에 마음 편하게 들었어요. 정말 재미있더라고요."

"그렇지? 아미노 선생님, 저래 봬도 서비스 정신이 대단하거든."

"그런데 저 때문에 강연도 못 들으시고……."

"괜찮아. 난 벌써 수십 번이나 같은 내용을 들었는걸."

미야시타 씨는 정말 괜찮다는 듯 시원시원하게 말한 뒤에 웃는 얼굴로 가호를 바라봤다.

"가호, 정말 얌전히 있었어. 박제가 마음에 든 모양이야. 얼룩말이랑 사자랑 많이 봤지?"

"가호, 그럼 그릴 거야." 가호가 팔에 안긴 채 말했다. "사자랑 고래랑 그릴 거야."

"그래? 자, 그럼 집에 가서 그리자."

"집에 안 가. 고래 할머니랑 그릴 거야."

"우리 약속했지?" 미야시타 씨가 미소를 지은 채 가호를 바라보며 말했다.

"네?"

내가 당황하자 미야시타 씨가 말했다. "가호랑 노는 중에 생각난 건데, 부탁하고 싶은 게 있거든. 지금부터 시간 좀 있을까?"

표본 창고라고 해서 목제 정리함이 늘어서 있는 깔끔하고 아담한 방을 상상했는데, 그냥 어둑한 창고였다. 서늘한 공간에 방충제와 알코올이 섞인 듯한 냄새가 희미하게 감돌았다.

창고 안을 가득 채운 천장 높이의 튼튼한 철제 장들에 동물의 커다란 뼈, 종이 상자나 플라스틱 상자, 비닐에 싸인 정체를 알 수 없는 무언가가 가득 들어차 있었다. 가호는 "무서워……"하며 계속 내 품에 매달려 있었다.

본관 뒤쪽에 있는 이 건물에는 이런 표본 창고 외에도 작업실, 연구실 등이 있다고 했다. 물론 평소에는 일반인은 출입할 수 없다. 규모가 이곳의 몇 배나 되는 연구 시설이 쓰쿠바에도 있다는 말에 놀랐다. 자연사박물관이 자랑하는 450만 점 이상의 표본 컬렉션도 대부분 그곳에 소장되어 있는 모양이다.

"여기가 내가 사는 성이랍니다."

창고 가장 안쪽 구석, 철제 장 옆에 딱 하나 놓여 있는 간소한 책상 앞에서 미야시타 씨가 말했다. 바로 옆에 있는 벽에는 〈세계의 고래〉 포스터가 붙어 있었다.

책상 위에 있는 그리다 만 그림을 보고 가호가 "펭귄이다!" 하고 신나 했다.

엄마 펭귄 뒤를 세 마리의 아기 펭귄이 똑같은 간격을 두고 걷고 있는 그림이었다. 그림체는 리얼했지만 왠지 미소를 짓게 만든다. 색을 칠하는 도중이었던 듯, 수채화 물감과 붓 같은 도구가 펼쳐져 있었다.

"이것도 그 책자에 들어가는 그림인가요?" 내가 물었다.

"응. 이것 말고는 캥거루, 코끼리, 아, 돌고래도 들어가고."

미야시타 씨는 책상 서랍을 열고 그림을 꺼내 보여주었다. 엄마 돌고래, 아기 돌고래가 바짝 붙어 헤엄치고 있다. 배경은 없었지만 당장이라도 물 위로 뛰어오를 듯했다.

"동물들 부모 자식 자료는 좋은 것들이 있는데 인간 사진은 딱 이거다 싶은 게 없어서 말이야."

박물관에서는 이번 가을에 '부모 자식의 신비'라는 기획전을 가질 예정이란다. 동물들의 부모 자식 형태, 육아, 유전에 관한 이야깃거리 등을 다루는 전시로, 미야시타 씨는 지금 기획전 책자에 들어

갈 삽화를 그리고 있다고 한다. 우리에게 부탁하고 싶다는 건 '인간 의 부모 자식' 그림의 모델이 되어줄 수 있느냐는 것이었다.

물론 기분 좋게 수락한 건 아니었다. 스케치만 하면 되는 거라 한 시간 정도면 끝난다고 하는 데다, 좀 전에 가호를 맡긴 입장이라 거 절하기가 어려웠다.

미야시타 씨는 의자에 앉아 소매 달린 앞치마를 걸쳤다. 그게 작 업복인 듯했다. 바퀴가 달린 작업대를 책상 옆으로 가져온 뒤에 의 자 두 개를 나란히 놓고 나와 가호를 의자에 앉게 했다.

미야시타 씨는 우리 앞의 작업대 위에 스케치북과 색연필을 놓고 그 스케치북에 슥슥 그림을 그렸다. 귀여운 사자와 고래다. 미야시 타 씨가 눈을 동그랗게 뜬 가호에게 색연필을 밀어주며, "그럼 좋아 하는 색으로 칠해볼까? 가호가 그리고 싶은 거 그려도 돼"라고 다정 한 목소리로 말했고, 내가 옆에서 "와, 무슨 색으로 칠할까?" 하고 거들자 가호가 먼저 오렌지색을 손에 쥐었다.

가호는 열심히 색을 칠하기 시작했다. 미야시타 씨는 그런 가호의 앞에 이젤을 세우고 종이를 올려 위치를 잡았다.

"노무라 씨, 가호 엄마도 같이 칠해볼까? 아, 아주 느낌이 좋네."

둥그런 의자에 앉은 미야시타 씨가 연필을 쥐었다.

"그냥 이렇게 그림을 그리고 있으면 되는 건가요?" 내가 물었다.

"맞아. 이쪽은 신경 쓰지 말고. 엄마랑 아이가 같이 그림을 그리는 건 아주 인간적인 풍경인 것 같거든. 스킨십이나 밥을 먹이는 건 동 물 부모 자식들도 하니까."

미야시타 씨는 가끔 우리에게 말을 걸며 연필을 움직였다. 이야기하는 건 그림 그리는 데 방해가 안 된다고 했다. 하지만 15분 정도 지나니 "안 되겠네" 하고 새 종이를 집어 들었다.

"인간을 그리는 일이 거의 없다 보니까, 어렵네."

"동물들 쪽이 그리기 쉬운가요?"

"그리기 쉽다고 할까, 동물들은 한순간의 리듬으로 단숨에 그리거든. 안 그러면 생생한 선이 되지 않아서 말이야. 몇 장이나 그리긴 하지만."

미야시타 씨는 가호의 옆으로 와서 "와, 정말 잘 칠하는구나?" 하며 스케치북에 기린 그림, 말 그림을 새로 그려주었다. 그러고는 다시 이젤로 돌아가 두 번째 그림에 착수했다.

"늘 여기에서 혼자 그리세요?"

"그렇지." 미야시타 씨는 내가 적적한 때가 없는지 궁금해한다는 걸 알아차린 듯, 웃음 띤 얼굴로 대답했다. "스케치 단계에서는 오케이 사인이 떨어질 때까지 선생님 방에 왔다 갔다 해. 색을 칠하면서부터 여기 혼자 박혀 있는 식이랄까? 그래도 나는 여기 있는 게 제일 마음 편해, 내 집보다 더. 이 책상에서 일한 지 벌써 50년이 넘었으니까."

"50년⋯⋯."

나는 기린을 칠하다가 손을 멈췄다. 조용한 표본 창고를 다시 돌아보고 그 세월을 짐작해보았다. 말 없는 뼈와 표본에 둘러싸여 홀로 말없이 생물화를, 고래를 그려온 50년⋯⋯.

"미야시타 씨는……." 묻고 싶은 것들이 입 밖으로 계속 튀어나왔다. "원래 좋아하셨나요? 동물이나 박물관 같은 것들이요."

"좋고 싫고가 있었나? 그 당시에는 나 같은 평범한 여자가 이거하고 싶다, 저거 되고 싶다, 그러기가 쉽지 않은 때라서. 고등학교 졸업하고 아는 사람 소개로 어쩌다 이 박물관 비상근 직원이 됐거든. 전표 정리 같은 걸 하게 되나 싶었는데, 새 골격 표본을 만들 테니 좀 도와달라고 하시더라고. 깜짝 놀랐지. 그런 건 본 적이 없었으니까. 그다음에 소동물이나 곤충 표본 작성을 처음부터 배웠어. 꼼꼼한 수작업 끝을 긴 꽤 좋아해서 사무 일보다는 적성에도 맞았지."

"그럼 그림은……?"

"일 시작하고 2~3년쯤 지났을 때였나? 선생님 한 분이 그림은 잘 그리냐고 물으시는 거야. 어렸을 때부터 그리는 건 좋아해서 그렇게 대답했더니 보고서에 넣을 동물 일러스트를 그려줬으면 한다고. 그때 그린 건 나름 잘 그렸다고 칭찬은 받았는데, 그렇다고 해도 아무것도 모르고 그린 거잖아. 나는 마음에 안 들더라고. 그래서 일하며 짬짬이 근처에 있는 미술학원에 다녔지. 그걸 아신 선생님이 삽화를 종종 의뢰하셨고, 그러다 생물화 일이 점점 늘어나게 됐네."

"그런 식으로 된 거군요. 미술학원에 다니셨구나……."

"응. 나중에는 실전에서 여러 동물들을 그리게 됐어. 이 선이 좀 어색하다, 이쪽 색이 좀 다르다, 그렇게 검사를 받으며 익혀나갔지. 그러니 내 그림의 스승은 연구자 선생님들이랑 표본들인 셈이야."

"가호도 그림 배울 거야." 가호가 나를 올려다보며 말했다.

미야시타 씨와 나눈 이야기를 제 나름대로 이해한 모양이었다.

"어머나, 그거 좋은 생각이네!" 미야시타 씨가 화들짝 놀라며 눈썹을 치켜세웠다. "정말 재미있을 거야."

"미술학원, 돈이 꽤 들죠?"

"그렇지. 어릴 때는 매달 학원비 정도면 되지만, 본격적으로 물감을 쓰기 시작하면 꽤 드는 편이지."

그때 출입문 열리는 소리가 나더니 딱딱 하는 신발 소리가 우리 쪽으로 다가왔다.

"어? 모델을 찾은 건가?"

"네, 찾았지요." 미야시타 씨가 경쾌한 목소리로 대답했다. "노무라 씨랑 가호 양, 선생님 토크 행사에 와주셨던 분들이에요."

"아, 감사합니다." 아미노 선생은 수염을 쓸며 가볍게 나를 향해 고개를 숙였다. "그래도 꼬마 숙녀한테는 얘기가 너무 어려웠겠네."

"그래서 가호는 저랑 여기저기 돌아다녔죠."

"아하." 아미노 선생이 흐뭇하게 웃으며 말했다. "동종 부모 역할입니까?"

"맞아요." 미야시타 씨도 소리 내서 웃었다.

"동종…… 그게 뭔가요?"

"아, 돌고래랑 고래들 사이에서 자주 있는 일인데……." 아미노 선생이 대답했다. "어미 이외의 암컷이 양육을 돕는 것으로, '앨로페어런팅alloparenting'이라고도 합니다. '같은 종 사이의 부모 역할'이라는 뜻이죠. 범고래 무리에서는 양육을 끝낸 '할머니 범고래'의 역할이 아주 중요하고, 향유고래들은 어미가 먹이를 구하러 간 사이에 그 무리의 '아주머니 고래'들이 보모가 되어주거든요."

"아버지들은……." 목소리가 딱딱해지는 게 느껴졌다. "수컷은 뭘 하나요?"

"별로 하는 게 없어요. 어린 고래들은 모계 쪽 무리에서 생활하니까요. 어른 수컷은 있다가 없다가 합니다."

"그렇군요……."

"고래들도 그렇긴 하지만, 사실 우리도 뭐……." 아미노 선생은 얼굴을 찡긋하며 웃었다. "이 나비가 되어도, 미야시타 씨가 이러저리 돌봐주셔야 하니, 원."

"돌보긴!" 미야시타 씨가 손사래를 쳤다.

"아니, 진심으로 하는 소립니다." 아미노 선생이 내 쪽을 보고 말했다. "정년 뒤에도 꼭 있어주셔야 한다고 다들 징징 짰거든요. 생물화도, 표본 작성도 미야시타 씨가 없으면 우리가 일이 안 돼서요."

"얼마나 도움이 될지." 미야시타 씨가 겸손의 말로 답했다.

"과학이란 게 연구자 한 사람의 힘으로는 진전이 안 되거든요." 아미노 선생이 진지한 얼굴로 말을 이었다. "다른 일도 다 그렇겠지만, 여러 사람이 도와가며 만들어온 거니까요. 나 하나로는 안 될 때, 어려움에 부딪혔을 때 도움을 구하면서 말이죠. 혼자서 다 하려고 해도 언젠가는 막히는 때가 오거든요."

꼭 내 이야기를 하는 것 같았다. 눈을 내리뜨고 이야기를 듣던 내게 미야시타 씨가 입을 열었다.

"나는 어쩌다 맡게 된 일이지만 잘 끝내고 싶다, 그런 마음이었는데……."

미야시타 씨는 연필의 꽁무니로 벽에 붙은 포스터를 가리키며 흐뭇한 미소를 띠었다.

"저걸 볼 때마다 생각하거든. 어쩌다라는 거 진짜 대단한 거구나. 어쩌다 아는 사람한테 소개받아 여기서 50여 년, 학자도 화가도 아닌데 고래 그림을 여든세 장이나 그리게 됐으니까."

재미있어하는 표정 속에 뿌듯함과 감동이 섞여 있었다. 미야시타 씨의 그런 얼굴이 내 눈에는 눈부셨다.

이 사람과 나의 차이는 뭘까.

특별한 삶에 **당첨되지 않은** 건 둘 다 비슷해 보이는데, 왜 이렇게 다른 걸까.

아미노 선생은 미야시타 씨와 간단히 일 이야기를 한 다음 나와 가호를 향해 "그럼 천천히 보내다 가시길!" 하고 인사하고는 밖으로 나갔다.

미야시타 씨가 다시 스케치를 이어 나갔다. 가호는 말을 칠하고 있었다.

잠시 침묵이 이어지던 중에 내가 물었다. "미야시타 씨, 왜 저희를 모델로 하려고 생각하셨어요?"

"그야 당연하지. 아주 멋진 부모 자식으로 보였으니까."

가슴이 턱 막혔다. 색연필을 쥔 손에 힘이 들어갔다.

정말로, 정말로 아닌데. 이 사람, 아무것도 모르는구나.

"……전혀 아닌데요." 입술이 저절로 움직였다. "우리도, 저랑 이 아이 둘이에요. 저 이혼했거든요."

"아……." 미야시타 씨의 손이 멈췄다. "그랬구나."

나를 똑바로 바라보는 미야시타 씨의 얼굴과 그 뒤쪽 포스터의 대왕고래가 겹쳐졌다.

"그러니까 멋진 부모 자식 같은 거 아니에요." 목소리가 떨리면서도 계속 말이 나왔다. "저, 이 애한테 줄 게 전혀 없어요. 아무것도 못 해줄 거예요."

미야시타 씨는 조용히 선불 벗 새 너 끄며 넣고, 천천히 일어섰다. 이젤의 종이를 들고 우리 쪽으로 왔다.

우리 앞에 놓인 그 종이에는 완성된 스케치가 담겨 있었다. 열심히 색을 칠하는 가호와 색연필로 손을 가져가는 나.

문득, 스케치 속 가호가 옛날의 나로 보였다. 색칠이 아니라 비즈로 뭔가를 만들고 있는. 그리고 내 옆으로 몸을 기울인 것은…….

"이거 가호야?" 가호가 스케치 속의 자신을 손가락으로 가리키며 물었다.

"응, 맞아."

미야시타 씨가 가호를 향해 웃어 보였다.

"가호, 엄마가 예쁜 이름 지어주셨지?" 미야시타 씨는 이번에는 나를 보며 말했다. "과실 '가'에 이삭의 '호'지? 분명 뭔가 열매를 맺을 거야."

"어……."

이름을 생각한 것은 나였다. 먼저 '가호'로 하기로 정하고, 좋은 글자라고 생각되는 한자를 골랐다. 갓 태어난 이 아이의 얼굴을 보면서.

"야생 돌고래들한테도 이름 같은 게 있거든? '시그니처 휘슬'이라는 울음소리인데, 개체별로 달라서 무리 속에서 서로를 부를 때 사용될지 모른다더라고. 그래도 아이 이름에 바람을 담거나 하는 건 분명 인간뿐일 거야."

미야시타 씨는 다시 한번 가호를 향해 다정한 눈길을 보냈다.

"중요한 건 뭘 해주는가가 아니야. 이 아이는 뭔가 열매를 맺을 거다, 그렇게 믿어주는 게 중요한 거지."

눈앞의 스케치에 물방울이 뚝 떨어졌다. 연필 선이 번지는 걸 보고 있다가 그게 내 눈물이라는 걸 알았다. 그러고 나니 걷잡을 수가 없었다. 나는 소리 내서 울었다.

*

날은 맑았는데 수평선은 희미했다.

하늘도 바다도 깨끗한 파란색이 아니라 안개라도 낀 듯 하얬다. 마치 연한 베이지색 모래사장과 색조를 맞추려는 듯했다. 무척 아름답다고 생각했다.

오른쪽으로는 넓은 모래사장이 끝도 없이 펼쳐져 있었다. 왼쪽으로 눈을 돌리니 바다 저편에 야트막한 육지가 흐릿하게 떠올라 있다. 조시 _{지바현 북동부의 도시로, 일본열도에서 새해 일출이 가장 이르다} 부근일까? 조용한 바다에서 잔잔한 물결이 일정한 리듬으로 기분 좋은 소리를 만들어냈다.

가호의 손을 잡고 파도치는 곳까지 걸어가봤다. 둘 다 맨발에 바짓단은 무릎까지 말아 올린 채였다. 바다를 처음 보는 가호는 엉거주춤한 모습이었다. 복숭아뼈 아래가 바닷물에 닿았다. 저절로 큰소리가 나올 만큼 차가웠다. 가호는 "꺄!" 하고 비명을 지르며 다시 뒤쪽으로 달려갔다. 그래도 다시 이쪽을 돌아보고는 까르르 웃었다.

모래사장 동쪽, 콘크리트 호안 쪽으로 조금 올라간 곳에 미야시타 씨의 뒷모습이 작게 보였다. 그 옆에 서 있는 건 아마도 아미노 선생일 것이다. 그 앞에서 굴착기가 움직이고 있다. 작업은 얼마나 진행됐을까.

전날 "내일 지바 갈 거야"라고 말하니 가호는 "함머니 묘지?"라며 물었다. '묘지' 같은 단어를 외우고 있다는 데 놀랐다. 할머니가 뼈가 되고, 그게 묘에 들어가는 광경이 무척이나 인상적이었던 모양이다.

내가 "아니, 바다 갈 거야" 하니, 어리둥절한 얼굴이었다. 그럴 만도 했다. 내 외할머니가 살던 곳은 바다에서 떨어진 사쿠라시였다. 나와 내 엄마가 나고 자란 그곳에 좋은 기억이라곤 없다. 가호가 말하는 "함머니"는 내 엄마가 아니라 내 외할머니다.

나는 외할머니 손에서 자랐다. 처음에는 작은 셋집에 둘이 살았는데 열 살 때 근처의 작은 아파트로 이사했다. 외할아버지는 술로 몸을 해쳐 일찍 돌아가셨다고 들었다.

할머니는 낮에는 전선을 만드는 공장에서 일했고, 밤에는 근처 찻집 일을 도왔다. 초등학교 시절, 공장이 바쁜 시기에는 집에 오면 저녁으로 빵이 놓여 있는 경우가 많았다. 잼빵이 많았어서인지 나는 지금 잼빵을 못 먹는다.

할머니는 착한 사람이었다고 생각한다. 생활에 필사적이었던 것도 지금은 사무칠 정도로 이해한다. 그래도 그 시절에는 그렇게 빠듯한 생활이 괴로웠고, 외로웠다. 할머니의 웃는 얼굴이 떠오르는 건, 백엔숍에서 산 비즈로 같이 액세서리를 만들고, 펠트로 장식을 만드는 장면에서뿐이다.

차라리 엄마가 이 세상에 없었다면, 그럼 좀 더 편안하게 할머니를 사랑할 수 있었을지도 모른다. 감사한 마음을 가졌을지도 모른다. 하지만 엄마가 어딘가 다른 곳에 살고 있다는 걸 어린 마음에도 알 수 있었다. 할머니는 엄마의 엄마면서, 왜 엄마한테 나랑 같이 살라고 말해주지 않을까. 늘 그게 불만이었다. 할머니가 돌아가시면 엄마가 날 데리러 오지 않을까, 그런 생각까지 했다.

엄마는 미혼인 채로 열아홉에 나를 낳았다. 그리고 아기인 나를 외할머니에게 맡기고, 혼자 도쿄에서 살기 시작했다. 옷가게 점원 일을 하거나 술집에서 일하거나 했던 모양이다. 아버지에 대해서는 아무것도 모른다.

내가 여섯 살이 될 때까지는 엄마가 가끔 사쿠라에 왔다. 그런데 당시의 엄마의 모습은 잘 기억나지 않는다. 확실히 기억나는 건 나를 꼭 껴안은 엄마한테서 늘 향수랑 희미한 술 냄새가 났던 것 정도다.

초등학교에 들어가면서는 엄마를 보는 일이 없어졌다. 몇 년 뒤에 할머니가, 엄마가 아이 있는 남자와 결혼해 지금은 후쿠오카에서 살고 있다고 말해줬다. 그 말을 들어도 충격을 받거나 슬픈 마음이 들거나 하지는 않았다. 제대로 된 엄마에 **당첨되지 않은** 것 정도는 이미 알고 있었으니까. 엄마가 있는 집 같은 건 친구들이 갖고 있던 토끼 인형 집처럼 절대로 내가 가질 수 없는 거였다.

아이를 갖게 된 지금은 이렇게 생각한다. 엄마는 사실 여리고 약한 사람이지 않았을까. 어떤 의미에서는 나보다 더. 그래서 두려워했던 게 아닐는지. 자신과 **똑같은 인간을 또** 한 명 낳고 말았다는 사실이.

반년 전에 할머니가 돌아가셨을 때 20년 만에 엄마를 봤다. 보자마자 엄마인 줄 알았던 건 얼굴도 체형도 외할머니와 정말 닮아서였다. 나이가 들어서 더 그래 보였을까.

엄마는 속눈썹을 바르르 떨며 "……잘 지냈니?" 하고 물었다. 내가 작은 목소리로 "네"라고 대답했을 때, 가호가 내 상복 치마를 잡아당기며 "누구야?" 하고 물었다. 나는 당황하며 가호를 들쳐 안고 그 자리를 떠났다. 엄마에 대해 가호한테 뭐라고 설명해야 할지 몰라 당황스러웠다. 엄마와 주고받은 말은 그래서 그게 다였다.

그리고 가호의 질문에 대한 대답도 아직 정하지 못했다.

"엄마, 눈 아파." 가호가 울먹거리며 말했다.

몸을 숙여 들여다보니 눈꺼풀에 모래알이 붙어 있다. 바닷물을 만진 손으로 눈을 비빈 모양인데, 다행히 눈에는 들어가지 않은 것 같왔다.

"괜찮아. 금방 안 아파질 거야."

그렇게 말해주고 가호가 메고 있는 작은 핸드백에서 손수건을 꺼내 눈가를 닦아줬다. 가호의 핸드백은 가호가 고른 오렌지색 펠트로 내가 만들어준 것이다. 가호한테 만드는 법을 보여주며 바느질하는 게 생각보다 재미있었다.

평소 표정으로 돌아온 가호가 "아!" 하고 내 뒤쪽을 손가락으로 가리켰다.

"고래 할머니, 왔다!"

돌아보니 미야시타 씨가 이쪽으로 걸어오고 있었다. 밀짚모자에 얇은 수건을 목에 감고 고무장화를 신은 미야시타 씨가 우리를 향해 손을 흔들며 큰 소리로 말했다.

"굴착기 작업이 끝났으니까 이제 보러 와도 돼."

모래사장에 파인 구멍은 자그마한 수영장 크기 정도로, 깊이는 2미터 이상 되어 보였다. 주위에 커다란 모래 산이 몇 개나 쌓여 있다. 구멍 밖에 펼쳐진 파란색 천에는 늑골 비슷한 뼈가 늘어서 있다.

트래픽 콘교통 통제에 사용하는 노상 표지 도구 중 하나로, 원뿔 모양이다이 세워진 곳에서 가호를 안고 구멍 아래쪽을 슬쩍 들여다봤다. 아직 반 정도 묻혀 있지만 길게 이어진 갈색 등뼈가 보였다. 사람 몸통 정도 굵기의 뼈를 열 사람 정도가 삽 같은 것을 들고 파냈다. 바람이 불어서인지 지독하다던 냄새도 그리 심하지는 않았다.

"여기 고래 묘지야?" 가호가 물었다.

"응? 아, 맞아." 미야시타 씨가 싱긋 웃어 보였다. "원래 여기가 묘지였는데 이사 가는 거야. 박물관에 가져다두고 모두가 볼 수 있게."

여기 있는 고래는 혹등고래라고 한다. 방에 붙여둔 〈세계의 고래〉 포스터를 매일 보고 있어서 고래의 모습을 확실히 떠올릴 수 있었다.

이곳, 구주쿠리해안 북쪽 외곽에 이 고래가 밀려온 것은 3년 전이었다. 발견되었을 때는 이미 죽은 뒤였고, 몸길이 16미터 이상의 무척 큰 개체여서 골격 표본을 하게 됐다고. 해체해서 살과 내장을 분리한 뒤에 백골화시노두내시뭍어두었다다.

오늘 발굴에는 아미노 선생 등 자연사박물관 직원 외에도 지바의 과학관 및 대학의 연구자들과 학생들, 지역의 자원봉사자들까지 스무 명 이상이 참여했다. 무슨 일인가 하고 모여든 사람들도 몇 팀 있었다.

나와 가호를 여기 초대해준 이는 미야시타 씨였다. "소풍 가는 기분으로 와도 돼"라고 말씀해주셔서 아침부터 도시락을 만들어 느긋하게 전철과 버스를 갈아타고 왔다.

우리는 30분 정도 전에 도착했는데, 아미노 선생 팀은 아침부터 작업했다고 했다.

구멍 저쪽에서 아미노 선생이 "여기!" 하고 손짓을 해 보였다. 미야시타 씨와 함께 그쪽으로 가보니 호안의 완만한 경사면 바로 밑에 파란색 천이 깔려 있고, 그 위에 길이 3미터는 충분히 되는 부리 비슷한 형태의 뼈가 놓여 있었다.

"이게 머리뼈인데, 역시나 특대야."

아미노 선생이 기분 좋은 듯 엄지를 들어 올렸다.

"상태도 좋아 보이네요." 미야시타 씨가 말했다.

"정말로 크네. 가호도 봐봐."

안고 있던 가호를 내려 가까이에서 보게 해줬다.

"냄새나." 가호가 코를 잡아 쥐었다.

"냄새나? 그래도 멋있지 않아?" 아미노 선생이 가호를 향해 웃어 보이며 옆에 가지런히 놓인 뼈들을 가리켰다. "자, 이게 가슴지느러미뼈. 지느러미라고 해도 원래 손이었으니 손가락뼈가 확실히 남아 있지."

"정말이네."

굵은 뼈끝에 손가락뼈가 네 개 달려 있다.

미야시타 씨가 호안 경사면에 걸터앉았다. 배낭에서 스케치북을 꺼내더니 펼쳐서 무릎 위에 올려놓는다. 머리뼈를 스케치하려는 모양이었다. 가호랑 같이 그 옆에 앉았다. 미야시타 씨는 잠시 말없이 머리뼈를 바라봤다. 뭔가를 처음 볼 때처럼 진지한 표정으로. 우리 둘을 그려줄 때와는 눈빛이 달랐다. 이것도 생물화여서일까?

미야시타 씨가 연필을 가볍게 쥐고 단숨에 아름다운 곡선을 그렸다. 아마도 위턱 부분이리라. 한순간의 리듬으로 그린다던 말의 의미를 알 것 같았다.

미야시타 씨의 시선이 다시 뼈 쪽을 향했다. 선을 하나 더한다. 그리고 다시 뼈를 본다. 단순히 그 형태를 눈에 담고 있는 것이 아닌 것이다. 더 리얼하게 재현해내고 싶다는 것만도 아닐 것이다. 미야시타 씨는 분명 뼈 그 자체가 아니라, 그 너머로 펼쳐지는 **자연**과 마주하고 있는 것이다. 자연이 곡선 하나하나에 담아낸 의미를 빠뜨리지 않고 담아내려는 것이다. 진화에 의해 그 형태가 생겨날 때까지의, 그 유구한 시간을 연필 끝으로 새기려 하는 것이다.

박물관에서 처음 미야시타 씨의 그림을 보았던 순간을 떠올렸다. 그 고래들을 보며 이 그림들이야말로 박물관에 어울리는 그림이라고 느꼈던 이유를 이제야 겨우 알게 됐다.

직업에 시달리는 사람들이 점심시간을 갖는 동안 우리도 미야시타 씨와 함께 도시락을 먹었다.

발굴 현장에서 100미터 정도 떨어진 곳에 테이블과 벤치가 있는 정자가 있어 그곳에 차리고 앉았다. 호안 위쪽이라 경치가 좋았다. 작은 주먹밥 두 개, 계란말이 한 개를 먹고 난 가호가 "코 잘래" 하고 말을 꺼냈다. 처음 해보는 것들로 가득 찬 반나절이었으니 피곤할 법도 했다. 유모차에 태워 등받이를 젖혀주니 곧장 잠이 들었다.

식사를 마친 뒤 옆에서 물통에 담아온 차를 마시고 있던 미야시타 씨에게 궁금했던 것을 물었다.

"미야시타 씨는 몇 번이나 보셨겠죠? 고래가 헤엄치는 거요."

"몇 번씩은 아니고. 오가사와라 제도에서 향유고래를 한 번 봤고, 그리고 오키나와에서 혹등고래를 한 번, 그 정도려나?"

"와, 혹등고래도 보셨군요. 그럼 노래하는 것도 들으셨어요? 잠수해서라든지."

미야시타 씨는 "설마" 하고 웃으며 고개를 저었다.

"나 맥주병이야. 다이빙이라니, 말도 안 되지……. 아, 저기." 미야시타 씨가 발굴 현장 쪽을 향해 턱을 들어 보였다. "몇 번이나 노래 들어본 사람 오셨네."

가리키는 쪽을 보니 아미노 선생이 캔 커피를 손에 들고 걸어오고 있었다. 정자 쪽으로 와서는 먼저 유모차 안을 보고, "귀요미 모델 아가씨는 낮잠 중이구나!" 하더니 미야시타 씨 옆에 앉았다.

"내 얘기?" 아미노 선생이 물었다.

"혹등고래 노래 얘기요. 선생님은 직접 몇 번이나 들었다고. 다이빙하면서 조사도 하시니까."

"녹음된 건 행사에서 들려주셨을 때 들었는데…… 실제로는 어떤 식으로 들릴까 궁금해서요."

"들린다고 해야 할지……." 아미노 선생이 수염을 쓰다듬으며 말했다. "소리에 둘러싸인다고 해야 할지. 바로 옆에서 헤엄을 치면 온몸에 소리가 전해지거든요."

그런 뒤에 아미노 선생은 자기 경험담 몇 가지를 들려주었다. 하나같이 내 답답한 일상과는 동떨어진, 별세계 같은 먼바다의 이야기였다.

이야기를 듣고 나서 나는 다시 물었다. "고래 노래를 몇 번이나 들으시는 동안 고래들이 뭘 노래하는지 알 것 같은 기분이 들거나 그러진 않으셨나요?"

"그럴 수 있으면 좋겠죠. 나는 아직 수행 부족이라서." 아미노 선생은 빙그레 웃더니 내 쪽을 쳐다보았다. "아 참…… 요전 토크 행사 때, 제가 퀴즈 냈죠? 혹등고래 소리가 얼마나 멀리까지 전해지는지. 그때 '우주까지!' 하던 남자애, 기억하려나?"

"아, 기억해요."

"사실 그게 굉장히 예리한 대답이에요. 나사에서 1970년대에 쏘아 올린 행성탐사기 중에 '보이저'라는 게 있었는데, 임무는 벌써 오래전에 마치고 태양계 밖으로 나갔거든요. 앞으로 계속 정처 없이 우주를 헤매게 된 건데……."

"이   ."

의식을 우주로 날려 보내는 게 특기인 나로서도 꽤나 갑작스러운 전개였다.

"보이저는 '골든 레코드'라는 걸 탑재한 걸로 유명하거든요. 전세계의 말, 음악, 자연의 소리 등등이 녹음된 레코드인데, 그 안에 혹등고래 노래도 들어갔어요."

"어? 그건 나도 처음 듣네?" 미야시타 씨가 눈을 동그랗게 떴다.

"근데 왜 그런 걸 탐사기에……." 짐작 가는 건 있었지만 설마 싶어서 물었다.

"물론 보이저가 언젠가 외계인을 만날 경우를 위해서죠. 레코드를 들려주고 지구는 이런 곳입니다, 라고 알려주려고."

"역시, 정말 그런 거군요."

머리가 좋은 건지 그냥 순수할 뿐인 건지, 연구자라는 사람들은 정말 알 수가 없다.

"그러니까……." 아미노 선생이 빙그레 웃으며 말했다. "그 외계인이 우리보다 고도한 문명을 가졌거나, 우리와는 완전히 다른 지성이나 사고 패턴을 가졌거나, 그러면 고래들의 노래도 읽어내줄지 모르죠."

"꿈을 품은 이야기랄까, 꿈같은 이야기네." 미야시타 씨가 말했다.

아미노 선생이 웃으며 남은 캔 커피를 털어 넣었다.

나는 또 질문을 했다. "저, 그때부터 자주 생각하거든요. 고래나 돌고래의 지성, 머릿속에 대해서요. 선생님은 거기에 대해서 실제로 어떻게 생각하고 계신지……."

"음……." 아미노 선생이 가슴 앞에서 팔짱을 꼈다. "요전에도 얘기했듯이 모른다, 알 수가 없다, 하는 게 연구자로서의 대답입니다. 하지만 단순한 고래 마니아 아저씨 입장에서는 공감 가는 생각은 있죠. 고래나 돌고래를 오랜 세월 따라다닌 동물 사진가가 한 이야기."

아미노 선생은 정면에 펼쳐진 바다로 시선을 던지며 말을 이었다.

"이 지구에서 진화해온 오성悟性이나 의식에는 '인간산'과 '고래산'이라는 두 종류의 높은 산이 있다. 인간산이란 물론 인간을 정점으로 하는 육지의 산이고, 고래산은 고래나 돌고래가 이룩한 바다의 산. 고래산은 어떤 산인지, 그 높이조차 알 수가 없다. 그래도 아마 그 정점엔 인간산과는 완전히 다른 풍경이 펼쳐져 있을 것이다."

"완전히 다른 풍경……." 나는 바다를 바라보며 따라 말했다.

"인간은 오감을 구사해 인풋한 정보를 발달한 뇌로 통합, 즉시 아웃풋하죠. 말이나 문자, 도구, 기술을 사용해서 바깥 세계에 작용시

125

킵니다. 인간이 발달시켜온 건 말하자면 **밖을 향한** 지성인 거죠. 반면에 빛이 적은 바다에서 살아온 고래들은 주로 **소리**로 세계를 구축하고 이해할 가능성이 있습니다. 문자나 기술을 갖고 있지 않으니 밖을 향해 무언가를 내놓는 경우는 거의 없어요. 그러면 고래들은 그 훌륭한 뇌를, 막대한 숫자의 뉴런을 도대체 어디에 쓰고 있을까. 아마도 고래들은 우리와는 달리 **안을 향한** 지성이나 정신세계를 더 발달시켰는지도 모른다, 그런 이야기입니다. 제가 이해한 대로 말해보면 이렇게 되겠네요. 고래들은 우리 인간보다 더 오래, 더 깊이, **생각을 하고 있다.**"

고래의 생각······.

내 의식은 바다로 가라앉았다. 어둡고, 차갑고, 조용하고, 깊은 바다로.

하지만 나는 이제 플랑크톤이 아니다. 몸길이 156센티미터 그대로, 그 열 배는 되는 혹등고래와 나란히 헤엄치고 있다. 생긴 걸 보고 바로 알았다. 이건 조금 전에 뼈로 발굴된 그 고래다. 나와 함께 바다로 돌아가 다시 헤엄치기 시작한 것이다.

갑자기 온몸이 떨렸다. 낮고 굵은 소리가 몸 깊숙이까지 스며들었다. 옆에서 고래가 노래하기 시작한 거다. 나도 그 노래를 따라 불러봤지만 무얼 노래하고 있는 건지는 전혀 알 수 없었다.

고래 머리 쪽까지 헤엄쳐 가서 그 눈 속을 들여다봤다. 감정을 읽을 수 없는 맑은 눈동자는 나 같은 건 시야에 들어와 있지 않다는 듯 미동도 하지 않았다. 정말로 생각에 집중한 듯 보였다. 무얼 생각하고 있는지 상상해보려고 했지만 아무것도 떠오르지 않았다. 사람들의 머릿속에 대해 늘 이런저런 망상을 하는 나였지만, 아무것도 알 수가 없었다.

숨쉬기가 어려워졌다. 고래에게서 멀어져 해면을 향해 올라간다. 빛이 보이고 하늘이 보인다.

가슴 가득 공기를 집어삼키며 '아!' 하고 생각했다.

나는, 우리는, 아무것도 모른다.

고래는 우리로서는 생각도 할 수 없는 것에 대해 바닷속에서 홀로 조용히 생각하고 있는 것이다. 계속해서. 그리고, 어쩌면 벌써 그 편린을 이해했을지도 모른다.

생명에 대한. 신에 대한. 우주에 대한.

나는, 왠지 더할 수 없이 기뻤다.

"그럼 난 슬슬⋯⋯."

아미노 선생의 목소리에 정신이 들었다.

현장으로 돌아가는 아미노 선생을 미야시타 씨와 함께 배웅했다. 작업은 앞으로 두세 시간 정도면 끝나는 모양이었다. 가호는 여전히 잠들어 있었다. 바람이 강해져서 얇은 담요를 덮어줬다.

"얘가 좀 전에 그러더라고요." 나는 미야시타 씨를 향해 말했다. "이다음에 살아 있는 고래를 만나러 가고 싶다고, 같이 헤엄치겠다고요."

"그래?" 미야시타 씨가 다정하게 미소를 지으며 말했다. "그런 거 분명히 간단히 해버릴걸? 나도 같이 가고 싶네. 수영 교실에라도 다녀야 하나."

"아, 그럼 저도." 웃음이 번졌다. "실은 저도 수영 못해서요."

손을 뻗어 바람에 흐트러진 가호의 앞머리를 매만져줬다.

이 아이는 세상을 있는 그대로 바라보는 사람으로 자랐으면 좋겠다. 나처럼 텅 빈 공상의 세계로 도망치지 말고. 그러면 분명히 미야시타 씨처럼 뭔가를 발견할 것이다. 그리고 언젠가 반드시 어떤 열매를 맺을 것이다.

나는…….

얼굴을 들어 뺨녕에 그려진 수평선, 그 너머를 내다봤다. 뭔가 보이는 건 아니다. 그래도 돌아갈 바다는 이제 찾지 않아도 되리라.

언제부터인지 파도 소리가 그 자리까지 들려왔다.

기분 좋게 반복되는 파도 소리, 그 너머에서 울려 퍼질 혹등고래의 노랫소리에 귀를 기울였다.

アルノーと檸檬

아르노와 레몬

내 집이여, 내 집이여, 그리운 내 집이여!
그리움에 애태우는 아르노의 떠나온 집에 대한 정열은
어떤 인간도 품을 수 없을 정도로 뜨거운 것이었다.

"뭐야, 또 왔어?"

303호 **오시로이바바**白粉婆. 얼굴을 하얗게 칠하고 등이 굽은 노파의 모습을 한 요괴가 문틈에서 얼굴만 쓱 내밀고 매부리코 콧잔등을 찌푸렸다.

"알았으면 안 열었을 텐데."

가토 스미에를 오시로이바바라고 부르기 시작한 건 상사다. 그런 요괴가 있다는 모양이다. 오늘도 얼굴만 하얗게 칠한 채 자르지 않고 내버려둔 듯한 긴 머리는 묶지도 않고 산발한 그대로였다.

"매번 죄송합니다."

마사키는 깍듯이 머리를 숙이고 배시시 웃어 보였다. 이런 연기에 있어서는 아카데미상도 받지 않을까 생각하며.

"산에이 에스테이트에서 온 소노다 마사키라고 말씀드리긴 했는데요……." 마사키가 문 옆의 낡아빠진 인터폰을 가리키며 말했다.

"고장 났어. 며칠 전부터 벨만 울리고 소리가 안 들려. 고쳐놔."

"아, 그렇군요."

속으로 혀를 찼다. 지금 와서 이런 집에 돈 쓸 일 있어? 역정 낼 상사의 얼굴이 떠오른다. 기껏 수습한 욕지기가 다시 치밀었다.

"불편하셨겠네요. 얼른 업자를 부르겠습니다."

"급할 것 없어. 어차피 신문 보라는 거 아니면, 뭐 믿으라고 하는 사람들밖에 안 오니까."

그러고는 곧 문을 닫으려고 해서 아차 하며 오른발을 밀어 넣었다. 순간 우시끈 두통이 스쳤다.

"잠시만! 잠시만 이야기를……."

"정말 끈질기네. 지금 여기에서 나갈 생각 없다고 요전에도 말했잖아."

"네, 맞습니다. 그건 잘 알고 있는데요, 오늘은 다른 건으로……."

"다른 건?"

스미에가 문손잡이에서 손을 뗐다. 마사키는 이때다 하며 문을 열고 몸을 밀어 넣었다.

"실은 다른 세입자분한테 **연락**을 받아서요."

느닷없이 불만이 접수됐다고 해선 안 된다. 먼저 사실 확인부터다.

"갑작스러운 얘기라 죄송합니다만…… 가토 씨, 혹시 비둘기 기르거나 그러시나요?"

"기르는 거 아니야." 스미에가 태연히 대답했다. "길을 잃고 우리 집으로 들어와서 그대로 베란다에 눌러앉은 거지."

"앗, 그렇군요." 웃긴 일도 아니었지만 가볍게 웃어 보였다. "그대로 눌러앉은 비둘기한테 먹이를 주거나 하면, 기르는 게 되긴 하니까요."

"뭐? 그게 계약 위반이라는 거야?"

"아뇨, 새나 햄스터 정도는 뭐, 그냥 넘어가는 편이긴 한데……."

재빨리 집 안을 둘러봤다. 들어가자마자 있는 식탁이 놓인 거실은 특별히 지저분하거나 하진 않았다.

"오히려 문제는 비둘기 사육 상황이랄까요?"

"아랫집 영감탱이지? 이러쿵저러쿵한 거." 스미에가 냉랭하게 말했다.

"앗?"

무심코 입에서 소리가 튀어나왔다. 정답이었다.

바로 밑 203호에 사는 남자가 어제 부동산에 전화를 걸어 "비둘기야! 꾀죄죄한 비둘기!" 하고 숨넘어갈 듯 고함을 친 것이다.

"요전에도 아랫집 베란다에서 욕을 하더라고. 더러운 새털이 위에서 떨어져 내린다나 뭐라나? 쩌렁쩌렁 소리를 치던데."

"새털만이면 괜찮긴 한데……." 눈꼬리를 축 끌어내리고 주특기인 '난감한 얼굴'을 만들어 보였다. "어제는 똥이 떨어졌다고 하던데요. 하필 말리고 있던 이불 위로요."

"더럽다 더럽다 그러는데 말이야." 스미에는 주춤하는 기색이라곤 없었다. "**그 아이**는 이 주변에 돌아다니는 쌔고 쌘 비둘기가 아니야. 훨씬 그럴싸한…… 전서傳書 비둘기인가? 그거라고."

"전서 비둘기요? 편지라도 갖고 왔나요?"

"그런 건 없어. 그래도 발찌를 차고 있더라고."

"오!" 잘 알지도 못하면서 설레발을 치며 눈썹을 치켜세웠다. 발을 들일 수 있는 기회였다. "제가 그런 비둘기를 본 적이 없어서. 혹시 괜찮으시면 잠깐 구경 좀……."

스미에는 대답 없이 등을 돌리고 안쪽으로 들어갔다. 마사키는 그것을 승낙 신호로 받아들이고 "실례합니다" 하며 뒤축이 닳은 구두를 벗었다. 숙취에 전 몸을 채찍질하며 여기까지 왔는데, 빈손으로 돌아가긴 싫었다.

자그마한 정사각 식탁 위에는 물잔과 마트 비닐봉지가 놓여 있었다. 슬쩍 보니 낫토 팩과 양파가 들어 있다. 의자는 하나뿐이고, 미닫이문 너머는 세 평짜리 마루방이다. 살풍경할 정도로 가구가 거의 없고, 깔끔하게 치워져 있다. 옆의 두 평짜리 방에는 간소한 싱글 침대가 하나 있다. '안이 보나 마나 쓰레기장일 것'이라던 상사의 예상은 완전히 빗나갔다.

스미에가 마루방으로 들어가 베란다 유리문을 열었다. 남향인데도 밝지는 않았다. 좁은 도로를 사이에 두고 펜스가 눈앞을 가로막으며 둘러쳐져 있고, 그 너머에 신축 초고층 맨션이 우뚝 솟아 있다. 이미 전실 분양 완료, 지난달부터 입주가 시작된 듯했다.

기타센주 서쪽 출구 지역에는 요 몇 년 사이 이런 초고층 맨션이 계속 지어지고 있다. 치안 나쁜 가난한 동네라는 꼬리표가 붙어 있던 지역이었지만 지금은 '살고 싶은 동네'들과 어깨를 나란히 하고 있다. 쓰쿠바익스프레스 개통, 대학 캠퍼스 유치 등이 컸다고들 하지만, 결국은 개발업자들의 이미지 전략이 먹혀든 것이다.

이런 재개발의 물결이 지은 지 36년 된 3층 아파트인 이곳 '뉴메종 쓰카다'까지 밀려온 것이다. 주인으로서는 놓칠 수 없는 기회였을 터. 다 차지도 않은 낡은 아파트와 그 뒤쪽의 자기 집을 헐고 10층 정도 되는 맨션을 짓고 싶다고 했다. 장남 부부가 제안한 것으로, 주인과 아들 내외가 꼭대기 층의 두 세대를 쓰겠다고 했다.

주인의 오매불망 건물주 인생이 이루어지든 말든, 그런 건 관심 없었다. 연내에 아파트 전 호수와 퇴거 교섭을 끝낼 것, 그게 이 아파트 담당인 마사키에게 떨어진 지상명령이었다. 얼굴에 침을 뱉어도 고개를 숙여야 하는 부류의 일이었지만, 부동산 관리회사 계약사원이 일이 마음에 드네 안 드네 할 수가 있겠나.

스미에가 빨래 건조봉에 걸린 세탁물들을 한쪽으로 밀더니 "저거야" 하며 베란다 구석을 가리켰다. 마사키는 다시 해죽 웃어 보이며 창 쪽으로 다가갔다.

베란다 바닥에 놓인 종이 상자는 상자 윗부분이 앞쪽이 되게 놓여 있었다. 청과물 가게에서 얻어온 건지 레몬 그림이 그려져 있다. '히로시마 레몬'이라는 글자와 희미한 새똥 냄새에 다시 속이 메스꺼워졌다.

후줄근한 손수건을 꺼내 자연스럽게 코와 입을 가리고 쭈그려서 상자 안을 들여다봤다. 구석에 비둘기 한 마리가 웅크리고 있었다. 마음대로 흰 비둘기를 상상했는데, 아니었다. 몸은 잿빛, 머리만 자주색과 녹색으로 반짝거리는 보통 비둘기였다.

"신문지를 한 장 깔아줬는데, 잠자리가 어지간히 마음에 든 모양이야."

스미에는 그렇게 말하며 두 손을 상자 안에 집어넣더니 익숙한 손놀림으로 비둘기를 잡아 페인트칠이 벗겨진 베란다 난간에 올려놓았다.

공원의 비둘기들같이 토실토실하지는 않았고 다소 왜소하고 날렵했다. 난간 위를 사뿐사뿐 걷다가 비틀 돌아서 다시 돌아왔다. 마사키 앞에서 멈추더니 고개만 빙글 돌려 마사키 쪽을 쳐다봤다. 아닌 게 아니라 오른쪽 발목에 노란 플라스틱 발찌가 채워져 있다.

"길을 잃고 여기로 들어왔을 때도 딱 이러고 여기 멈추더라고."

"언제 온 건가요?"

"6월 초쯤이었으니까, 이제 넉 달 됐네. 비쩍 말라서 비실거리길래 빵부스러기를 줬더니 신이 나서 먹더라고. 사람도 무서워하지 않고 발찌도 있고, 누가 기르던 비둘기다 싶어서 날려 보냈거든. 근데 다음 날도 그다음 날도 저녁때면 여기로 돌아와서 빵이랑 물 달라고 기다리는 거야. 그러다 이렇게 종이 상자를 가져다놨더니 제 잠자리로 삼은 거지."

"그렇군요. 길을 잃고 들어와서 눌러앉았다는 건 정말이네요."

"여기만 들어가 있는 건 아니야. 대낮에는 어딜 가는지 나갔다가 아침저녁 끼니 먹을 때 되면 딱 돌아와. 그렇게 훈련을 받은 거지."

"그럼 역시 전서 비둘기인 걸까요?"

"모르긴 해도 그냥 비둘기는 아니야. 봐, 서 있는 게 딱 귀티가 나잖아."

"아…… 그런, 가요?"

비둘기는 제자리에서 살짝 몸을 틀어 동그란 오렌지색 눈으로 스미에를 바라봤다. 하얀 눈꺼풀을 깜빡거리며 자신을 돌봐주는 이와 눈을 맞췄다.

"그리고 이 눈, 눈에 힘이 들어가 있잖아."

"오, 눈에?"

전혀 모르겠다. 자세가 좋아 보이는 건 사실이지만 이런 비둘기는 거리에 얼마든지 있을 터.

"흔치 않은 비둘기야. 주인이 찾아다니고 있을 게 틀림없어." 스미에의 목소리에서 안타까움이 느껴졌다.

"짚이는 데는 없으세요? 발찌에 뭔가 적혀 있다거나."

"이 아이 이름 같은 건 있어." 스미에가 다시 비둘기를 잡아 오른발을 들어 보였다. "글자가 흐릿해져서 잘 안 보이긴 하는데, 내 눈에는 '아르노'로 보여. 한번 봐봐."

비둘기가 얌전히 안겨 있는 걸 확인한 뒤에 발찌를 가까이에서 들여다봤다. 손으로 쓴 작은 글자가 겨우 보이는 정도였다.

"그런 것 같네요." 집중해서 글자를 들여다보면서 말했다. "아르노…… '아르노-19'라고 쓰인 거 아닐까요? 그 아래에도 숫자 같은 게 적혀 있는데, 전화번호이려나요?"

"그럴지는 몰라도 죄다 지워져서 읽을 수가 없어."

"그렇네요." 읽을 수 있는 숫자는 처음 '0'과 마지막 두 자리뿐이었다. "이걸로 뭘 찾긴 어렵겠어요."

고개를 드니 스미에가 몸을 뒤로 빼고 눈썹을 찌푸리고 있다.

"술 마셨어?"

"네? 아······." 그 즉시 입으로 손이 올라갔다. "죄송합니다. 아직 냄새 나나요? 어제 좀 많이 마셔가지고."

정확히는 아침까지다. 저녁 8시쯤부터 혼자 사는 원룸에서 캔 맥주를 마시기 시작, 중간중간 졸아가며 계속 마시다 보니 어느 틈엔가 버번 위스키가 반병 비워져 있었다. 이불 속으로 마고 들어갈 때는 새벽 4시가 넘어 있었다. 요즘에는 주 2회 페이스로 이런 식이다.

스미에가 비둘기를 안은 채 수상쩍다는 듯 이쪽을 바라봤다.

"올해 나이가 몇이야?"

"······서른아홉입니다."

내년이면 마흔. 아, 마쓰다 유사쿠 1970~1980년대에 활발하게 활동했던 일본의 유명 영화배우가 죽은 나이다······.

"가족은?"

"혼자인데요."

"뭔가 위태위태해 보여. 내가 물장사를 오래 했거든. 일하다 받은 스트레스를 밤마다 술 퍼마시면서 푸는 작자들이라면 질리도록 봤단 말이지. 술로 도망쳐 버릇해서 좋을 거 하나 없어. 간 망가지거나 중독자 되거나야."

"아, 저는 아직 그 정도까지는 아니고······."

"뭐, 이 일도 억지로 떠맡았을 테니 안됐긴 하지만."

하하, 하고 형식적으로 웃어 보이며 손에 든 손수건을 꽉 쥐었다. 지금 누가 하는 얘기야? 아파트에서 제일 말 안 통하는 할매? 내가 알코올의존증이면 할매 탓이라고요…….

스미에는 쭈글쭈글한 손가락으로 비둘기의 머리를 계속 쓰다듬었다.

"노후화됐다느니 지진이라도 났다간 큰일이라느니, 허울 좋게 갖다 붙일 말이야 많지. 그래봐야 주인은 번듯한 맨션인지 뭔지 올리겠다는 거 아니야?"

"부순 뒤에 뭘 할지는 미정이라고 들었습니다만……."

매뉴얼대로 대답해봤지만 스미에는 "흥!" 하고 콧방귀를 뀌었다.

"나라고 죽을 때까지 여기서 살다 죽겠다는 건 아니야. 그래도 갑자기 나가라는데 '네, 그러세요?' 할 수는 없지. 어디로 갈지도 못 정했고, 뭣보다 이 아이, 내가 없어지면 또 집이 없어지는 거잖아."

"그러면 비둘기를 기르실 만한 집을 저희가 같이……."

"안 돼." 스미에는 냉정하게 딱 잘랐다. "이 아이는 길을 잃은 거야. 진짜 집으로 돌아가고 싶은 게 당연하지 않겠어? 여길 비울 생각이면 먼저 이 아이 주인부터 찾아줘야지. 퇴거고 뭐고 그건 그다음 얘기고."

발을 질질 끌듯 아파트 외부 계단을 통해 1층으로 내려오니 사타케가 실실 웃으며 서 있었다. 101호 세입자다.

"그쪽 자동차가 와 있길래."

아무것도 묻지 않았는데 건물 앞에 세워둔 회사 밴을 가리킨다. 여기서 내내 기다리고 있던 것이리라.

"오늘은 쉬세요?"

"응, 뭐. 지금부터 **이거**." 사타케가 파친코 핸들을 돌리는 제스처를 해 보였다. "그보다 지금 303호에서 나왔지? 그 <u>으스스</u>한 할망구, 말 들어?"

"아니요, 오늘은 그 일 말고 다른 일로."

"무슨 일?"

"그런 게 좀 있습니다. 별일은 아니고요."

"혹시, 클레임?" 사타케는 자기 혼자 확신하고 얼굴을 찌푸렸다. "정말로, 성가신 할망구네. 벌써 노망들기 시작한 거 아니야?"

"아니요, 그런 건 아니고요."

웃음으로 얼버무리자 사타케가 둥글둥글한 몸을 이쪽으로 기울였다. 엄지와 검지로 이중 턱을 잡으며 속삭였다.

"그저께 말이야. 내가 또 한 번 그 할머니 집에 가서 얘기를 해봤거든? 집단으로 교섭을 하는 쪽이 유리하다고. 다른 세입자들은 다들 얘기가 됐다고. 그래도 꼼짝을 안 하더라고. 그쪽을 신용할 이유가 없다느니, 자기 앞가림은 자기가 한다느니. 원, 밀고 들어갈 구석이 없다니까?"

"아아, 역시 그렇게."

"어쩔 거야? 일단 그 할망구 빼고 진행해도 될까?"

"음, 그렇네요. 회사 윗분하고 논의는 해봐야겠지만……." 아파트 전체를 돌아보고 아무도 없는 것을 확인한 후 속삭이며 물었다. "지금은 상황이 어떤가요?"

"아주 좋아. 일곱 집은 얘기가 됐어."

"그럼 앞으로 세 집이네요. 303호 가토 씨까지 해서."

이 아파트는 전체 열두 개 호실로, 지금은 열 개 호실에 사람이 살고 있다.

"여긴 죄다 노인들이라 인터넷 검색 같은 걸 잘 못 하거든. 퇴거 비용 시세 같은 건 전혀 몰라요. '일치단결해서 어떻게든 석 달치 월세는 쟁취해냅시다!' 그런 식으로 나가면 다들 큰절이라도 할 태세로 고마워한다니까?"

사타케가 웃자 투실투실한 턱살이 신나게 흔들렸다. 그 야비한 얼굴을 보고 있노라니 이 남자를 알아본 상사의 **혜안**에 새삼 전율이 일 정도였다.

집합주택의 임차인에게 퇴거를 요구할 경우, 임대인 쪽에서는 보통 집단으로 교섭해오는 걸 꺼린다. 마사키의 상사는 이번에는 반대로 집단 교섭 방식을 선택해, 사타케에게 뒷거래를 맡아달라고 제안했다. 아파트 주민 전체가 집단 교섭에 응하도록 선동하는 역할이었다. 사타케는 주민들을 대표해 싸우는 척하며 실제로는 임대인 쪽에 유리한 조건으로 교섭이 마무리되게 세입자들을 유도해, 계획이 성공하면 수고비 조로 고액의 퇴거 비용을 손에 넣게 된다.

마사키가 지금까지 보고 들어온 감각으로는 석 달치 월세는 퇴거 비용 시세의 절반도 안 됐다. 하지만 사타케는 '내진耐震 문제로 부술 때는 한 푼도 못 받는 경우가 있다' '집주인이 재판이라도 걸면 이쪽이 불리하다' 등등 근거 없는 말로 모두를 겁주고 있다. 물론 모든 것은 마사키 상사의 지시에 따른 것이고 말이다.

길가로 나와 사타케와 헤어졌다. 자동차 문을 열기 전에 담배에 불을 붙였다. 코에서 연기를 뿜으며 길 맞은편의 초고층 맨션을 올려다봤다. 저절로 입술이 비죽거렸다.

큰 차이 없다. 저쪽에 21평 8000만 엔짜리 집을 산 인간도, 이 낡은 아파트에 사는 인간도.

두 쪽 모두 쉽사리 넘어간다. 번듯한 이미지에, 알량한 돈에. 결국 사람도 도시도 소비해버리는 '도쿄'에 농락당하고 있을 뿐……

갑자기 말할 수 없는 불쾌감이 치고 올라와 위장을 확 움켜쥐었다. 담배꽁초를 내던지고 근처 전신주 쪽으로 달려가 몸을 수그렸다. 신음과 함께 도랑에 게워냈지만 씁쓸한 위액 말고는 나오는 게 없었다.

*

"아르노라는 이름에 제일 먼저 떠오르는 건《시튼 동물기》지요."

동일본비둘기경주협회의 총무부장이 풍성한 백발을 손으로 빗어 넘기며 무척 정중한 태도로 말했다.

"역시 그런가요?" 마사키는 웃는 얼굴을 만들어 보이며 덧붙였다.

"'비둘기'와 '아르노'로 검색을 해보니 그것 외에는 나오는 게 없었습니다. 거기서 딱 막혀버려서…….".

《시튼 동물기》라면 어린 시절에 조금은 읽었던 것 같지만, '아르노'라는 비둘기 이야기는 기억에 없었다. 인터넷 정보를 조합해가며 파악한 바로는 100년도 더 전에 미국에서 숱한 기록들을 세운 전설적인 전서 비둘기의 생애를 담은 이야기인 듯했다.

물론 가토 스미에의 비둘기와는 아무런 연관성도 없을 것이다. 단, 원래 주인이 그 유명한 전서 비둘기에서 이름을 따왔을 가능성은 높았다.

"저희 협회에도 아르노 이야기를 읽고 비둘기에 흥미를 가졌다는 회원님들이 계십니다. 그런데 자기 비둘기에 그 이름을 붙였다는 사육자분에 대해서는 들어본 적이 없어서 말이지요."

이 단체는 전서 비둘기에 대해 찾아보다가 알게 됐다. 홈페이지 구석에 '길 잃은 비둘기를 보호하고 계시면 이쪽으로 연락 바랍니다'라는 문구가 적혀 있었다. 닛포리의 잡거빌딩에 있는 사무국까지 회사에서 차로 금방이라 스마트폰으로 찍은 비둘기 사진으로 문의할 생각에 직접 찾아왔다.

현재로서는 중요한 업무였다. 어제 회사로 복귀해 스미에의 말을 전하자 상사는 인상을 팍 쓰고 "그럼 재깍 주인을 찾아내" 하고 말했다. 하지만 바로 뒤에 "일주일 안에 못 찾으면 그 비둘기, 밖에서 잡아서 죽여버려"라는 말을 덧붙였다.

비둘기 사랑으로 가득한 이 협회 사람들은 그런 일은 꿈에도 모른 채 마사키에게 차까지 내주었나. 총무부장이 테이블 위에 올려놓은 마사키의 스마트폰을 가리켰다. 화면에는 비둘기 발찌를 클로즈업한 사진이 떠 있었다.

"여기 '아르노-19'라고 되어 있죠? '19'라는 건 아마도 '19호'라는 뜻일 겁니다. '아르노'라고 이름 붙인 비둘기 품종의 혈통으로 열아홉 번째인 비둘기로 보입니다."

"혈통…… 전서 비둘기들한테도 그런 게 있나요?"

"있습니다." 총무부장은 힘주어 고개를 끄덕인 후, 말을 이었다. "경주마와 마찬가지로 혈통이 대단히 중요하게 여겨져 왔습니다. 장거리에 강하다, 단거리에 강하다, 악천후나 추위에 강하다 등등, 비둘기들에게도 다양한 특성이 있거든요. 목적에 맞는 혈통의 품종 비둘기를 교배해서 자기 취향에 맞는 비둘기를 만드는 것이 커다란 즐거움이라고 할까요. 좋은 혈통의 우수한 비둘기가 되면 값이 수천만 엔에 달하기도 합니다."

"수천만 엔…… 정말로 경주마 수준이네요."

"덧붙여 말씀드리자면, 저희는 '전서 비둘기'가 아니라 '경주 비둘기'라고 부르고 있습니다. 이제 더는 메신저로 이용하지 않으니까요." 총무부장은 그 말을 한 뒤에 안타깝다는 듯이 눈꼬리를 축 내렸다. "그런데 비둘기 경주라고 들어도 잘 모르시겠죠, 특히 젊은 분들은."

"솔직히 아는 게 없기는 합니다만……."

"모처럼 오셨으니 간단히 설명을 해드려도 괜찮을까요?" 총무부장은 자세를 고친 뒤에 말을 이었다. "먼저 자주 오해하시는 것이 있는데, 아무리 전서 비둘기나 경주 비둘기라고 해도 구사鳩舍에서 꺼내 '어디어디까지 날아가라!'라고 한다고 날아갈 수 있는 것은 아닙니다. 비둘기들이 할 수 있는 것은 자기 구사로 돌아오는 것뿐이거든요. 소위 귀소본능이라는 것이지요. 그 대신 훈련된 비둘기는 구사에서 멀리 떨어진 낯선 곳에서 날려도 확실히 돌아옵니다. 그때의 속도를 겨루는 것이 비둘기 경주입니다. 예를 들어, 간토 지방에 구사가 있는 비둘기들을 홋카이도의 하코다테로 데려가서 일제히 날리는 겁니다."

"하코다테요? 그렇게 멀리서?"

"네. 그런데도 이른 아침에 날리면 저녁때까지는 돌아옵니다. 돌아오면 방구지放鳩地, 즉 비둘기를 날린 곳에서 각 구사까지의 정확한 거리를 소요 시간으로 나눠 분속으로 순위를 매깁니다. 1000킬로미터를 넘는 장거리 경주도 있지요. 애지중지 키운 비둘기가 그런 먼 거리를 날아 무사히 돌아와주면 정말이지⋯⋯." 총무부장의 얼굴에 순식간에 환하게 웃음꽃이 피었다. "그야말로 끌어안고 볼을 비비게 되지요."

"그럼 무사히 돌아오지 않는 경우도 있다는 말씀인가요?"

"물론입니다. 거리가 멀면 멀수록 귀소율이 떨어집니다. 도중에 길을 헤매거나 맹금류에게 공격받거나, 너무 지쳐서 돌아가길 포기하는 경우도 있고요."

"그런 새들이 미아 비둘기가 되는 건가요?"

"그렇습니다. 전혀 관계없는 구사로 날아드는가 하면, 이번 비둘기처럼 일반 가정에서 보살핌을 받기도 하지요. 극단적인 예이긴 하지만 홋카이도에서 날려 보낸 뒤로 행방불명됐던 비둘기가 캐나다에서 발견된 경우도 있었습니다. 그런데……." 총무부장이 다시 사진의 발찌를 가리켰다. "이 아르노 19호는 경주 비둘기가 아닐지도 모르겠습니다."

"그건 무슨 뜻인지요?"

"비둘기 경주에 참가하려면 저희 같은 협회에 소속되어 비둘기를 등록해야 하거든요. 그리고 등록민호가 기재된 ○집을 부자가 발찌를 차지요. 그런데 이 아르노 19호의 발찌는 그런 협회에서 발행한 것이 아닙니다. 사육자가 비둘기 이름과 자기 연락처를 써놓기만 한 것이라서요."

"아, 그 말씀은, 등록되어 있지 않은 이상 주인을 찾을 수가 없다는 말씀인가요?"

"죄송합니다." 총무부장이 흰 눈썹 사이의 미간에 주름을 잡고 고개를 저었다. "유감스럽게도 저희로서는……."

그때 응접실 공간을 둘로 나눈 가리개 너머에서 젊은 남자 직원이 "저기" 하고 슬쩍 얼굴을 들이밀었다.

"옆에서 살짝 들었는데요, '아르노'라는 비둘기를 말씀하시는 거 맞죠?"

"응. 뭔가 아는 게 있나?" 총무부장이 물었다.

"아니요, 아는 건 아니고요, 예전에 전화로 문의하신 분이 있었습니다. '아르노'라는 이름의 비둘기에 대해 뭔가 아는 게 없느냐고. 사육자라든지 경주 접수 기록이라든지요. 비둘기 애칭만으로는 찾기 어렵다고 말씀드렸더니 일단 알겠다고 받아들이셨습니다."

"언제 이야기지?"

"아마 두 달 전쯤이었을 겁니다. 부장님이 외출 중인가 출장 중이셨을 때라 즉각 보고드리지 못했습니다. 말씀드릴 정도의 일은 아니다 싶어서…… 죄송합니다."

"그건 괜찮은데, 문의 주신 분이 어떤 분이지? 회원님이신가?"

"아니요, 비둘기나 철새에 관한 책을 쓰시는 분이라고. 이름이나 연락처를 적어놓은 게 책상 어딘가에 있을 겁니다."

*

좀 전에 전화로 설명을 들은 대로 나무들로 둘러싸인 산책로를 따라 걸었다.

바다 냄새가 감돌아 도시를 벗어난 듯한 착각이 드는 것도 사실이었다. 오이 부두 근처에 이런 공원이 있을 줄은 몰랐다.

왼쪽의 좁은 길로 접어들자 오른쪽으로 우드데크가 보였다. 부채꼴 모양의 데크 끝을 따라 높다란 나무벽이 빙 둘려 있었다. 벽 여기저기에 얇은 직사각형 모양의 관측 창이 뚫려 있었는데, 그 창 너머로 간석지에 모여드는 새들을 관찰하는 모양이었다.

세 명으로 이루어진 그룹, 그리고 남자 한 명. 혼자 있는 남자 쪽

147

은 삼각대에 올린 DSLR 카메라의 망원렌즈를 관측 창에 밀어 넣고 조용히 파인더를 들여다보고 있었다. 그쪽이 틀림없었다. 다들 조용해서 바로 뒤까지 다가가 조용히 "실례합니다"라고 말을 걸었다.

"오사나이 씨? 소노다입니다."

남자는 곧장 뒤를 돌아보고는 목소리를 낮춰 "아, 네, 오셨군요" 하고 말했다. 콧수염을 길렀고 체구가 작았다. 나이는 50대 정도려나. 그는 다음 말을 기다리지 않고 다시 파인더를 들여다봤다.

"잠깐만 기다려주세요. 마침 청다리도요가 있어서."

"청다리…… 새인가요?"

당연한 걸 묻고 말았다. 여기는 '들새공원'인 것을.

"저기." 오사나이는 카메라에서 눈을 떼지 않고 앞쪽을 손으로 가리켜 보였다. "물가 쪽에 열 마리 정도."

마사키는 옆쪽의 관측 창에서 오사나이가 가리킨 방향을 바라봤다. 말대로 50미터 정도 앞에 새들이 무리 지어 있었다.

"오, 뭔가 있네요."

오사나이는 말없이 목에 걸고 있던 쌍안경을 벗어 건넸다. 관심은 없었지만 거절할 수도 없어 받아서 눈에 갖다 댔다. 처음에는 잘 안 보였는데 조금 지나니 새 한 마리가 보였다. 날개가 연한 갈색인 물새가 뾰족한 부리로 바닷물이 빠져나간 진흙을 쿡쿡 쑤시고 있었다.

"이 녀석들 보는 것도 마지막이네요." 오사나이가 말했다.

"없어지나요?"

"이제 이동할 시기라서요. 도요새나 물떼새 부류는 여름 동안 시베리아에서 번식하고 겨울에는 동남아시아나 오스트레일리아에서 보내거든요. 여기는 오가며 들르는 겁니다. 추워지기 전에 남쪽으로 가야겠지요."

작은 목소리에도 억양이 다르다는 걸 알 수 있었다. 마사키는 "그 렇군요" 하고 반응하며 그가 어느 지역 출신일까 짐작해봤다. 촬영을 어느 정도 마친 뒤에 편하게 이야기할 수 있는 잔디 광장으로 이 동했다.

산책로를 나란히 걸으며 마사키가 말했다. "죄송합니다. 오늘 중에 만나고 싶다고 무리한 부탁을 드렸네요."

"아니요, 그건 전혀. 저야말로 여기까지 오시게 해서 죄송합니다. 어제부터 청다리도요가 와 있다는 얘기를 들어서요. 마침 오늘이 조차가 제일 클 때라 갯벌 사진 찍기에도 알맞아서."

"아, 새에 관한 책을 쓰신다지요. 그 책에 실릴 사진인가요?"

"좋은 게 있으면요. 그리고 쓰고 있기는 해도 책이 될지 어떨지는 아직 모르겠습니다. 아는 편집자한테 출판이 가능한지 검토해달라고 부탁한 상태입니다."

잔디 광장에 도착해 가까운 벤치에 나란히 앉았다. 마사키는 윗옷 주머니에서 스마트폰을 꺼내 비둘기 사진을 찾아 화면에 띄웠다. "이 비둘기인데요" 하고 말을 막 꺼내는데 오사나이가 내 스마트폰을 잡아 들었다.

오사나이는 안경을 위로 올리고 옆쪽에서 몸 전체를 찍은 비둘기 사진을 뚫어지게 쳐다봤다. "훌륭하네!" 하고 나지막이 감탄을 내뱉고는 비둘기 다리에 눈을 갖다 댔다. 마사키는 옆에서 화면을 밀어 다음 사진을 보여주었다. 발찌 사진이었다.

"맞네, 맞아." 오사나이가 몇 번이나 고개를 끄덕이며 말했다. "아르노 19호가 확실하네요."

"뭔가 특별한 비둘기인가요? 경주 비둘기는 아니라고 들었는데."

"저 같은 사람한테는 특별하다고 할 수 있지요." 오사나이는 콧수염을 쓰다듬으며 엄숙한 표정을 지었다. "아르노라는 것은 약칭이고, 정식 이름은 '도요 아르노'라고 합니다. 그러니 이 비둘기도 도요 아르노 19호시요. '도요신문'의 '도요'입니다."

"신문……이요?"

대형 신문과 비둘기가 무슨 관계가 있는 건가?

"저는 이전에 도요신문 기자였습니다. 대학에서 생물학을 좀 배웠다고 오랫동안 과학부에 있었지요. 철새 연구자를 취재하다 새들 세계에 빠져버렸고요. 유명한 도래지는 물론이고, 참수리든 참새든 재미있는 이야기가 들리면 어디든 그 즉시 찾아갔지요. 데스크에서는 '네가 철새라도 되냐'면서 별로 안 좋아했지만요."

"하하, 그럴듯한 표현이네요."

웃는 얼굴로 맞장구를 쳐주었지만 오사나이는 진지한 표정 그대로였다.

"그렇게 뭔가 참신한 새 이야기가 없나 찾던 중에 사회부장이 도요 출신이라는 선배 한 분을 소개해준 겁니다. 당시에도 벌써 아흔 가까이 되셨는데, 예전에 도요신문 본사 비둘기계에 계셨던 분이었어요."

"비둘기계요?"

"전서 비둘기라고 하죠. 일본 신문사나 통신사는 다이쇼1912~1926 후반부터 1950년대까지 기사 원고를 급히 보낼 목적으로 비둘기를 이용했습니다. 취재처까지 비둘기를 데려가서 통신지나 필름을 작게 말아 비둘기에게 들려 보냈지요. 다리에 묶은 통신관, 등에 멘 사진통을 이용해서요. 비둘기들은 그걸 가지고 회사 사옥 옥상에 있는 구사로 돌아갔습니다."

"비둘기에게 맡기다니, 어쩐지 좀 불안할 것 같은데요."

"확실성보다 속도가 중요했거든요. 대체로 오토바이보다 빨랐다고 하고, 전송 장치는 아직 너무 크고 성능도 좋지 않았던 때라서요. 다른 신문사들보다 앞설지 뒤처질지 비둘기 속도에 달렸기에 신문사들마다 비둘기를 200~300마리 기르면서 매일 훈련을 시켰습니다. 그걸 맡은 게 비둘기계입니다. 소수의 전문가들이 속해 있었죠."

"와, 전 그런 건 전혀……."

몰랐습니다, 하고 말하려고 했는데 오사나이가 용수철처럼 벌떡 몸을 일으켰다. 쌍안경을 하늘 쪽으로 들어 나무 너머로 날아 내려오는 새 한 마리에 초점을 맞췄다. 새의 모습이 보이지 않게 된 뒤에는 아무 일도 없었던 것처럼 다시 자리에 앉아 "뭐……" 하고 말을 이었다.

"비둘기 전송 같은 건 저희 세대한테도 옛날 일이니까요. 그래서 비둘기계 선배님께 들은 이야기는 하나같이 재미있었습니다. 예를 들면, 마이니치신문에 있던 '마이니치 353호'라는 비둘기가 일약 스타가 된 이야기 같은."

"스타요? 비둘기가요?"

"네. 1953년, 당시 왕세자였던 지금의 상왕이 엘리자베스 여왕의 대관식에 참석하려고 요코하마에서 배에 올랐을 때의 일이었습니다. 배 위 왕세자의 모습을 어떻게든 도쿄에 전하려고 각 신문사에서 사진을 비둘기에게 들려 보냈는데, 그때는 이미 배가 도쿄에서 600킬로미터나 떨어져 있었거든요."

"600킬로미터면 문제없이 않나요? 1000킬로미터 이상 되는 경주도 있다던데……."

"아뇨, 그렇지가 않습니다. 육상에서 나는 것과는 다르거든요. 바다에는 쉴 곳도, 표식이 될 만한 것도 없으니까요. 그런 상황이라 도쿄로 돌아오는 비둘기가 있기나 할까, 그런 생각이 지배적이었는데, '마이니치 353호' 한 마리가 지바현 쪽 바다 화물선까지는 도착을 했습니다. 마이니치로서는 대특종을 손에 쥔 것이죠. 다음 날 아침 지면에 왕세자와 '마이니치 353호'의 사진이 나란히 실렸습니다."

"아, 그래서 유명해진 거군요."

"바다 위를 수백 킬로미터나 난다는 게 그야말로 아르노하고 판박이라, 아……." 오사나이가 손에 든 마사키의 스마트폰을 살짝 흔들며 말했다. "이 아르노 말고, 《시튼 동물기》의 아르노 말입니다. 그 비둘기도 고장 난 증기선에서 출발해 뉴욕의 구사로 돌아왔거든요. 구조를 요청하는 편지를 가지고 물안개로 뒤덮인 바다를 300킬로미터 이상 계속 날아서요."

"아, 실은 아직 책을 못 읽었는데, 역시 원조 아르노는 다르네요."

전서 비둘기의 역사에 대해서는 충분히 알았으니 이제 그만 본론으로 들어갔으면 싶었다.

"그럼 이쪽 아르노 19호는?"

"이 녀석이 아르노 이름에 어울리는 비둘기인지 그건 논외로 치더라도……." 오사나이가 스마트폰을 들어 올리며 말했다. "혈통으로는 '도요계'인 셈이지요."

"그럼 도요신문에서 사육된 비둘기라는……?"

"그 자손입니다. 도요의 비둘기들도 '도요 몇 호' 하는 식으로 이름이 붙어 있어서요. '아르노'라는 건 아마도 도요 비둘기를 인수한 사람이 그 자손들에게 붙인 이름일 겁니다."

"인수라면 그건 어떤……?"

"1950년대 후반에는 이미, 전송을 위해 비둘기를 이용하는 일이 거의 없어졌습니다. 몇 년 사이에 각 회사의 구사가 차례로 폐쇄됐고, 비둘기는 직원이나 비둘기 애호가들이 인수했지요. 그 자손들이 '마이니치계' '요미우리계'…… 그런 식으로 불렸는데, 그런 혈통들도 언제부터인가 사라지기 시작했습니다. '도요계'도 마찬가지였다, 하는 게 그 선배님 이야기였습니다.

저는 그 말을 듣고 그 후손들이 지금도 어딘가에서 사육되고 있지 않을까 싶어 찾기 시작했습니다. 찾으면 재미있는 기삿거리가 될 것 같아서요. 그것도 벌써 10년이나 된 얘기지만요. 그런데 끝내 목적을 달성하지 못했습니다."

"못 찾으신 건가요?"

"네. 못 찾은 것도 그렇지만, 그 밖에도 이런저런 일이 있었습니다. 저는 그리고 1년도 안 돼서 일을 그만두고 아오모리로 갔습니다. 아버지가 돌아가시고 알츠하이머를 앓고 계셨던 어머니가 혼자가 되셔서 말입니다. 제가 외아들이라, 쉰도 되기 전에 간병 퇴직이란 걸 하게 됐습니다."

"아, 그러셨군요."

아오모리였군!

그렇게 생각하는 순간, 명치께가 쿡 쑤시며 식도 언저리로 뭔가 불쾌한 게 확 치솟았다. 지난밤에는 맥주 두 캔으로 끝냈으니 술 때문일 리는 없는데…….

"어머니가 재작년에 돌아가셔서 다시 도쿄로 왔습니다. 아내하고 아이들은 계속 여기에서 지냈거든요. 그래서 이렇게 새들 세계로 돌아오게 됐네요. 책을 내자 생각하고 쓰기 시작하면서 신문사 비둘기 후손 찾기도 다시 시작했습니다. 첫 장을 비둘기 이야기로 해야겠다 싶어서.

그러고 있는데 이번 7월에 지바현 기사라즈에서 비둘기 경주를 하는 사람한테서 재미있는 얘기를 들었습니다. 5~6년 전에 '도요 아르노 11호'라는 비둘기의 알을 부화시킨 적이 있다, 근데 아쉽게 새끼 때 죽고 말았다, 그런 얘기였습니다."

"알을 부화시켰다면 어미도 같이 있었다는 말 아닌가요?"

"아니요, 비둘기 애호가들 사이에서는 알을 양도하거나 매매하는 일이 자주 있습니다. 그 사람도 그 지역 비둘기 애호가 친구를 통해서 어떤 사육자의 알을 싼값에 넘겨받았다고 했고요. 흔치 않은 도요계라 한번 길러보고 싶었다더군요. 안타깝게도 11호 사육자에 대해서는 알고 있는 게 없었습니다. 이름을 들었는데 잊어버렸다고."

"그럼 그 소개해줬다는 친구분한테 여쭤보면……."

"안 그래도 그러려고 했는데 그 친구라는 분이 벌써 비둘기 관련 일을 그만두고 다른 곳으로 이사해버렸다더군요. 지금은 연락처도 모른다고요. 혹시 알게 되면 연락을 달라고 말을 해놓기는 했습니다만."

"……그렇군요." 불만이 목소리에 배어 나오지 않도록 신경 쓰며 중얼거렸다.

뭔가. 주야장천 이야기를 해놓고 결론이 이렇게 나나. 완전 허탕이구나.

"처음에 도요계 얘기를 해준 비둘기계 선배님도 벌써 돌아가셨고, 밑져야 본전이다 싶어서 비둘기 경주 협회에 문의를 해본 것인데……." 오사나이는 스마트폰의 사진에 살짝 손을 얹으며 말을 이었다. "헛수고한 게 아니었네요. 딱 한 번이라도 19호를 제 눈으로 보고 싶습니다."

"아, 그러시겠네요." 솔직히 귀찮았다. "여쭤보겠습니다. 비둘기를 돌보고 계신 분께."

스마트폰을 받아 넣고 마무리 인사를 생각하고 있는데, 오사나이가 "오!" 하고 소리치며 벌떡 일어나 다시 쌍안경을 들고 하늘을 바라봤다.

"청다리도요…… 좀 전에 봤던 녀석들인가?"

스무 마리 정도 되는 새들이 갯벌 위쪽을 크게 선회하는가 싶더니 그대로 날개를 퍼덕거리며 날아갔다. 방향은, 남쪽이다.

"이제 떠나는 걸까요?"

"그럴지도 모르겠네요."

새들은 점점 작아지더니 파란 가을 하늘 저편으로 사라져갔다.

앞으로 수천 킬로미터나 되는 거리를 쉬지 않고 바다 위를 날아서 건너간다. 그런 생각을 하다가 말이 툭 새어 나왔다.

"……어떻게 아는 걸까, 어디로 가면 되는지."

오사나이는 쌍안경을 내리고 다시 마사키 옆에 앉았다.

"신기하지요? 신기하다고 생각하면 끔찍한 실험도 해버리는 게 학자란 사람들이라. 예를 들어 어떤 연구자는 월동지로 날아가고 있는 흰정수리북미멧새를 붙잡아서 비행기로 3700킬로미터나 떨어진 곳으로 데려갔습니다. 거기서 다시 날려보냈더니 흰정수리북미멧새들은 몇 시간 안에 월동지로 향하는 방향을 잘 찾아서 다시 날아갔습니다. 뭐, 경주 비둘기들은 이런 일을 날마다 하고 있는 셈이지만요."

"그렇게 생각하면 비둘기들한테 몹쓸 짓을 하는 거네요."

"철새나 비둘기가 어떻게 방향을 잡는지 아시나요?"

"잘은 모르지만…… 태양 같은 걸로 잡는 것 아닌가요?"

"태양도 물론 방법 중 한 가지입니다. 태양이나 천체의 위치, 체내 시계를 이용해 꽤 정확하게 방위를 알아낼 수 있다고 합니다. 그런데《시튼 동물기》의 아르노는 안개 낀 바다를 날았지요? 철새는 달이나 별이 없는 밤에 바다 위를 나는 일도 다반사고요. 그런 새들은 태양 외에 **컴퍼스**를 이용합니다. 나침반, 다시 말해 지구자기를 이용하는 겁니다."

"아, 들어본 적이 있는 것 같네요."

"지구자기라는 게 꽤 편리합니다. 그걸로 동서남북은 물론 그 장소의 대체적인 위도도 알 수 있거든요. 지구자기의 방향은 북쪽을 향하고, 북반구에서는 지면 방향으로 대각선 아래쪽을 향합니다. 그 각도는 적도에서 북극 쪽으로 갈수록 커지고, 동시에 자기장의 세기도 세집니다. 위도가 커질수록요."

완전히 이해된 건 아니었지만 일단 "아아" 하고 대답했다. 오사나이는 왕년의 과학 기자답게 유유히 이야기를 이어나갔다.

"옛날에 한 국제 비둘기 경주 중에 강력한 자기폭풍이 발생한 적이 있었습니다. 그로 인해 지구자기가 크게 흔들렸지요. 그러자 끔찍한 일이 벌어졌습니다. 참가한 비둘기 5000마리 가운데 90퍼센트 이상이 행방불명돼버린 겁니다. 실제로 비둘기의 머리에 작은 막대자석이나 코일을 갖다 대면 방향감각을 잃지요. 그리되면 과학자는 당연히 비둘기를 해부해 몸속의 나침반을 찾아보게 마련이죠. 예상대로 뇌나 부리에서 극소의 자철석 결정 및 자기 수용체가 발견됐습니다. 그 주변 신경계가 발달해서 자기 센서를 이루고 있다는 것이었죠. 그런데 최근에 새롭게 재미난 가설이 등장했습니다."

오사나이는 손가락 두 개로 자신의 두 눈을 가렸다.

"비둘기나 철새는 자기장을 '본다'는 가설입니다."

"엇, 자기장이 눈에 보이기도 하나요?"

"직접적으로는 보이지 않지요. 새의 망막에는 빛과 자기장을 받아들여 전자 수준에서 반응을 일으키는 단백질이 있다고 합니다. 즉, 자기장의 정보가 시각 패턴으로 나타나는 것이죠."

"어떤 식으로 보이나요?"

"거기까지는 파악이 안 됐습니다. 시야 안에서 지구 자기 방향이 밝은 점으로 나타날지도 모르고, 자기장의 강도가 명암 그러데이션처럼 보일지도 모르고요."

마사키는 그런 상태를 상상해보았다. 자신의 시야에 북쪽을 나타내는 빛의 점이 늘 자리하고 있다. 시선을 돌리면 풍경은 달라지지만 점의 위치는 그대로인, 그런 상태려나?

오사나이가 입꼬리를 살짝 올리면서 질문을 던졌다. "어떻게 생각하세요?"

"음, 좀 답답할지도 모르겠네요."

"인간한테는 그럴지도요. 하지만……."

오사나이는 보이지 않는 새를 눈으로 좇듯 하늘을 올려다봤다.

"새는 자기가 사는 곳이나 고향의 방향을 늘 시야에 넣고 의식하는 겁니다. 거기서 아무리 멀리 떨어져 있어도 돌아갈 장소가 늘 보이는 것이죠. 그리고 때가 되면 아무 망설임 없이 그곳을 향해 날아

갑니다. 단순해서 부럽기도 합니다, 저는."

  아직 점심을 못 먹어서 회사로 복귀하기 전에 히가시우에노에 있는 카페에 들렀다.

  싸구려 호텔들이 늘어선 길에서 골목 하나 더 들어가면 있는 가게다. 지금이 어느 시대인가 싶은 번쩍거리는 싸구려 내부 장식, 음식도 딱히 맛있지는 않다. 가게 뒤에 주차 공간이 있다는 이유만으로 가끔 들르는 곳이다.

  명치 쪽이 계속 쓰려서 파스타는 반 정도 먹다 정리해달라고 했다. 늘 마시던 커피도 못 마시고 대신 홍차를 시켜 받았다. 처음 보는 여자 점원이 찻잔과 작은 접시를 내려놓았다. 접시에는 얇게 썬 레몬이 한 조각 놓여 있었다.

  "이거." 마사키는 턱을 슬쩍 쳐들어 레몬을 가리켜 보였다. "스트레이트라고 말했을 텐데."

  결국 까칠한 말이 튀어나왔다.

  "네?" 점원은 눈을 깜빡거리며 말했다. "……아, 죄송합니다."

  하지만 말과는 달리 점원은 도대체 뭐가 문제냐는 얼굴로 접시를 다시 가져갔다.

  옆 테이블에서 경마 신문을 보고 있던 중년 남자가 이쪽을 쳐다봤다. 눈이 마주치자 휙 시선을 돌리고 모르는 척 빨간 색연필 끝을 핥았다.

  다시 가게 안을 둘러보니 비슷한 사람들뿐이다. 평일 오후를 혼자 이런 후미진 카페에서 보내다니, 제대로 일하고 있다고 보기 어렵다. 도시 밑바닥에 깔린 침전물, 101호 사타케 같은…….

구석 자리 남자가 눈에 들어왔다. 체격이 마사키 자신과 비슷했다. 다박수염에 트레이닝복 상하의, 샌들, 공허한 눈빛으로 창밖을 바라보고 있다. 5년 후면 나도 저렇게 보일까. 그 모습을 떨쳐내듯 넥타이를 홱 풀고 뜨거운 홍차를 벌컥벌컥 마셨다. 목구멍이 뜨거웠다. 물을 한 모금 더 마시면서 생각했다. 이런 데는 나의 '도쿄'가 아니다…….

시모키타자와에서 살던 때가 떠올랐다. 상경해서 처음으로 살았던 곳은 '욕실 무, 화장실 공용'의 '제2이사카여관'이었다. 극단 연습실에서, 아르바이트하던 이자카야에서 날마다 혹사당하면서도 힘들다 생각할 여유도 없이 닥치는 대로 해내던 시절. 도시의 기운에 눌리고 치이면서, 그러면서도 어찌어찌 매달리며 어느 틈엔가 도시에 익숙해졌다.

당시 시모키타자와는 아직 꿈을 좇는 젊은이들의 거리였다. 프로 뮤지션을 꿈꾸는 사람. 마사키 자신 같은 배우 지망생. 밤이면 역 앞이 그런 이들로 득실거려 고독하다고 느낀 적은 없었다. 돈은 없고, 있는 거라곤 같은 꿈을 가진 친구뿐이었지만, 그래도 그 시절 마사키는 확실히 '도쿄'에 살고 있었다.

나고 자란 곳은 히로시마현으로, 그렇다고는 해도 세토내해의 섬이다. 시마나미 해도가 개통된 뒤에는 관광객이 늘고 있는 모양이지만, 레몬 밭 말고는 아무것도 없는 곳이라는 것은 똑같다. 그런 섬이

달라질 리 없다. 본가도 할아버지 때부터 레몬 농사를 지었다. 고지식하게 품을 들여 기르는 식 외에는 모른다. 주변 농가들처럼 통신 판매나 가공품으로 돈 벌 생각도 하지 않는다. 그저 안전하게 맛 좋은 레몬을 재배하는 것만 생각하면 된다고 굳게 믿고 있다. 그런 할아버지와 아버지가 마사키 눈에는 가망 없는 시골 아재들로 보였다. 어리석어 보였다.

영화에 빠진 건 중학교 2학년 때다. 물론 섬에 영화관 같은 게 있을 리 없다. 근처 살던 사촌 형이 영화 마니아라 복사한 대여점 비디오테이프를 잔뜩 갖고 있었다.

처음에는 좀 오래된 일본 영화들에 빠졌다. 후카사쿠 긴지 감독에게 충격받고, 가도카와 영화사의 마쓰다 유사쿠 팬이 됐다. 교실에서 샤프를 담배처럼 물고 마쓰다 유사쿠 흉내를 내면 친구들은 "그건 누구 흉내냐?" 하며 고개를 갸웃거렸다. 같이 웃기는 했지만 마사키는 진심이었다. 진심으로, 언젠가 영화관 스크린에 수놓일 자신의 모습을 그려보곤 했다.

섬에서 유일한 고등학교에 진학한 봄, 히로시마 시내의 홀에서 나름 유명한 극단의 〈맥베스〉를 봤다. 구로사와 아키라 영화를 보고 영향을 받은 것이다. 직접 본 무대의 박력에 압도되어 '연기를 배우려면 연극이다!'라고 혼자 화르르 타오르며 흥분했지만, 작은 학교에 연극부는 없었다.

누나가 하나 있지만 할아버지도 아버지도 분명 마사키가 레몬 밭을 이어가길 바랐을 것이다. 마사키가 태어나기 십수 년 전, 레몬 수입이 완전히 자유화되며 일본산은 모든 큰 타격을 입었다. 그런 상황을 필사적으로 넘어서며 지켜낸 밭이다, 그 말을 거듭거듭 들어왔다.

그랬지만 마사키는 휴일에도 밭일을 돕지 않고 아침부터 밤까지 비디오 삼매경이었다. 늘 저기압인 아버지와는 툭하면 부딪쳤다. 그때마다 마사키 편을 들어준 건 할아버지였다. 시대극을 좋아하던 할아버지와는 일본 영화의 명작 몇 편을 같이 본 적도 있다.

졸업하면 도쿄에 가서 배우 수업을 받을 거라고 하자 아버지는 처음에는 무시했다. 고집스럽게 이야기를 해대니 결국 "거 좀 작작 해라!" 하고 고함을 쳤다. 가족 중에는 할아버지만 "한 번은 섬 밖에 나가보겠단 거잖니, 것도 젊어서 그런 거다" 하고 웃어넘겨주셨다.

졸업식도 기다리지 못하고 가출 비슷하게 섬을 떠났다. 먼저 히로시마 시내에서 영양사 전문학교를 다니던 누나 집에 쳐들어갔다. 석 달 정도 이삿짐센터에서 아르바이트를 해서 상경 자금을 모아 야간 버스를 타고 도쿄로 향했다. 오다큐선 시모키타자와에 내린 건 열아홉 생일을 나흘 앞둔 날이었다. 살 집과 아르바이트할 곳을 정하고 지역의 작은 극단에 연습생으로 들어갔다. 하지만 극단이 반년도 안되어 해산됐다.

처음으로 혼자 맞이한 연말연시. 해가 바뀌자마자 엄마가 다급한 목소리로 전화를 걸어왔다. 할아버지가 쓰러지셨다고, 급하게 수술에 들어간다고. 바로 간다고는 말하지 못했다. 바로 다음 날부터 이틀간 인기 극단의 입단 오디션이 있었다. 3년을 기다린 오디션이었다.

그날 밤늦게 할아버지가 수술한 보람도 없이 돌아가셨다는 연락을 받았다. 대동맥 해리. 이틀 뒤가 장례라고 들었지만 에두른 대답 밖에는 못 했다. 결국 집에는 아무 말 못 하고 입단 오디션을 치렀다. 단 한 사람, 나를 이해해준 할아버지의 고별식에도 장례식에도 참석하지 않고 시부야의 오디션장으로 향했다.

그때의 기분을 말로 옮기는 건 지금도 어렵다. 죽은 사람을 위해 산 사람이 기회를 놓쳐서는 안 된다, 그렇게 스스로에게 말하며 시부야의 도겐자카를 따라 성큼성큼 걸어 올라간 기억만 남아 있다. 합격자에게만 연락을 준다고 했었는데 마사키 방의 전화는 울리지 않았다. 본가에 전화를 걸었던 건 그 후였다. 전화를 받은 아버지는 화를 내지도 슬퍼하지도 않았다. 조용히, 흔들리는 목소리로 "다시 집에 올 생각 마라" 하고 말했을 뿐이다. 옆에서 엄마가 훌쩍이는 게 전해졌다.

그 후로 20년.

섬에 돌아간 적은 없다. 전화한 적도.

엄마가 휴대전화로 가끔 전화를 걸었지만 받지 않는 사이에 그것도 끊겼다. 그 대신인가, 결혼해서 후쿠야마에 사는 누나가 1년에 한 번쯤 '살아 있니?' 하고 메시지를 보내왔다. 마사키도 한마디, '살아 있다' 하고 답을 보낼 뿐이다…….

싸구려 홍차인 거지. 한 모금 마셨는데 떫은맛이 내내 혀에 들러붙어 있다. 컵의 물을 한 번 더 마시고 계산서를 들고 일어섰다.

가게를 나와 뒤쪽 주차장으로 향했다. 쓰레기장 쪽에서 날아오르는 까마귀를 보니 오사나이의 이야기가 떠올랐다. 올려다본 하늘에는 어느 틈엔가 옅게 구름이 끼어 있다.

서쪽은 어딜까. 방향감각이 좋은 편은 아니었다. 태양을 찾아보려 했지만 잡거빌딩 틈으로 올려다보는 비좁은 하늘에서 그 윤곽을 발견하기는 쉽지 않았다.

*

303호 베란다로 나가자 창문에 불이 들어오기 시작한 고층 맨션 오른쪽 하늘에 노을이 새빨갛게 나오트고 있었다. 옆집에서 뭔가 달고 칼칼한 조림 냄새가 흘러 들어왔다.

손목시계로 눈을 떨어뜨리니 5시 25분이다. 얼추 시간이 됐다.

채 3분도 지나지 않아 동쪽 하늘에 작은 점이 나타났고, 이쪽으로 곧장 다가왔다. 역시 빠르다. 순식간에 날아와서는 천천히 날개를 쳐 속도를 늦춘 뒤 난간 위에 내려앉았다.

마사키의 마중에 익숙해졌는지 아르노 19호는 한 차례 갸웃거리고 베란다 바닥에 톡 내려앉았다. 고개를 주억거리며 앞으로 가서 빈 푸딩 용기에 담긴 물에 부리를 담갔다. 깨진 밥그릇에 담긴 잡곡은 스미에가 근처 펫숍에서 사 왔다는 잉꼬용 사료다.

비둘기 시터 신세가 된 지 오늘로 사흘째. 스미에는 지금 병원에 있다. 심각한 병은 아닌 듯했다. 신장에 지병이 있어 몇 년에 한 번 검사하러 일주일 정도 입원한다고 한다. 입원 당일 아침에 직접 전화를 걸어와 일방적으로 밀어붙였다.

"그 아이 좀 돌봐줘, 방 열쇠는 우편함에 넣어둘 테니까."

"아니, 그게 무슨……."

"그냥 부탁할 곳이 그쪽밖에 없어. 집에 갔을 때 그 아이가 약해져 있거나 하면 회사에 클레임 걸 테니 그리 알아."

스미에는 이쪽이 당황한 사이 그렇게 말하고는 전화를 끊었다.

할 수 없이 303호에 가보니 식탁 위에 올려놓은 팸플릿 뒷면에 사료와 물 주는 법이 자세히 적혀 있었다.

19호가 사료를 먹기 시작했다. 밥그릇의 잡곡을 쪼아 먹고는 주변을 말똥말똥 살펴본다. 마사키와 눈이 맞았지만 못 본 척 밥그릇으로 고개를 돌렸다.

한숨에 이어 하품이 나왔다. 이렇게 저녁에 들르는 건 괜찮다 쳐도 아침 8시 반에도 사료를 줘야 한다. 출근 전에 들르려면 평소보다 40분이나 일찍 일어나야 했다. 이루 말할 수 없이 귀찮다.

그래도…… 비둘기 시터 일을 관두지 않는 건 어딘가 비슷하다고 느껴져서일까. 이 대도시에서 미아가 되어버린 19호와 자신, 어쩌면 스미에도.

주머니에서 담배를 꺼내려는데 스마트폰이 울렸다. 상사였다. 비둘기 눈을 보며 "쉿" 하며 손가락을 입에 댄 뒤 전화를 받았다.

"너, 언제까지 놀다 올 건데?" 마사키와 세 살밖에 차이가 나지 않는 상사가 날 선 목소리로 따져 물었다.

"죄송합니다. 곧 들어갑니다."

"아라카와 2번지 그린하이츠. 형광등 교체하라고 했을 텐데. 좀 전에 주인이 또 전화해서 짜증 냈다고."

"아, 죄송합니다. 들어가서 바로 가보겠습니다."

"지금 어딘데?"

"아, 뉴메종 쓰카다입니다. 기타센주요."

순간 거짓말이 안 나왔다. 비둘기 시터 일은 당연히 보고하지 않았다.

"사타케가 사는?"

"네." 당하기 전에 먼저 얘기를 꺼냈다. "상황은 별로 진척이 없습니다만."

"진척이 없습니다만? 그렇게 틱틱 말만 하지 말고 그 뚱보 좀 팍팍 찔러봐야 하지 않아?"

"죄송합니다."

"뉴메종 쓰카다, 그 할매 비둘기는 어떻게 됐어?"

"아······."

역시 올 게 왔다.

"주인 찾았어? 이제 곧 일주일째 아니야?"

"네, 그렇죠······." 마사키의 계산으로는 이미 9일째다. "이리저리 수소문은 해보고 있는데 이거다, 하고 잡히는 데가······."

"됐어. 시간 낭비야. 밖에서 확 잡아채서 죽여버려."

"핫, 그건 그것대로 쉽지 않을 것 같은데요."

"그럼 할매 집 비웠을 때 잡아와. 열쇠는 집주인한테 빌려놓을 테니까."

"네? 어떻게 그런……."

일단 조금만 더 시간을 달라고 하고 전화를 끊으려는데 상사가 "아, 맞다!" 하며 목소리 톤을 높였다.

"이번에 시작한 형사 드라마 말이야. 거기 준야 나오지?"

"아, 그런 것 같던데요."

목이 턱 막혔다. 또. 이놈의 상사는 대체 무슨 기분으로 이 얘기를 밥 먹듯이 꺼내는 걸까.

"이번에도 꽤 괜찮은 역할이던데? 주인공이랑 라이벌인 형사."

"진짜요? 대단하네요."

가벼운 대사인데도 목소리가 굳었다. 형편없는 연기다.

"그 녀석 완전히 떴다니까? 요전에 토크쇼에도 나왔는데……."

거기서부터는 한 귀로 흘려들으며 적당히 대꾸만 했다. 전화를 끊고 난간에 기댄 채 담배에 불을 붙였다. 19호가 레몬 상자 안으로 모습을 감췄다. 담배 연기가 싫은 건지도 모른다.

바깥 공기와 담배 냄새가 섞이며 기억을 자극했다. 준야도 담배 냄새를 싫어했다. 방 안에서 마일드세븐 상자를 꺼낼라치면 늘 이렇게 베란다로 쫓겨났다.

두 모금 피운 걸로 다시 욕지기가 치밀었다. 다시 입에 물 기분이 들지 않아 손가락 사이에서 재가 되어가게 됐다.

준야를 만난 건 스물두 살 때였다. 당시 마사키가 있던 거의 무명이던 극단에 다른 극단에 있던 준야가 들어왔다. 얼굴이 정말 허여멀건 하네, 하는 게 첫인상이었다. 착해 보이는 눈을 가늘게 뜨고 조용히 웃기만 할 뿐 무슨 생각을 하는지 도통 알 수가 없었다. 그런데 일단 연습에 들어가면 표정이 싹 바뀌어 기백 있는 연기를 펼쳐 보였다. 무심코 시선을 빼앗길 정도로.

이야기를 나눠보니 나이는 동갑으로, 야마가타현의 체리 농가 장남이었다. 집안의 농사를 이어받지 않고 열여덟에 상경했다는 것도 비슷했다. 한 달 뒤에는 자연스럽게 단짝이 되어 있었다. 물론 꿈도 같았다. 언젠가 거장이라고 불리는 감독의 영화에 콜을 받는 배우가 되는 것. 굳이 말하자면 쇼켄'작은 켄이치'라는 뜻으로, 일본 배우 하기와라 켄이치의 10대 시절 별명파라고 말은 했지만 문아도 옛닐 영화나 드라마를 좋이해서 가도카와 영화사 작품도 즐겨 봤다. 극단 동료들끼리 잔뜩 마시고 노래방에 우르르 몰려가면 꼭 둘이서 〈세일러복과 기관총〉을 불러 젖혔다.

스물넷부터 스물아홉까지 5년간은 스미에의 방과 쐐나 비슷한, 역에서 도보로 20분 걸리는 아파트에서 같이 살았다. 같이 땀 흘리며 연습하고, 같은 가게에서 일하고, 같은 집으로 돌아가던 나날. 말다툼을 한 적도 없었다. 선배가 꾸린 극단으로 옮길 때도 함께였다.

동거 생활이 끝난 건 마사키 자신이 결혼을 했기 때문이었다. 상대는 세 살 연상의 같은 극단 단원이었다. 그쪽도 배우 지망생이었지만 결혼과 동시에 현실적으로 돌변했다. 언제까지고 이렇게 살 순 없다, 여자는 아이 낳을 수 있는 시간이 정해져 있다, 그런 이야기를 틈만 나면 입에 올렸다. "극단 관두고 취직하라는 말이야?" 마사키가 되받아치면서 싸움이 시작됐다. 그렇게 싸워대는 것도 진력이 나서 서로를 없는 사람 취급했고, 결국 2년 만에 헤어졌다.

준야와 다시 같이 살지는 못했지만 둘 사이는 변함없었다. 둘 다 밥벌이 안 되는 극단 소속이라는 것도 여전했다. 수고비가 조금이라도 나오는 일은 드라마나 영화 단역뿐으로, 서른이 넘었지만 '경비원 A' 이외의 역을 해볼 기회는 좀처럼 오지 않았다.

둘 중 하나가 술을 퍼붓고 엉망이 된 밤에는 다른 하나가 방까지 끌고 갔다. "이깟 배우 때려치울 거야!" 하는 말은 못 들은 것으로 하고 다음 날에는 "연습 가야지"라고 서로에게 전화를 걸었다.

마사키가 결혼 생활을 하는 동안 준야는 산에이 에스테이트 청소 부문에서 아르바이트를 시작했다. 회사에서 관리하는 맨션이나 아파트의 공용 공간을 돌며 청소하는 일이었다. "내가 소개할 테니까 회사 사람 한번 만나봐" 해서 마사키도 같이 일하게 됐다.

급작스럽게 둘의 운명이 갈라진 건 4년 전으로, 둘이 함께 영화 오디션을 봤을 때였다. 조연이라고는 해도 주연 배우와 얽히는 신이 많은 중요한 역할이었다. 주목받는 신예 감독이 수십 명 중에서 고른 사람은, 준야였다.

영화는 히트를 쳤다. 마사키도 개봉하자마자 봤다. 마조히스트 야쿠자라는 쉽지 않은 연기를 준야는 특유의 힘 있는 연기로 소화해냈다. 감동했다. 동시에 당연히 질투가 솟았다.

그때부터 준야는 그 감독 작품에 두 편 연속으로 출연했다. 개성파 배우로 TV 드라마에도 불려가는 유명 연예인이 되어 아르바이트도 극단도 그만두고 에비스의 맨션으로 이사했다.

그때 뽑힌 게 나였다면, 지금쯤······.

그런 생각을 하지 않는 날이 없었다. 결국 다 운인가. 이런 말을 내뱉으면서도 운 때문만은 아니라는 건 잘 알고 있었다. 준야가 계속 발탁된 것은 준야에게 **뭔가**가 있기 때문이었다. 과연 내 안에는 그런 게 있을까. 만약 그런 게 있다면 벌써 누군가의 눈에 띄지 않았을까.

단짝을 잃어버린 마사키는 극단에서도 점점 고립되어갔다. 큰 실적도 못 올리는 주제에 경력만 길고 늘 인상을 구기고 있으니 당연했나. 연습실과는 점점 멀어졌고, 이르비시트가 없는 날에는 방에서 나가지 않았다. 매일 밤 싸구려 술을 홀짝이다 쿰쿰한 이불 속으로 기어들며 꿈이 죽어가는 걸 방치했다.

그러던 지난여름, 마사키에게도 제안이 들어왔다. 산에이 에스테이트의 계약사원이 되시 않겠느냐는 제인이었지만. 일히는 건 봐서 2~3년 뒤에 정사원으로 채용하겠다고, 과장이 말했다. 계약사원이긴 했지만 회사 생활을 하게 되면 더 이상 극단에 남는 게 어려워질 터. 결단을 내리지 못하고 있을 때 준야한테서 오랜만에 어디서 한번 보지 않겠느냐고 연락이 왔다.

롯폰기의 카페에 먼저 도착해 기다리고 있던 준야는 연예인이라고 선글라스로 얼굴을 가리거나 하지 않았다. 처음 만났을 때와 똑같이 착해 보이는 미소를 띠고 있었다. 잠시 서로의 근황을 보고한 뒤 준야는 명함을 꺼내 테이블 위에 올려놓았다. 방송국 로고와 '드라마 제작부 프로듀서'라는 직함. 보는 순간 모든 걸 이해했다. 예상대로 준야는 "내가 소개할 테니까 이 사람 한번 만나봐"라고 말했다.

분함과 서글픔으로 몸이 떨렸다. 동정을 받아서가 아니었다. 준야의 말투가 청소 아르바이트를 소개해주던 때랑 완전히 똑같아서였다. 자신이 걸어온 20년이 아파트 복도의 쓰레기처럼 긁어모아져 비닐봉지에 버려진 듯한 기분이 들었다. 준야에게 좋은 마음뿐이란 건 알고 있었다. 다만 준야와 자신은 이제 사는 세계가 다르다는 걸 그때 깨달았다.

아이스 커피를 한 모금 마시고 웃는 얼굴을 지어 보였다. 그리고 되도록 온화한 목소리로 대답했다. "고마워. 근데 이제 배우 일 안 하려고. 그 회사에서 사원으로 일하게 돼서." 준야와 함께한 세월이 기도 한 20년을 더는 다치게 하고 싶지 않았다. 마사키에게 그건 일생일대의 연기였다.

담배가 필터까지 타 들어갔다. 윗옷 주머니에서 휴대용 재떨이를 찾아봤지만 아무리 뒤져도 없었다. 별수 없이 꽁초째로 주머니에 찔러 넣었다.

시선이 느껴져서 쳐다보니 19호였다. 어느 틈에 난간 위에 올라와 있었다. 동그란 눈을 깜빡이며 고개를 몇 번이고 좌우로 까딱거리는 모습이 꼭 뭔가 제 생각을 열심히 전하려는 듯 보였다.

"걱정해주는 거냐?" 오렌지색 눈을 들여다보며 말했다. "괜찮아, 네 걱정이나 해. 진짜 집은 어디에 있는 거야?"

아르노 19호는 낮이면 어딘가로 날아갔다. 제집을 찾으려고 매일 몇 십 킬로미터나 날아다니는 건 아닐까. 사이타마, 지바, 이바라키.

아니면 더 먼 곳에서 살았던 건가. 뭐, 길을 잃고 캐나다까지 날아가는 비둘기도 있으니…….

슬쩍 양손을 내밀어 배 아래부터 감싸듯이 19호를 들어 올렸다. 비둘기는 얌전히 내 손에 안겼다. 생각했던 것보다 훨씬 더 가볍고, 부드럽고, 따뜻했다. 폭신한 깃털 속에서 작은 심장이 빠르게 뛰는 게 느껴졌다. 이 목을 비틀다니, 가능할 리 없다.

"설마, 히로시마는 아닐 테고?" 다시 고개를 갸웃하는 비둘기의 눈을 가만히 들여다보며 말했다. "그나저나 얼빠진 비둘기잖아. 네 나침반은 이렇게 된 기가, 빙가진 기가?"

그때 주머니에서 다시 스마트폰이 울렸다. 상사면 받지 않으려고 했는데 '오사나이'라는 이름이 화면에 떴다.

*

오사나이와 함께 303호에 들어와 불을 켜고 마루방 안쪽의 커튼을 열자 베란다에서 아르노 19호가 푸딩 용기에 담긴 물을 마시고 있는 게 보였다.

"아, 역시 벌써 와 있었네요."

베란다 문을 열고 아르노 쪽을 가리켜 보였다. 손목시계를 보니 5시 반에서 몇 분 지나 있었다.

"이 녀석이 아주 시간 개념이 정확하더라고요."

"이야, 너로구나." 오사나이가 문 쪽으로 다가와 비둘기를 향해 말했다. "드디어 만났구나. 반갑다."

용기의 물을 갈아주고 사료를 보충하는 마사키 옆에서 오사나이가 19호를 안아 올려 빛바랜 발찌를 다시 들여다봤다.

"너도 경주 비둘기가 아니구나. 유서 깊은 **전서 비둘기**다."

"전서 비둘기라고 해도 편지 한 통 배달한 적 없는 거 아닙니까? 이 녀석도, 다른 아르노들도."

"아마도 그렇겠죠."

"할 일도 없는데 몇 십 년이나 훈련만 계속 시키다니, 그 마쓰구라라는 분도 엄청 특이한 분이네요."

"특이하다기보다는 완고한 분 같은데요." 오사나이가 19호의 얼굴을 바라보며 말했다. "어떤 기분이었을지 이해가 되기도 합니다. 같은 도요에서 보도에 몸담았던 사람으로서."

어제 오사나이가 전화를 걸어온 건 아르노 11호의 주인에 대해 알게 된 것이 있어서였다. 지바 기사라즈의 사육자에게 알을 넘겨받을 수 있게 중개했던 사람과 연락이 닿아 이야기를 듣게 됐다는 것이었다.

만나서 자세히 듣기로 하고 오사나이를 이 아파트로 불렀다. 실물 19호를 보고 싶어 해서였다. 스미에에게는 전화로 허락을 받았다. 기타센주역에서 만나 아파트로 오는 동안 오사나이가 들려준 이야기는 이렇다.

아르노 11호를 기르던 이는 마쓰구라라는 노인이다. 젊은 시절 몇 년간 도요신문 비둘기계에서 견습생으로 일했다, 고 본인은 자랑스럽게 이야기했단다. 비둘기 전송이 폐지된 뒤에는 구사의 비둘기를 열 마리 정도 인수해 도내의 자택에서 사육했다. '도요계'가 끊어지지 않게 하는 것을 대단히 중시해 비둘기를 교배시킬 때는 부모 둘 중 하나로 반드시 도요의 혈통을 사용했다.

마쓰구라는 비둘기 경주에는 일절 관심이 없었다. 일편단심 보도용 전서 비둘기로 훈련시켰다. 수도권에서 각 지방으로 뻗은 철도 연선에서 비둘기를 날려 보내 어떤 조건에서도 확실하게 도쿄로 돌아오게 하는 훈련이었다. 왜 지금 그런 훈련을, 하고 누가 물으면 이렇게 내뱉했다. "새해나 진쟁으로 동신밍이 끊어시거나 하면 나시 전서 비둘기가 필요해진다."

마쓰구라는 우수한 비둘기가 태어나면 특별한 이름을 붙여 품종 비둘기로 삼았다. 그중에서도 '도요 아르노 1호'라고 이름 붙인 수 컷은 낙월했다. 그 유전자를 물려받은 자손 아르노들노 언제 어디서 날려 보내도 확실히 구사로 돌아왔다.

마쓰구라는 비둘기 이외의 것에 대해서는 말수가 적은 사람으로, 사생활에 대해서는 주변에 일절 말하지 않았다. 당시 도쿄에 살고 있었던 건 확실한 듯하지만, 자신의 구사에 누군가를 초대하거나 하는 일은 없었다. 주소는 불명. 가족과 직업에 대해서도 아는 사람이 없었다.

돈도 시간도 전부 비둘기에게 쓰는 것 같았다는 걸 보면 살림살이는 넉넉지 않았을 것이다. 결국에는 비둘기 수를 줄여나갔다. 마지막에는 아르노와 그 짝, 한 쌍만 남겨 그 혈통을 지켰던 모양이다.

알 매매를 중개했던 사람도 그 후에 마쓰구라와 연락이 끊겨 근황에 대해서는 아는 것이 없다고 했다. 전화번호는 알고 있어서 오사나이가 바로 전화를 해봤는데 이미 사용되지 않는 번호였다.

"잠깐 안고 있어주시겠어요?"

오사나이는 19호를 맡긴 뒤에 자기 스마트폰에서 전화번호를 찾았다. 그러고는 19호의 오른쪽 다리를 잡고 발찌의 지워진 숫자와 비교했다.

"마지막 두 자리만 보이죠?" 마사키가 물었다.

"네. 그래도 마쓰구라 씨 전화번호와 일치하네요. 역시 그분 비둘기입니다."

"그걸 알았는데 전화가 안 되니, 원."

마사키는 19호를 바닥에 내려놓았다. 비둘기는 고개를 주억거리며 베란다 안을 돌아다니기 시작했다.

"아……." 마사키가 마침 생각난 것을 말했다. "그분, 도요 비둘기계에 계셨다면 그쪽에 뭔가 기록이 남아 있지 않을까요? 당시 사원 명부라든지."

"네. 그래서 옛 동료한테 부탁해뒀습니다. 찾아는 보겠지만 별로 기대는 하지 말라더군요. 벌써 60년도 더 된 일이니까요."

"뭐, 그건 그렇네요."

"아직 살아계신 비둘기계 분과 연락이 닿으면 마쓰구라 씨 정보도 좀 더 얻을 수 있을 것 같은데……."

또? 한숨이 새어 나왔다. 이제 해결이 되는가 싶으면 거기도 막다

175

른 길이다. 결국 중요한 건 알 수가 없다. 될 대로 되라는 마음으로 내뱉었다.

"그래도 잘된 거 아닙니까?" 그쪽에게는, 하는 말은 삼켰다. "지금도 이렇게 도요계 비둘기가 남아 있다는 걸 알게 됐으니까요. 책에 그렇게 쓰실 수 있고 사진도 실을 수 있고요."

"그게, 사육자 허가 없이 무단으로 실을 순 없지 않겠습니까. 그리고 이제 급하게 쓸 필요도 없어졌습니다." 오사나이가 눈꼬리를 내리며 미소를 지었다. "실은 요전에 출판이 가능한지 검토를 부탁했던 변십자한테 연락이 왔거든요. 사내에서 논의해본 결과 그쪽에서 내는 게 어렵겠다고요."

"아, 그렇군요."

"그쪽은 장사하는 입장이니 이쪽 생각에 맞춰주기만 할 수는 없겠지요. 천천히 원고를 진행하면서 다른 곳을 찾아보렵니다."

별로 기운 빠진 것 같지는 않은 오사나이에게 전부터 신경 쓰이던 것을 물었다.

"이렇게 말하는 게 어떨지는 모르겠지만…… 오사나이 씨 생각이란 건, 신문사에서 못다 한 것을 어떤 식으로든 형태로 만들고 싶다, 그런 생각이실까요?"

"……그렇지요." 오사나이가 콧수염을 쓰다듬으며 말했다. "그 마음이 반, 돌아가신 어머니에 대한 속죄가 반, 그렇게 되려나요."

"속죄요?"

"제가 어머니를 모셔야 해서 퇴직한 건 말씀드렸지요? 아오모리에 돌아갔을 때는 어머니의 알츠하이머가 상당히 진행된 상태였는데, 그래도 가끔 정신이 예전 상태로 돌아온 듯이 그러시는 겁니다. '너 이런 데서 뭐하고 있니? 신문사 일은 어쩌고?' 제가 아무리 설명해드려도 왜 그만뒀느냐고 울기만 하시고 조금도 이해하려 들지 않으셨습니다. 저는 매일 괴로워 죽겠는데 그런 걸로 훌쩍이시니 가만있을 수가 있어야지요. 누구 때문에 온 것 같으냐고 버럭 소리를 지른 게 한두 번이 아니었습니다."

"아, 힘드셨겠네요."

"인지증 환자를 돌본다는 게 좋은 얼굴로 지나가기가 쉽지 않습니다. 잠깐의 화나 피로가 점점 쌓여 언젠가는 진심으로 증오하게 되지 않을지, 돌보는 쪽도 하루하루 살얼음판을 걷는 심정이라……. 실제로 어머니가 숨을 거두셨을 때 눈물 한 방울 흘리지 않았습니다. 긴장의 끈이 한순간에 툭 끊어지면서 감정까지 마비된 듯한 상태가 되어서 말이죠.

그런데 장례식을 치를 때 친척들이나 이웃분들이 그러시더군요. 네 어머니는 외아들인 너를 정말로 자랑스러워했다, 아들이 도요신문 도쿄 본사에서 기자 일을 한다고 만날 때마다 그렇게 자랑을 하셨다, 그게 유일한 삶의 보람이었다, 라고. 그 말을 들으면서 처음으로 울 수 있었습니다. 어쩔 수 없는 일이었다고는 해도 어머니가 마지막에 어떤 생각을 하셨을지 생각하니 괴롭더군요. 기자가 아닌 아들로 어머니를 보내드린 게 죄스러웠습니다."

"그래도, 그렇다고……." 단어를 골라가며 말을 이었다. "아오모리에 가지 않았던 게 나았다는 말씀은 아니시죠?"

"네, 그건 아닙니다. 가지 않았으면 아마 더 후회했겠지요."

오사나이는 해가 기운 하늘로 시선을 보냈다.

"다만, 마지막에 어머니의 삶의 보람을 빼앗은 게 지금도 계속 마음에 걸립니다. 그래서 책이라도 내보려는 겁니다. 봐요, 어머니. 신문사는 그만뒀지만 이렇게 근사한 책을 냈다고요. 그렇게 말씀드리며 영정에 바치고 싶은 마음입니다."

"……그러시군요."

잠긴 목소리로 말하며 속죄해야 할 쇠가 어니 있나, 생각했다. 큰 신문사에서 일하고, 병든 어머니를 마지막까지 모신 오사나이의 행동이 죄라면, 내 20년에 걸친 불효는 뭐라고 불러야 하나.

이번에는 오사나이가 물었다. "고향이 어디시죠?"

"아……." 한 차례 헛기침을 하고 대답했다. "히로시마입니다. 세토우치_{세토내해}와 그 연안 지방의 섬이지만."

"자주 내려갑니까?"

"……아니요." 정면의 초고층 맨션에 시선을 둔 채 희미하게 고개를 저었다. "안 내려갑니다, 오래전부터."

"양친께서는 건재하시지요?"

"네, 아마도."

그 말에 오사나이는 뭔가 알아차린 듯했다. 옆얼굴에 시선이 와닿았다.

오사나이가 잠시 틈을 두었다가 입을 열었다. "아무 생각 없이 홀쩍 내려가보는 것도 좋을 것 같군요. 갈 수 있을 때." 설교하려는 것 같지는 않았다. "비둘기처럼은 안 될 테지만."

마사키는 19호를 바라봤다. 지금은 밥그릇의 잡곡을 쪼아 먹고 있다.

나지막이 숨을 내쉬고는 중얼거리듯 말했다. "비둘기는 왜 그렇게 집으로 돌아가려는 걸까요?"

"본능이라면 이해하기 어렵습니까?" 오사나이가 되물었다.

"제가 보기에는 먹고 자고 교미하는 것보다 집으로 돌아가는 게 중요하다고 생각하는 것 같아서요. 그런 게 본능이라는 게 솔직히 좀 이해가 안 되네요."

"비둘기 애호가들은 집이나 가족, 사육자를 사랑하는 비둘기의 마음이라고들 하지요."

"아주 편한 해석이네요."

"《시튼 동물기》의 시튼도 그렇게 생각했습니다. 비둘기의 마음을 인간 마음대로 지어내는 건 잘못이다, 하고 썼지요. 다만……." 오사나이가 집게손가락을 들었다. "시튼은 이렇게도 말했습니다. 우리가 그것을 어떻게 설명하든 비둘기들에게 그러한 능력이 있다는 데는 변함이 없다. 날갯짓할 날개가 있는 한 그것은 그들 안에 압도적인 힘으로 존재한다."

"압도적인 힘이라……."

19호가 밥을 먹다 말고 고개를 들었다. 눈이 맞으니 무슨 이야기인가 하는 얼굴로 고개를 갸웃한다.

"아르노 이야기에도 이런 대목이 있지요. '내 집이여, 내 집이여, 그리운 내 집이여! 그리움에 애태우는 아르노의 떠나온 집에 대한 정열은 어떤 인간도 품을 수 없을 정도로 뜨거운 것이었다.' 몇 번이나 읽어서 외워버렸습니다. 비둘기 도둑에게 붙잡혔던 아르노가 마침내 뉴욕의 집으로 길을 재촉하는 장면입니다."

"네? 그 아르노가 도둑에게 붙잡혔나요?"

"아, 읽지 않았군요." 오사나이는 고개를 살짝 끄덕인 후, 말을 이었다. "맞습니다, 도난당했습니다. 시카고에서 뉴욕으로 향하는 경주 도중이었지요. 복이 날라서 마침 말선한 노르는 구사로 날아들었거든요. 그런 일은 자주 있는데, 그 구사 주인이 나쁜 마음을 품고 그대로 아르노를 붙잡은 겁니다."

"아르노가 유명한 비둘기라서요?"

"맞습니다. 자기 비둘기와 교배시켜서 우수한 비둘기를 만들어내려 했지요. 그런 생각으로 아르노를 2년이나 구사에 가뒀다니, 끔찍하지요. 다행히 교배에 성공한 뒤에는 자유의 몸이 되었지만요."

"그 후에는 무사히……?"

"아니요." 오사나이가 양미간을 좁히며 말을 이었다. "계곡을 넘고 산을 넘어서, 시튼의 말을 빌리면 '내 집이여! 내 집이여!' 하며 계속 날아갔는데, 뉴욕이 이제 정말 멀지 않은 허드슨 계곡에서 사냥꾼의 총에 맞고 말았습니다. 상처 입은 상태에서 매에게 습격을 당해 죽었습니다. '아르노'라고 새겨진 은색 발찌만 나중에 매의 둥지에서 발견됐다고 합니다."

"아······."

"내가 계속 생각하게 되는 건." 오사나이가 턱을 들었다. "비둘기한테 2년이란 세월이 아주 긴 시간이라는 겁니다. 비둘기의 수명은 길어야 20년이니까요. 그런 시간 동안 고향에서 멀리 떨어져 있어도 집으로 돌아가려는 충동과 정열이 조금도 쇠하지 않는 겁니다. 영국에서는 해협 횡단 경주 도중에 행방불명됐던 비둘기가 5년이나 지나 맨체스터의 사육자 품에 돌아왔다는 사례도 있습니다."

"5년······."

인간으로 치면 20년 정도 되는 셈인가.

"날개의 느낌으로 봐서······." 오사나이가 19호를 가리키며 말했다. "이 아르노는 비교적 젊은 비둘기로 보입니다. 그런데도 발찌가 저렇게 해져 있다니, 이 친구도 아주 긴 시간 동안 방랑을 계속해온 건지 모르겠습니다."

"그런데 이 녀석의 진짜 집, 마쓰구라라는 분 집이요. 도쿄 어딘가에 있지 않나요? 지방에서 훈련 도중에 미아가 됐다고 해도 이미 도쿄로 와 있잖습니까. 매일 그렇게 어딘가 날아다니는 건 집을 찾고 있는 것 같은데, 그런데도 계속 집을 못 찾을 수도 있는 건가요?"

오사나이는 콧수염을 잡고 "으음" 하며 낮게 소리를 냈다.

"그 부분은 정말 풀기 어려운 문제이긴 합니다. 훈련된 비둘기들은 상당 범위의 지도를 머릿속에 저장하고 있거든요. 우리도 나침반만 가지고 있어서는 목적지에 다다르기 어렵죠. 그렇지 않습니까? 지도가 꼭 필요하지요?"

"필요하죠."

"비둘기의 공간 정보 기억력은 인간과는 차원이 다르다고 할 만큼 월등합니다. 일단 날아오르면 비행 루트의 육표陸標를 외워버리지요. 지형, 강, 호수, 눈에 띄는 나무나 바위, 건물 등의 위치 같은 것 말입니다. 게다가 비둘기들이 가진 것은 시각적인 지도만이 아닙니다. 후각 지도, 소리 지도까지 이용하지요."

"그건 또 뭔가요?"

"장소가 갖는 특유의 냄새를 기억하는 겁니다. 위치에 따른 농도나 그 변화까지. 실제로 후각 신경을 가로서나 구사를 뭔가로 가려서 냄새가 밖으로 새어 나가지 않게 하면 비둘기는 돌아오지 못합니다. 소리 지도에 대해서는 아직 분명히 밝혀지진 않았지만, 자연현상에서 발생되는 초저주파 음을 이용한다는 설이 있습니다. 지형 등에 의한 울림의 차이도 위치 정보로 기억하고 있는 게 아닐까 하는 겁니다."

"와……." 마사키는 무릎을 굽혀서는 날개를 가다듬기 시작한 19호를 들여다봤다. "비둘기들한테 그런 능력이 있다면 더 이상하네요. 원조 정도는 아니라도 이 녀석도 '아르노'잖습니까. 마쓰구라라는 분의 최고 걸작의 자손이요, 어디서 날아 올려도 무조건 돌아온다는 피를 물려받은. 그런데 이렇게 세월아 네월아 남의 집에 기거하고 있다는 게……. 야, 듣고 있어? 네 녀석 이야기하는 거라고."

19호는 아무것도 모르는 얼굴로 고개를 위아래로 주억거리며 상자 안으로 들어갔다. 레몬 그림이 그려진 작은 집 안으로. 그 모습을 보고 히로시마에 돌아가는 장면을 상상해봤다.

섬에 도착하면 곧장 집으로 갈 수 있을까? 아니, 무리다. 한동안 근처에서 기웃거리다가 상황을 보고 레몬 밭에 몸을 숨긴 뒤에 침착하게 마음을 가다듬고…….

바보 같다고 생각하면서도 19호에게 묻고 싶었다. 넌지시 상자 안을 들여다보며 히로시마 사투리로 물었다.

"혹시 네 집이 이 근처 아니냐? 집은 알고 있는데 못 들어가는 거지? 오랜만에 와서 주인 보는 게 멋쩍은 거지?"

"오, 재미있는 말씀을 하시는군요." 오사나이가 진지한 얼굴로 말했다.

"아니요……." 갑자기 쑥스러워져서 자리에서 일어났다. "그냥 짐작한 건데, 역시 이 녀석 사실은 벌써 근처까지 와 있는 게 아닌가 싶어서요. 멋쩍어서 못 들어간다는 건 농담이라 해도, 돌아와보니 구사가 없어져버렸다든지."

"집을 찾아 헤매는 동안 마쓰구라 씨가 세상을 떠났다, 또는 이사를 갔다, 그런 거라면 가능할지도요." 오사나이가 콧수염에 손을 갖다 대며 물었다. "아, 이 집에 사시는 가토 씨라는 분은 언제부터 이 집에……?"

"마쓰구라라는 분이 전에 이 집에 사신 게 아닌가 생각하시는 건가요? 그런데 그건 아닐 겁니다. 가토 씨는 벌써 12년째 여기 살고 계셔서요."

"아……."

오사나이는 정면을 바라보며 콧수염을 쓰다듬었다.

"양쪽 집도 다 오래 사신 분들이라, 이 아파트에 살던 분들 중에 비둘기를 길렀다는 사람이 있었다, 그런 얘기 자체가 없습니다. 이 일대는 오래된 주택들이 많은 데다 다 오래 산 분들이라서 사람이 오가는 일이 거의……."

오사나이가 불쑥 오른손으로 앞을 가리켜 보였다.

"저거……."

손으로 가리켜 보인 것은 눈앞의 초고층 맨션이었다. 어느 틈에 바깥은 컴컴해져서 서내한 벽면에 창문의 불빛이 모자이그치럼 빛나고 있었다.

"저 맨션은 언제 지어진 거죠?"

*

초고층 맨션의 그늘 쪽에서 아르노 19호가 작은 몸을 드러냈다.

"앗! 왔다! 왔다!" 스미에가 갈라진 목소리로 환호성을 터뜨렸다.

퇴원해서 처음 보는 터라 기쁨을 감추기 어려운 모양이었다. 두 손을 번쩍 들고 곧장 이쪽으로 날아오는 비둘기에게 손을 흔들었다.

난간에 착지한 19호도 스미에를 일주일 만에 봐서 놀란 듯했다. 열심히 고개를 까딱이며 쉬지 않고 날개를 파닥거렸다.

"그래그래, 왔어?" 스미에는 19호를 품에 안고 작은 머리에 볼을 비볐다. "잘 있었어? 집을 너무 오래 비웠지? 미안해라."

스미에는 한동안 19호의 머리와 날개를 사랑스러운 듯 쓰다듬다가 바닥에 내려놨다. 품에 더 안겨 있고 싶었는지, 19호는 스미에의 발 언저리를 몇 번이고 왔다 갔다 한 뒤에야 물을 마시러 갔다. 그 모습을 뿌듯하게 바라보며 스미에가 다시 하던 이야기로 돌아갔다.

"그럼 마쓰구라라는 사람은 장례식도 못 치르고 간 건가?"

"아드님하고 친척 한 분이 스님께 독경을 부탁하기는 한 모양인데…… 따님은 안 오셨다고."

"안됐지만 자업자득이지. 가족은 나 몰라라 하고 저 좋아하는 것만 했으니."

의외로 싱겁게 일이 마무리됐다. 오사나이의 추측대로 마쓰구라의 집은 지금 초고층 맨션이 들어선 부지 내에 있었던 것이다.

그다음 날, 반신반의하며 주위 사람들에게 자초지종을 물어보는데 바로 "아, 비둘기집 말이지?" 하는 여성이 나타났다. 이웃 간 왕래 같은 건 없었지만 까탈스러워 보이는 노인이 계속 혼자 살았다고.

오래된 단층집. 작은 집에 딸린 좁은 뒤뜰에 직접 만든 구사가 빼곡하게 들어서 있었단다. 당시의 구획으로는 이 아파트에서 골목을 포함해 길 세 개를 사이에 둔 곳이다. 마지막 10년 정도는 드나들던 비둘기도 몇 마리뿐이었다니, 스미에가 그 집에 대해 모른다 해도 이상하지는 않았다.

세 들어 살던 집이었고, 집주인이 지금도 근처에 살고 있다고 해서 그길로 찾아가봤다. 주인은 '마쓰구라'라는 이름을 듣자마자 벌레를 삼킨 듯한 얼굴을 하고, "귀찮은 일은 이제 정말 사양하고 싶은

데……" 하고 말문을 열었다. 이야기를 들어보니 마쓰구라는 3년 전 12월에 이 집에서 고독사했는데, 가족들의 재촉으로 들여다본 집주인이 시신을 발견했다. 겨울이었고, 죽은 지 며칠 만에 발견했다고는 해도 뒤처리가 이만저만 고역이 아니었던 모양이다.

보증인으로 되어 있던 50대 아들이 시신과 가재도구를 인계해간 뒤 집과 구사는 전부 헐렸다. 구사 안은 깨끗이 청소되어 있었지만 비둘기는 한 마리도 없었고, 돌아올 기미도 없어 보였다.

집주인은 말을 흐렸지만, 토지 매수 이야기는 당시에 벌써 진행되고 있었을 것이다. 그로부터 반년도 되지 않아 일대기 건축 무기로 비워지고 초고층 건물이 지어졌으니.

전날 사이타마현에 사는 마쓰구라의 아들과 전화로 이야기가 됐다. 사정상 일시적으로 아르노 19호를 돌보고 있다고 하니 깜짝 놀라며 아버지에 대한 이런저런 이야기를 들려주었다.

골동품이나 도박에 빠져 전 재산을 잃어버리는 사람이 있듯이, 마쓰구라는 비둘기에 미쳐 가정이 풍비박산되게 한 남자였다. 전서 비둘기에 대한 동경은 어린 시절부터 품고 있었던 것 같다. 도쿄 도심 번화가에서 고등학교까지 졸업하고 도요신문 비둘기계를 찾아가 무급이라도 좋으니 견습으로 써달라고 당시 계장에게 부탁했단다.

도요신문에서 구사를 없애자 10여 마리의 비둘기를 인수했다. 선으로 결혼한 뒤 예의 그 셋집에 살기 시작했고, 두 아이가 태어났지만 귀여워하는 건 오로지 비둘기였다. 비둘기 돌볼 시간이 없다고 번번이 일을 그만뒀고, 아내에게는 생활비로는 빠듯한 정도의 돈을 건넬 뿐이었다. 휴일에는 비둘기들을 데리고 전철로 멀리까지 가서 귀소 훈련에 전념했다. 비둘기가 불어나면 열심히 구사를 새로 지었다. 품종 비둘기를 사려고 빚까지 냈다는 걸 알게 되자 참다못한 부인은 아직 초등학생이었던 아이들을 데리고 지치부의 친정으로 떠났다.

결국 그대로 이혼하게 됐지만 아들만은 그 후에도 가끔 아버지와 연락을 주고받았다. 이유를 물으니 아들은 웃으며 말했다.

"아주 조금이지만 아버지 마음을 알 것 같았거든요. 아버지를 닮은 건지, 저도 한번 빠지면 잘 헤어나오지 못해서요. 개를 좋아해서 브리더 흉내도 낸 적 있고요."

그로부터 30년간, 마쓰구라는 그 집에서 혼자 살았다. 비둘기를 통해 만나는 사람들도 최소한이라고 할 만한 정도였던 모양이지만, 고독한 말년이었을 뿐이라고는 누구도 단정 지을 수 없지 않을까. 다른 건 몰라도 그에게는 비둘기가 있었으니 말이다.

아버지의 비둘기에 대해서 아들은 정말 아무것도 몰랐지만, '아르노 19호'라는 이름만은 잘 기억하고 있었다. 그의 말에 따르면 아르노 19호는 해마다 비둘기의 수를 줄여나갔던 마쓰구라가 여든을 앞에 두고 곁에 남긴 마지막 한 마리였다.

그 경위는 마쓰구라가 죽은 뒤 그의 집에 남아 있던 100여 권이 넘는 사육일지를 보고 알게 되었단다. 비둘기의 건강 상태나 훈련의 세부 내용이 꼼꼼한 글씨로 빼곡하게 기록되어 있었다는 것이다. 그런데 마쓰구라가 죽기 반년 정도 전부터 일지에 매일 똑같은 내용이 적혀 있었다. 딱 한 줄, '19호, 오늘도 돌아오지 않았다'라는 문장. 무슨 일이 있었던 건지 자세히 읽어보니 훈련을 위해 니가타에서 날려 보낸 뒤에 행방불명됐다고 쓰여 있었다.

즉, 그때부터 3년 동안 19호는 계속 길을 잃고 헤맨 것이다. 여기서 스미에의 보살핌을 받기 전까지 어디서 어떻게 목숨을 부지했는지는 물론 알 수 없다. 마침내 도쿄로 돌아왔지만, 고향 거리의 모습이 달라져 있었다. 주변을 아무리 날아 다녀봐도 꿈에 그리던 고향 집이 있어야 할 곳엔 본 적 없는 거대한 탑이 솟아 있을 뿐…….

스미에가 깨진 밥그릇에 사료를 더해주며 말했다. "먼저 간 우리 집 양반이 말이야. 자기는 길바닥에서 죽어도 된다고 노상 떠들어댔거든. 그러다 정말 그렇게 됐지. 마쓰구라라는 사람도 자기가 쓸쓸히 죽을 거란 건 잘 알고 있지 않았겠어?"

"뭐, 그건 그럴지도 모르지만요."

마사키는 19호를 내려다봤다. 마지막 한 마리였다는 이 비둘기가 행방불명된 뒤에도 마쓰구라가 구사 청소를 거르지 않고 계속했다는 것을 떠올리면서.

"가족은 몰라도…….” 마사키가 조용히 말했다. "마쓰구라 씨, 눈 감으시기 전에 이 녀석은 다시 만나고 싶었겠죠?"

"자식들보다 더?"

"글쎄요. 거기까진 상상이 안 되네요." 마사키는 고개를 가로젓고는 베란다에 쭈그려 앉은 스미에한테로 시선을 옮겼다. "가토 씨는 자녀분이……?"

"없어. 바라기는 했지."

"……그러셨군요."

"있으면 있는 대로 더 고생스러웠을지 모르지만 그래도 그게 그렇단 말이야. 살날이 얼마 안 남았지만 후회되는 건 그것 정도니까. 그래도 이 아이가 와줬지 뭐야."

스미에는 한 손으로 들 수 있는 크기의 빗자루를 집더니 상자 안의 배설물과 깃털을 밖으로 쓸어냈다.

"솔직히 내가 사람들한테 칭찬받을 만한 일을 하면서 산 건 아니야. 그래도 남들한테 손가락질당할 일은 안 했어. 그러니 말년에 이만한 좋은 일이 있어도 벌은 안 받지 않겠어?"

"벌 받을 일이 어딨겠어요? 그보다……." 빈정거리는 마음 없이, 진심으로 말했다. "가토 씨, 아주 근사한 비둘기 애호가로 보입니다. 역시 귀엽습니까?"

대답은 듣지 않아도 알고 있었다. 마사키 자신이 그렇게 느끼기 시작했기 때문이다. 전날만 해도, 5시 40분이 되어도 19호의 모습이 보이지 않아 안절부절못했다. 무사히 돌아왔을 때는 무심결에 그 작은 머리를 쓰다듬어줬을 정도다.

"당연히 귀엽지. 아무 말 안 해도 매일 이렇게 꼬박꼬박 돌아와주잖아." 스미에는 19호를 다시 안아 올렸다. "일주일 떨어졌다 만났는데도 이렇게나 기분이 좋은데. 내 손으로 기른 아이가 한참 만에 돌아오거나 하면 얼마나 기쁠까?"

"속 썩이는 녀석이라도요?" 쓴웃음을 지으며 물었다.

"자기 얘기야?" 스미에도 히죽 웃었다. "당연하지. 아무리 속을 썩여도 반가운 법이지."

스미에는 19호의 부리에 입술을 갖다 대고는 다정하게 말을 붙였다.

"너 말이야. 이제 옛날 집 찾아 날아다닐 필요 없어. 여기 계속 살면 되는 거야."

"아, 맞다."

마사키는 쇼핑백에서 책 한 권을 꺼냈다. 제목은 《초심자도 가능! 비둘기 사육법》이나.

"오사나이 씨가, 19호 사진을 책에 싣게 해주신 데 대한 감사 선물이랍니다. 그리고 여기 비둘기 사료도 한 봉지 있어요. 잉꼬용이랑은 조금 다른 모양이더라고요."

"뭐 이런 걸 다. 고맙네. 감사 인사는 내가 해야 하는데. 덕분에 이 아이에 대해서 확실히 알게 됐으니 말이야."

"마쓰구라 씨 아드님도 아르노 19호를 잘 부탁한다고 하셨습니다. 그러니까……" 마사키는 스미에와 19호의 얼굴을 번갈아 한 번씩 바라본 뒤에 말했다. "앞으로 계속 잘 길러주세요, 이 집에서."

스미에는 순간 흠칫 놀라더니 이내 매부리코 콧잔등을 찌푸렸다.

"그런 말을 막 해도 되는 거야? 나 쫓아내는 게 그쪽 일일 텐데?"

"뭐, 이제 그런 거 괜찮지 않겠습니까?"

"그러고 보니 그쪽, 분위기가 좀 달라졌어."

스미에가 입꼬리를 올리고 빤히 들여다봤다.

"그렇습니까?" 마사키는 모르는 척하며 말을 이었다. "퇴거와 관련해서 101호의 사타케란 사람이 뭔가 말을 할지도 모르는데, 곧이 곧대로 들으시면 안 됩니다."

"그럴 리 있겠어? 이래 봬도 물장사 오래 해서 사람 보는 눈은 있어. 그런 놈 믿으라는 게 안 될 말이지."

"그렇죠?" 무심결에 얼굴이 풀어졌다. "저는 어떻습니까? 이제 믿음이 가실까요?"

"글쎄." 스미에가 품평하는 듯한 눈길을 보내왔다. "오늘은 꽤 괜찮네. 요전처럼 거북스러운 연기를 안 하니 말이야."

"거북스러운 연기요?"

"배우로 따지면 2류급이야."

그 말에는 소리 내서 웃고 말았다. 19호가 이상하다는 얼굴로 이쪽을 바라봤다.

차를 끌고 회사에 복귀하니 아직 사원들이 대부분 남아 있었다. 구석의 키박스에 열쇠를 걸고는 자리로 돌아가지도 않고 조용히 사무실을 빠져나왔다.

복도를 걸어 나오는데 안에서 "어이! 소노다!" 하고 상사의 목소리가 들려왔다. 그래도 발을 멈추지 않았다. 오늘 중에 가보라고 한 곳이 아직 한 군데 남아 있고 업무일지도 쓰지 않았다. 하지만 이제 그런 건 어찌 되든 상관없었다.

회사를 나와 늘 지나던 길을 지나 역으로 향했다. 역 앞 로터리가 보일 때 퍼뜩 떠올라 오른쪽 샛길로 접어들었다. 옛날 분위기의 상점가가 있던 게 생각났다.

입구에 가까워지자 튀김 냄새가 풍겨왔다. 아케이드는 없고 장식이 달린 가로등이 늘어서 있을 뿐인 좁은 거리의 상점가다.

문을 닫고 있는 곳들도 있었지만 손님들은 아직 많았다. 엄마가 자전거 뒷좌석에 어린아이를 태우고 마사키 옆을 지나쳐 갔다. 꽃집, 신발 가게, 셔터가 내려간 가게. 그 옆에 청과물 가게가 있다.

슬슬 나올 때라고 생각했는데, 역시나 가게 앞에 나와 있다 '레몬(일본산)'이라고 쓰인 팻말이 세워진 플라스틱 박스에서 초록색 레몬을 하나 집어 들었다.

세토우치의 레몬 수확기는 10월부터 4월까지이다. 노래지는 건 12월쯤부터로, 이 시기에는 아직 그린 레몬이다. 섬의 사면에 빽빽이 심긴 레몬 나무들이 열매를 주렁주렁 달고, 광택을 내며 번쩍이는 초록색 과피果皮가 햇빛을 되비추는 광경이 눈앞에 떠올랐다.

레몬 한 개의 값을 치르고는 비닐봉지도 받지 않은 채 가게를 떠났다. 레몬을 손안에서 돌리며 왔던 길을 거슬러 역을 향해 어슬렁어슬렁 걸었다. 용도는 정해두었다. 얇게 슬라이스해서 탄산수를 더한 럼주에 띄울 거다. 럼소다. 마쓰다 유사쿠가 좋아했다는 술. 싸구려 럼주라면 아직 집에 조금 남아 있다. 탄산수는 근처 편의점에서 사면 된다.

내일부터 있을 일 같은 건 생각하지 않고, 천천히 두 잔이나 세 잔을 마신다. 과음을 하지 않는다면, 그걸로 오늘 밤은 기분 좋게 잠들

수 있을 것이다.

걸으면서 서쪽은 어딜까 생각했다. 벌써 한참 전에 해가 졌다. 역 앞 지도를 떠올려봤지만 이 길이 어느 쪽으로 이어져 있는지 확신이 서지 않았다.

오사나이가 했던 말이 생각났다. 비둘기는 냄새도 이용해서 자기 집을 찾아 나선다는 이야기.

슬쩍 던진 레몬을 받아서, 코끝에 갖다 댔다.

깊게 그 냄새를 맡았다.

玻璃を拾う

빛을 집다

"나는 그저 인간이 절대 만들어낼 수 없는
유리 예술품을 줍고 모을 뿐,
자연을 발려서 내 작품으로 삼고 있을 뿐입니다."

늘 가는 자야마치의 카페가 실내 만석이라 테라스로 안내받았는데 나쁘지 않았다. 마침 해가 나고 찬바람이 그치며 순식간에 공기가 따끈따끈해졌기 때문이다.

우메다역에서 쇼핑을 한 사람들이 쉬지 않고 흘러드는 세련된 거리. 이곳까지 봄다운 꽃향기, 풀향기가 희미하게 떠돌았다. 우리 말고는 테이블 세 개를 건너 커플이 한 팀 있었는데, 테이블 위에서 손깍지를 낀 채 달달한 세상에 푹 빠져 있다.

"도코, 오늘은 다른 때랑 화장이 좀 다르네? 눈매라든지." 나쓰가 물었다.

"오, 알아보네?"

"속눈썹이 자기주장이 한층 세졌는데, 설마 연장한 거야?"

"아니아니, 마스카라하고 아이라인만 제대로 했어. 요즘 다크서클

이 너무 올라와서 말이야. 컨실러 떡칠이라 같이 힘 좀 줬는데, 왜, 너무 야시시해?"

"좋잖아? 근데 너무 깜빡이진 마. 안 그래도 길어서 바람 씽씽 불어 줍다."

"감기 걸리게 해줄까?"

테이블 위로 몸을 쑥 빼서 속눈썹을 파닥거리는데 주문한 음료가 나왔다.

나는 화려한 유리잔에 담긴 맥주를 꿀꺽꿀꺽 들이켜고 "캬!"하고 탄성을 내뱉었다. 나쓰는 그런 나를 보고 과상스럽게 몸을 떨었다.

"그쪽 지방은 진짜로…… 보기만 해도 춥다."

나쓰가 따뜻한 차이우유와 향신료를 넣고 끓여 마시는 인도식 홍차가 담긴 잔을 두 손으로 감쌌다.

"밖에서 맥주는 아무래도 너무 빠르다니까."

"마시고 싶은 기분이라고."

"뭔 기분? 주말에 낮술은 노상 하는 거 아니야?"

"역시……." 나는 잔을 탁 내려놓고는 말을 내뱉었다. "그런 건 말이 안 돼."

"뭐가?"

"로맨스 영화나 순정 만화 첫 장면 말이야. 남주, 여주가 충돌 사고로 만나질 않나, 살짝 틀어진 걸로 싸워대질 않나."

"아, 길모퉁이에서 부딪치고는 갑자기 남녀 사이로 발전하는 그런 거? 고전이잖아? 뭔데? 모르는 남정네랑 꽈당하기라도 했어?" 나쓰가 손톱의 네일을 만지작거리며 물었다.

"응, 사고 발생. 근데 연애로 발전은커녕 재판으로 발전할 뻔했다는 게 문제지."

"뭐? 그게 무슨 말이야?" 나쓰가 얼굴을 들며 물었다.

나는 스마트폰을 집어 SNS 어플을 클릭했다. 사진을 올리고 공유하는 데 특화된 어플리케이션이다. 최근에 올린, 그저 맛있게 마신 와인 병이 찍힌 사진을 찾아 나쓰에게 내밀었다.

"요전에 갔던 와인 바? 칠레 와인이었나?"

"그건 됐고. 댓글 봐봐."

"최후통첩입니다. 이 이상 무시하면 법적 조치를 취하겠습니다." 나쓰가 댓글을 소리 내어 읽고는 미간을 찌푸렸다. "엥, 이게 뭐야?"

"나도 처음엔 뭔 말인가 했지……."

나는 원래 SNS를 열심히 하지 않는다. 대체로 일주일에 한두 번 나를 위해 메모하는 느낌으로 사진에 한마디 붙여 업로드하는 게 전부다. 아는 사람이 의리로 '좋아요'를 눌러주기는 해도 댓글이 달리는 경우는 거의 없다. 그런 이유로 사진 밑에 달린 댓글을 일일이 확인하는 습관도 없었다.

그러던 그저께 밤, 침대에 누워 며칠 만에 사진을 한 장 올렸는데, 1분도 되지 않아 그 댓글이 달렸다. 보낸 사람은 '휴면포자'라는 인물이다. 물론 짐작 가는 곳은 없었고, 게다가 내용으로 볼 때 몇 번이나 댓글을 달았던 게 분명했다. 당황하며 이전에 올린 포스팅들을 다시 훑어봤다.

그러다 그 인물이 지난 달인가 지지난 달에 두 번에 걸쳐 댓글을 남긴 걸 발견했다. 두 번 다 같은 내용이었다. '작년 3월 6일에 올리신 사진은 제 작품입니다, 저작권 침해에 해당되니 즉시 삭제해주십시오'라는.

"작년 3월이면 1년도 더 된 거 아니야?" 나쓰가 말했다.

"그러니까, 그 집념이 일단 무섭잖아?"

"무슨 사진을 올린 건데?"

나는 앨범 폴더에 남아 있던 문제의 사진을 찾아내 화면을 나쓰에게 향해 보였다.

"이쁘네, 근데 이게 뭔데?"

"그게, 잘 모르겠어."

검은 배경에 어슴푸레 파랗게 빛나는 꽃 모양으로, 기하학적인 형태의 섬세한 유리 조각 같은 것을 하나하나 정성껏 배치했다. 한가운데의 원형 조각과 그것을 둘러싼 스무 장 정도의 꽃잎이 있고, 꽃잎은 각진 부분을 깎아낸 얇고 긴 마름모꼴을 하고 있다. 디자인으로 봐서는 마거릿꽃에 가깝다. 푸른빛을 발하는 꽃잎들은 중심 쪽에서 하얀빛을 띠며 더 반짝였고, 가장자리로 갈수록 색이 진해졌다. 자세히 보면 얇은 유리 조각들이 놀랄 만큼 정교하게 만들어졌다는 걸 알 수 있다. 원형 조각에는 방사상으로 선이 수십 개나 들어가 있고, 마름모꼴 꽃잎들에도 대각선으로 파인 홈과 무수한 점 같은 것이 보인다.

이 사진을 올리며 '유리 세공? 이런 액세서리 갖고 싶다'라는 문장을 덧붙인 건 그 신비한 아름다움이 마음에 들어서였을 텐데…….

"뭔지도 모르고 올린 거야?" 나쓰가 황당하다는 얼굴로 물었다.

"응, 왜 이런 사진이 나한테 있는지도 모르겠어. 아무것도 기억이 안 나. 이때 뭔 일이 있었나 찾아보려고 해도…… 나, 스마트폰 바꿨잖아?"

"아, 맞다."

"일정 써놓은 달력도, 메일도, 메시지도, 아무것도 남은 게 없어."

전화기를 바꾼 건 **그놈**이랑 헤어지고 딱 1년 만이었다. 보면 괴로워질 법한 것들을 다 지워버리기에 좋은 기회였다.

"예전부터……." 나는 계속 말을 이었다. "예쁜 액세서리 사진만 보면 모아뒀거든. 이것도 내가 인터넷에서 보고 저장한 거 아닌가 싶어, 기억은 안 나지만."

"음……." 나쓰가 화면에 얼굴을 갖다 대며 말했다. "근데 이거, 상품 사진 같진 않네. 역시 작품이야."

"작품이라도 말이지." 나는 목소리를 키웠다. "이거 보면 유리 세공 같잖아? 보통 그리 생각하지 않아? 근데 그게 외려 안 될 말이었던 거야."

"안 될 말?"

"아까 댓글, 그다음 거 읽어봐봐."

그저께 올린 게시물 화면으로 돌린 다음 나쓰에게 스마트폰을 건넸다. 나와 남자와의 메시지가 이어졌다.

'죄송합니다. 이전에도 댓글 남겨주셨다는 걸 지금까지 모르고 있

었습니다. 게시물은 삭제했습니다. 앞으로 이런 일이 없도록 주의하 겠습니다.'

'그 이미지는 어디서 구하셨나요?'

'아마 인터넷에서 찾은 것 같은데…….'

'그 사이트 이름이나 URL을 알려주십시오. 그쪽에도 항의하겠습 니다.'

'죄송합니다. 아무것도 기억이 안 나서요. 1년 전 일이라…….'

'기억 안 난다고 끝내면 안 되지. 다른 사람 작품을 무단으로, 그 것도 부정확한 형태로 올려놓고.'

'정말 죄송합니다. 그런데 부정확한 형태라는 건 대체 어떤 의미 인지……?'

'그건 유리 세공 같은 게 아니야. 당신, 그게 뭔지도 모르면서 마음 대로 SNS에 올렸지? 그런 무책임함 때문에 이쪽은 아주 큰 피해를 봤다고.'

'구체적으로 어떤 피해를 입으신 건지요?'

마지막의 내 질문에는 대답이 없었고, 대화는 거기서 끊겼다.

다 읽고 난 나쓰가 씩 웃으며 말했다. "저쪽도 상당하지만, 도코 너도 막판엔 적반하장 수준이구만."

"엄청 집요하게 굴면서 따지고 들잖아? 계속 미안하다고 하는데 말이지."

다시 화가 올라왔다. 맥주를 한 모금 마시고 앞으로 고꾸라지듯 숙이며 목청을 높였다.

"솔직히, 내가 그렇게 나쁜 짓 했어? 예쁘다고 칭찬해준 거잖아! 소견머리가 좁다고 해야 하나, 뭐가 그리 맘에 안 드는데? '그런 무책임함 때문에'라니? 본 적도 없는 남정네, 뭘 그렇게 제멋대로 딱 잘라 말하냐 이거야."

컵을 입으로 가져간 나쓰가 '그 말은 맞지만' 하는 듯한 눈으로 내 쪽을 쳐다봤다. 나는 상관없이 이어갔다.

"'유리 세공 같은 게 아니야'라고? 그런 것까지 내가 알아야 해? 어떤 대단한 예술인진 몰라도, 사람들 보라고 만든 거잖아? 잘난 척은, 자기가 뭐라고 생각하는 건데?"

"그걸 나한테 물어본들."

"역시 그거야. 작품 좋은 거랑 작가 성격이랑은 절대로 관계가 없다는 거."

"이……." 나쓰가 화면을 다시 보며 말을 이었다. "'휴먼포자' 씨? 이 사람 뭐하는 사람인지 찾아봤어?"

"찾아봤는데 출신 성분이라곤 아무것도 모르겠더라. 나한테 불만 쏟아내려고 계정 만들었나 싶더라고."

"무슨 뜻이지? '휴먼포자'라니……."

"난 몰라. 이름부터 덕후 냄새가 나는 게, 기분 나쁘지 않아?"

"사진은 그거 한 장밖에 없어?"

나쓰가 내 스마트폰을 터치하며 다시 앨범을 열었다. 봐서 안 될 사진 같은 게 없다는 건 서로 잘 알고 있었다. 화면을 넘기며 한 장 앞의 사진을 보던 나쓰가 "오!" 하며 흐뭇한 표정을 지었다.

"갑자기 발리 사진이 나왔다. 그래, 벌써 1년 전이네. 진짜 빠르다. 눈 깜짝할 사이에 서른이니 뭐."

작년 2월의 주말에 유급 휴가를 하루 붙여 3박 4일로 강행했던 20대 최후의 동반 여행이었다.

"그거, 네가 보내준 사진 아니야?" 내가 물었다.

"맞다. 내가 찍은 거야. 이 호텔, 가격 대비⋯⋯" 여행 사진을 하나하나 되짚어가던 나쓰가 돌연히 얼굴을 들고 얼어붙었다. "잠깐, 혹시 이거⋯⋯"

나쓰는 내 스마트폰을 내려놓고 자기 폰을 손에 들더니 조급한 손길로 뭔가를 찾기 시작했다. 잠시 후, "역시⋯⋯" 하고 중얼거리며 나쓰가 화면을 내 쪽으로 내밀었다.

"앗⋯⋯?"

푸르게 빛나는 기하학적인 꽃. 문제의 사진과 완전히 똑같았다.

"어떻게 된 거야?"

"모르겠어. 안 그래도 이 사진 어디서 본 적 있는데 하다가, 갑자기 생각이 나서. 봐봐, 내 사진에도 발리 사진 바로 다음에 들어 있는데⋯⋯ 내가 잘못 눌러서 다른 거랑 같이 너한테 보낸 건가?"

"뭐야, 그럼 네가 원인이었던 거야?"

"어디서 난 거지, 이 사진⋯⋯" 나쓰는 눈썹을 모으며 턱을 괬다. "이런 데 관심도 없고, 일부러 어딘가에서 찾았을 리도 없는데. 나도 누군가한테 전송받은 것 같단 말이지⋯⋯"

*

교토를 찾은 건 오랜만이었다. 집이 한큐선 쪽이라 한 시간 정도
면 올 수 있었지만 최근 몇 년은 그야말로 관광객으로 늘 발 디딜 틈
이 없어 발길이 뜸해졌다.

데마치야나기역에서 지상으로 나오면 가모가와강에 놓인 가모대
교 바로 앞이다. 두툼한 가이드북을 손에 든 외국인들 사이를 빠져
나와 강을 뒤로하고 이마데가와거리 동쪽으로 향했다.

"어머니가 교토분인 줄 몰랐네." 옆에서 걷는 나쓰에게 말했다.

"말한 적 없나? 그래도 **이 몸**을 보면 알 수 있잖아. 숨길 수 없는
우아함, 교토 여인의 DNA라고 할까?" 나쓰가 어설픈 **나긋 발랄** 교
토말로 물어왔다. "도코의 어머니는 어느 쪽 출신이셔?"

"기시와다 오사카 남부의 시잖아. 알면서."

"어머, 근사한 남쪽! 우리한텐 좀 무섭지만, 그래도 확실히……."
나쓰가 입을 손으로 가리고 말했다. "단지리 축제 때 남성들이 메고 행진하는 장
식 수레 '다시'를 오사카 등 서일본에서는 '단지리'라고 하는데, 기시와다에 '단지리 축제'가 있다
DNA가 있으시네."

"형님이 혼 좀 내줄까?"

장난스럽게 주고받으면서 반은 맞고 반은 틀렸다고 생각했다. 그
런 것쯤은 나쓰도 모를 리 없다. 나쓰는 실제로 세심하게 신경을 쓰
는 편이고 나 같은 여자보다 훨씬 여성스럽다. 그렇다고는 해도 '겉
과 속이 다른 교토 사람' 같은 면이나 '까탈스러운 여자' 같은 면은

205

없다. 나쓰가 가진 건 무슨 일이 있어도 부드럽게 받아내고 흘려보내는 버드나무 같은 강인함이다.

한편 내 쪽은 단순하고 대충대충이다. 사람들한테도 자주 "화끈하다" "남자 같다" 같은 말을 듣곤 한다. 그런데 사실은 조금 다르다. 오히려 그렇게 하는 것 말고는 방법을 모를 뿐이다. 파삭파삭한 껍데기 안쪽은 촉촉하고, 사실 마음도 여리다. 그런 면을 20대 후반에 넌더리 날 정도로 절감했다.

나쓰와는 고등학교 때부터 벌써 15년이나 친하게 지내고 있다. 학교 창밖으로 태양의 탑1970 오사카 에스포를 개최하면서 설치한 일본의 대표 명물이 보이는 여고에서 만나 정해진 코스였던 여대를 졸업하기까지 7년 동안 거의 날마다 같이 지냈다. 졸업 후에 나는 의료기구 판매 대리점, 나쓰는 교재 전문 출판사에 취업했는데, 둘 다 근무처가 오사카 시내라 지금도 일주일에 한 번은 만나고 있다.

친구를 얻은 건 내 인생에서 가장 큰 행운이었는지도 모른다. 특히 이래저래 복잡했던 최근 3~4년은 나쓰가 옆에 없었다면 절대 견디지 못했으리라.

스마트폰으로 지도를 확인하던 나쓰가 "여기네" 하며 오른쪽 길로 접어들었다. 모서리 표지판에 '마리코지거리'라고 쓰여 있다. 오래된 마치야상인들의 점포와 주거 공간이 합쳐진 2층 목조 가옥가 드문드문 남아 있는 좁은 길을 조금 걷자 유명한 별사탕 가게를 지난 곳에 그 가게가 있었다.

쇼와시대1926~1989풍 서체로 '찻집 파리玻璃'라고 쓰인 입간판이 화분에 반쯤 가려진 채 세워져 있었다. 나쓰가 스테인드글라스로 장식된 고풍스러운 문을 열자 딸랑딸랑 종이 울렸다.

카운터석과 테이블이 세 개 있는 작은 가게였다. 콧수염을 기른 주인은 "어서 오세요" 하고 인사만 하고 단골인 듯한 노인과 다시 이야기를 주고받았다. 나무판자로 된 벽에도 색색의 스테인드글라스가 여럿 장식되어 있었다.

다른 손님은 하나. 혹시, 하고 생각하고 있는데 나쓰가 "아, 안녕하세요" 하고 남자에게 작게 손을 흔들었다. '휴면포자'는 고개인사도 안 했다. 테이블의 유리잔 위로 얼굴만 쭉 빼고 빨대를 문 채 올려 뜬 눈으로 이쪽을 바라봤을 뿐이다.

"오랜만이네요. 2년 만인가?"

나쓰가 그리 말하며 휴면포자 맞은편에 앉았고, 나도 나쓰의 옆자리에 앉았다.

휴면포자는 그제야 빨대를 입에서 뗐다. 색으로 보면, 믹스주스려나? 그가 잠깐 내 쪽을 흘깃 보더니 나직하게 대답했다.

"……3년하고 조금 더 됐죠"

버릇인가, 양손을 허벅지와 의자 사이에 계속 끼우고 있다. 마른 체형에 심각하게 굽은 어깨. 예술가 느낌은 아니었다. 끝부분에만 살짝 컬이 진 머리는 제대로 빗지 않은 듯했고, 낡은 플란넬 셔츠 패턴도 그다지 산뜻하지 않았다. 우리보다 대여섯 살 많다고 들었는데 태도도 복장도 제대로 된 직장인 같아 보이지는 않았다. 거의 은둔형 외톨이나 마찬가지라는 나쓰의 말뜻을 어쩐지 알 것 같았다.

찬물을 내온 주인에게 음료를 주문한 뒤에 나쓰가 휴면포자에게 물었다. "마사요 씨는 몸 좀 어떠세요?"

"뭐, 어찌어찌 살아 있어요." 표준어 억양이었다. "연말에 몸이 안 좋아서 다시 입원했다가 1월 말에 퇴원해서 지금은 집에 계십니다."

마사요 씨라는 분은 휴면포자의 어머니였다. 그리고 나쓰 어머니의 사촌으로, 나쓰와 휴면포자는 **육촌지간**이 되는 셈이다.

문제의 사진은 휴면포자의 어머니가 나쓰 어머니에게 보낸 것이었다. "우리 아들이 이런 걸 만들었는데……" 하는 식이었을 것이다. 나쓰 어머니는 다른 일로 나쓰에게 메시지를 보내며 그 사진을 첨부했고, 나쓰는 그걸 제대로 보지도 않고 대충 앨범에 저장해뒀다가 발리의 추억과 함께 나한테 잘못 전송했다……는 것이 사건의 전말이었다.

그렇다는 걸 알고 안심한 건 맞다. 어디 사는 누군지도 모르는 남자한테 원망을 사는 건 솔직히 무서운 일이니까. 게다가 이쪽만 잘못한 건 아닌 거다.

휴면포자는 여기 교토에서 어머니와 살고 있는데, 어머니는 오랜 지병인 **교원병** 피부, 힘줄, 관절 따위의 결합 조직이 변성되어 아교 섬유가 늘어나는 병을 통틀어 이르는 말으로 입원과 퇴원을 반복하고 있다고 했다. 모자 두 사람이 조용히 교토로 돌아온 건 7~8년 전으로, 지금은 마사요 씨와 나이가 비슷하고 어릴 때부터 친하게 지낸 나쓰 어머니만 가끔 연락을 주고받고 있다고. 도쿄에서 자란 이 아들 쪽을 잘 아는 사람은 친척 중에도 없고, 나쓰도 지금까지 얼굴을 본 건 딱 두 번뿐이라고 했다.

"그래서, 이쪽이 요시미 도코 씨."

나쓰가 드디어 나를 소개했다.

"처음 뵙겠습니다. 요시미입니다."

"……노나카입니다."

딱 그뿐이었다. 난 어른이다, 어른이다……. 그리 주문을 외며 별수 없이 먼저 고개를 숙였다.

"이번 일은 정말 죄송했습니다."

"……뭐."

노나카는 시선도 맞추지 않고 남은 믹스주스를 소리 내며 빨아들였다.

몇 초 정도 기다려봤지만 뒷말은 들려오지 않았다. 다시 후끈후끈 열이 올랐다. 그쪽도 한마디 사과하고 싶었던 것 아니었나. 그렇게 듣고 오늘 대면에 동의한 거였는데. 설마, 지금의 "뭐……"가 그거야? 자기 어머니가 보낸 사진 때문에 사람한테 '무책임'하니 뭐니 막말을 쏟아놓고서?

교토에 온 건 꼭 가보고 싶은 일본 요릿집이 있다고 나쓰가 하도 노래를 불러서였다. 좀 전에 그 집에서 먹은 점심 코스는 역시나 훌륭해서 행차한 보람은 있었다.

즉, 노나카가 자주 다닌다는 이 찻집까지 오게 된 건 어디까지나 교토에서의 점심에 딸려온 것이다. 당사자 얼굴을 한번 봐두면 더 안심이 되니까, 그래서다. 그런데 이런 식이면 꼭 내가 사죄하러 온 모양새 아닌가.

그런가…….

김샌 기분으로 물을 마셨다. 이 노나카란 사람도 **그놈**이랑 똑같다. 사과하지 않는 인간. '사과하면 죽는 병'인지 뭔지에 걸린 거다. 그쪽이 그렇게 나오면 나도 이 이상 고개를 숙일 필요가 없지.

"뭐랄까, 제가 굉장히 **민폐**를 끼친 것 같네요." 밉살스럽게 강조하며 말했다.

노나카는 흘깃 내 쪽을 보더니 짧게 숨을 내쉬고 입을 열었다. "저는 그 사진을 어디에도 공개한 적이 없습니다. 그런데 누가 그것하고 완선히 똑같은 디자인이 액세서리를 만들었더군요."

"네?"

"펜던트며 브로치며 귀걸이며, 시중의 공방에서 만든 엉성한 유리 제품을 온라인숍에서 팔더라고요. 내가 발견해서 어찌 된 일인지 추궁하니 SNS에 올라온 사진을 무단으로 사용한 디자인이랍니다. '유리 세공'하고 '액세서리'로 검색을 했다나? 그게 그쪽 SNS였고."

"그건…… 뭐, 죄송하게 됐습니다만, 그래도 그런 일은……."

"맞아맞아, 도코는 아무것도 몰랐던 거니까." 나쓰가 다정한 목소리로 거들었다. "미쓰루, 혹시 그 작품을 앞으로 판매할 계획이라도 있어요?"

"파는 물건 아닙니다만."

"그럼 실질적인 피해는 없으신 거네요." 결국 말해버렸다.

"실질적인 피해?" 노나카가 눈을 부릅뜨며 말했다. "그런 문제가 아니지. 애초에 그쪽이 '유리 세공'이니 뭐니 무책임한 말을 써놓지만 않았어도 이런 일은 없었을 텐데."

다시 '무책임'이라는 말을 듣자 이쪽도 확 불이 붙었다.

"그런 식으로 따지자면 발단은 그쪽 어머니이신 것 같은데요. 모르는 새에 저한테까지 온 잘 알지도 못하는 사진 때문에 이렇게 일방적으로 안 좋은 말을 듣다니, 자다가 날벼락 아닙니까."

"응, 그건 내 잘못도 있고."

나쓰가 사과하듯 두 손을 모았지만 노나카는 눈 하나 깜짝하지 않았다.

"잘 알지도 못하면서 인터넷에 올리는 게 상식 없는 행동이라는 말입니다. 도대체 뭘 어떻게 보면 그게 유리 세공으로 보이죠? 이해가 안 됩니다."

"네?"

그때 주인이 음료를 가져왔기에 높아진 목소리를 삼켰다. 잔이 놓이는 걸 보며 지금이 유일한 기회라는 듯 나쓰가 화제를 돌렸다.

"그 작품, 생물로 만든 거라던데 진짜예요? 엄마한테 물어보니까 그런 얘길 해서요. 그 이상은 어려워서 모르겠다, 그러시던데."

그 얘기는 나도 나쓰한테 들었지만 전혀 와닿지 않았다.

"생물입니다. 동시에……."

노나카는 테이블 위로 손을 뻗어 빈 재떨이에 든 성냥갑을 손가락으로 톡 밀었다.

"이것이기도 하고."

앞에 세워져 있던 간판과 똑같은 서체로 가게 이름이 인쇄되어 있었다.

"파리…… 이게 뭔데요?" 나쓰가 따라 읽으며 물었다.

"'유리'라는 말입니다." 주인이 말했다. 테이블에 계산서를 놓고 벽 쪽의 스테인드글라스를 턱짓으로 가리켜 보인다. "우린 이게 자랑이거든요."

주인이 테이블에서 멀어지자 노나카가 말했다. "그 작품은 규조를 나열해서 만든 겁니다."

"규조?" 나쓰가 되물었다.

"물속에 사는 미생물입니다. 식물 플랑크톤의 일종이죠. 규조토는 알죠?"

"어, 그게 그런 거예요? 우리 집에 코스터는 있는데."

"규조토는 규조 껍데기가 퇴적되어 생긴 겁니다."

"아, 그런 거구나."

"규조의 '규'는 규소, 규산염은 유리의 주성분입니다. 즉, 이 생물은 유리 껍데기를 입고 있는 거죠."

"생물인데, 유리라고……?" 나쓰가 고개를 갸웃했다. "서로 정반대인 것 같은데……."

노나카가 쓸쓸히 웃었다. "고체 무기질을 몸의 일부로 생성하는 생물은 별로 드물지 않습니다. 우리 뼈도 인산칼슘이고요."

"아아……." 나쓰가 다소 과장되게 눈을 크게 뜨며 물었다. "뭔가 전문적이다. 대학, 그쪽이었던가요?"

"뭐, 그렇죠. 대학, 대학원."

"와! 엄청 똑똑해 보여요."

나는 말없이 커피를 홀짝이고 있었지만, 칭찬을 받은 게 그리 기분 나쁘지 않은 듯한 노나카의 얼굴을 보고 있자니 좀 전에 삼켰던 분노가 되살아났다.

"결국……." 나는 컵을 내려놓고 말했다. "유리라는 점은 똑같은 것 아닌가요? 인간이 만든 건가, 그 생물이 만든 건가, 그게 다른 것뿐이고요."

노나카가 나를 노려보고 눈길을 돌렸다. "말이 안 통하네. 수준이 너무 낮아."

"뭐? 내가 왜 그런 말을 들어야 하지?"

"무지한 건 그럴 수 있어. 그런데 그걸 인정 안 하는 건 무지를 넘어서서 어리석은 거라고."

"어떻게 그런 말을? 정말 무례하네."

나쓰가 "그러니까……" 하며 말리려 했지만 나는 참지 않고 쏘아붙였다.

"규조인지 뭔진 몰라도, 그런 기분 나쁜 것보다 유리 액세서리가 훨씬 낫겠네요."

"기분 나쁜 거? 어째서 그런 말이 나오지? 본 적도 없으면서?"

"그럼 보여주시던가요, 그렇게까지 말씀하시는 거면." 나는 손가락으로 테이블을 두드렸다.

"집으로 오면야 얼마든지 보여드리지. 올 겁니까?"

"좋아요."

"어? 지금?" 나쓰가 놀라며 내 귀에 대고 속삭였다. "나 슬슬 가봐야 하는데, 내 사랑 쓰키구미 님이……."

"아, 그래? 4시 반에 우메다랬나?"

나쓰는 다카라즈카 여성으로만 구성된 일본의 가극단 열성 팬으로 우메다예술극장 주말 공연 티켓을 어렵게 구했다고 신나 하고 있었다.

"괜찮습니다, 나는." 노나카가 일어날 채비를 하며 말했다. "그쪽 혼자라도."

길이 갈 수 있는 거리이가 보다 했는데 데마치야나기역에서 전철을 타야 했다. 에이잔전철, 교토 북부인 라구호구로 빼은 무뢰 노선이다.

손잡이를 잡고 차창 밖으로 교토의 거리를 바라보는 사이에 점점 열이 식었다. 나도, 나란히 선 노나카도 입을 꾹 다물고 있었다. 조용히 한숨을 내쉬었다. 도대체 뭘 하고 있는 건가. 오늘 처음 만난 이런 괴팍한 덕후와 '에이잔전철'을 타고 있다니…….

드문드문 창문에 비친 노나카와 내 모습을 비교해봤다. 앉아 있을 때 인상보다는 키가 컸다. 에이지하고 비슷한 정도려나. 물론 에이지 쪽이 더 체격이 좋았지만.

에이지와 이 에이잔을 탄 적이 있다. 몇 정거장 지나면 나오는 다카라가이케역에서 갈라지는 노선으로 기부네구치역까지 가서 기후네신사를 찾았다. 둘이서 외출한 건 그때가 세 번째였을 것이다. 기후네신사는 인연을 맺어주는 신으로 유명했는데, 에이지가 "이제 와서 뭘 빌어?" 하고 웃으며 이야기해 묘하게 기분 좋았던 게 기억에 선명하다.

얼마 전에 기후네신사가 끊긴 인연을 회복해주는 쪽으로도 효험이 있단 얘기를 듣고 나도 모르게 얼른 가봐야겠다 싶어 주말 일정을 확인했다. 결국 포기했지만, 그때의 내 모습을 생각하면 지금도 비참하다. 비굴한 스스로에게 몸서리가 쳐진다. 벌써 잊었다고 생각했는데, 눈에 보이지 않을 정도의 불씨가 아직 어딘가에 남아 있는지 바람이 불면 팟, 작은 불꽃이 피어오른다. 에이지는 다음 달에 식을 올리는 모양이다. 그 사실이 불씨를 완전히 밟아서 꺼주려나? 음습한 내 마음의 미련을 파삭파삭한 재가 되게 해주려나……

15분 정도 전철에서 흔들리다 종점인 야세히에이잔구치역에서 내렸다. 교토 시내에서 북동쪽 외곽, 히에이잔산으로 올라가는 케이블카도 여기서 출발한다.

이곳으로 말하면 인연이 꽤 깊다. 루리코인 같은 명소도 많아 역 앞이 카메라를 손에 든 관광객들로 북적거렸다.

"여기서 10분 정도입니다." 노나카가 걷기 시작하며 말했다.

"갑자기 찾아뵈서 어머니가 놀라시진 않을까요?"

나쓰가 전화를 걸어주었을 테지만 어쩐지 걱정이 됐다.

"괜찮습니다. 오히려 평소에 손님이 별로 없어서 너무 번잡스럽게 구실지도."

"그건 괜찮지만……"

계곡을 따라 국도가 이어져 있었다. 오른쪽으로 강을 내려다보며 상류 쪽으로 걸었다.

"규조는 여기 다카노가와강에도 있습니다." 노나카가 말했다. "바다에도 강에도 연못에도, 어디나 있거든요. 몇 만 종이나 되고 형태도 다양하지만 전형적인 것은 원반 모양이나 타원을 잡아 늘인 모양입니다. 거의 같은 크기인 유리 껍데기 두 개가 꼭 맞물려 있고 그 안에 세포가 들어 있는 형태인데, 뚜껑 있는 도시락통을 떠올리면 감잡기 쉬울 겁니다. 규조는 광합성을 하니 유리 몸체인 쪽이 빛을 통과시켜 좋은 거죠. 현미경으로 빛을 비췄을 때도 아주 아름답고요."

"잇, 현미경으로 보나요?"

"당연하죠. 미생물이라고 말씀을 드렸는데, 아……." 노나카가 불쑥 내 쪽으로 고개를 돌리며 물었다. "지금 화장한 겁니까?"

"화장이요? 당연히 했죠. 그건 왜요?"

"꽃가루 알레르기는?"

"없는데요. 그런 건 왜……?"

"가서 설명해드리죠. 규조 관찰을 위해 필요한 정보입니다." 내가 고개를 갸웃거리고 있으니 노나카가 말을 이었다. "그건 그렇다 치고…… 왜 여성들은 예쁘게 보일 필요가 없을 때도 화장을 합니까? 가령, 오늘 같은 때."

"그건…… 그냥 그렇게 하는 거니까요."

적당히 받아넘겼다.

"다들 해서 하는 겁니까? 다들 하니까 화장하고, 다들 입으니까 유행하는 옷 입고, 다들 그렇게 말하니까 분위기 맞추고. 주변과 똑같은 것, '보통'인 게 가장 중요한. 여성들을 히스토그램으로 그리면 평균치 주변에 대다수가 집중한 뾰족한 산 모양 분포가 되겠군요."

나왔다. 여자랑 전혀 인연 없어 보이는 남자나 할 법한 말. 의미 없다 생각했지만 일단 대화 모드로 들어갔다.

"남자들은 다른가요?"

"남자들도 산 모양 분포이긴 한데 그 높이가 여성들보다 훨씬 낮습니다. 더 완만하고 경사면이 넓죠. 즉, 이런저런 타입이 있고, 개성이 풍부하죠."

"덕후랑 별종이 많죠. 이상한 취미를 가진."

기분 나쁘라고 한 말인데 노나카는 눈 하나 깜짝하지 않고 내게 물었다.

"결혼했어요?"

"……아직 안 했는데요."

"평균적인 여성들은 자신과 비슷한 레벨의 평균적인 남성과 결혼하려고 합니다. 그거라면 당연히 가능하겠지, 하면서. 그런데, 평균적인 남성의 수는 평균적인 여성에 비해 훨씬 적고, 거기서 불균형이 생깁니다. 그래서 자기 주변에는 제대로 된 남자가 한 명도 없다고 한탄하게 되는 거죠. 내 생각에는 전제가 잘못된 것 같은데."

"아, 네. 충고 감사합니다."

"단순히 현상을 분석한 겁니다."

분석. 무심결에 웃음이 터질 뻔했다.

묘한 논리를 늘어놓지만 결론은 '별종'인 자신을 더 '인정'해주길

바란다, 그건가. 반론을 해봐도 논의는 진전되지 않을 터. 쌀쌀맞게 "참고할게요"라고 내뱉고 그대로 입을 닫았다.

다만…… 마음에 걸리는 말이 없었는가 하면 그건 아니었다. 여자로 사는 게 어려운 이유 중 하나가 강한 동조 압력소수 의견을 가진 사람에 대해 암묵적으로 다수의 의견에 따르라고 강요하는 것이라는 건 아마 틀리지 않을 것이다.

10대 때부터 그게 정말 스트레스였다. 손재주 없고 분위기 파악을 잘 못 하는 것도 한몫했을 테지만, 중학교에 가니 반 안에서 계급이 갈리며 남자애들 시선만 의식하는 여자아이들이 늘어났다. 한 단계 높은 '여성스러움'이 요구되어 따라가기가 더 어려워졌다. 고등학교를 여학교로 선택한 건 여자애들만 있는 쪽이 오히려 편하지 않을까 싶어서였다.

그래서 몸에 익힌 처세술이 '시원시원한 여성'으로 행동하는 것이었다. 여자로서의 '서툶'을 숨기고 고립되지 않고 살아가기 위한 유일한 방법이었다. 그렇다고 해도 역시 속까지 쿨한 건 아니고, 타인과 다른 확고한 자아가 있는 것도 아니다. 복장이나 화장은 되도록 주변에 맞췄다.

남자들은 자주 착각한다. 화장기 없이 수수한 여자는 성격도 얌전하겠지, 하고. 땡이다. 그런 여성일수록 독자적인 세계나 신념을 가진 강한 여성인 경우가 많다.

사회생활을 해나가면서 시원시원한 여성 연기에는 물이 올랐지만 속은 그대로였다. 그래서 에이지 같은, 어떤 의미에서는 알기 쉬운 남자를 가볍게 좋아하게 된 것이리라.

4년 전, 내가 일하는 오사카 영업소에 고베 본사에서 일하던 에이지가 이동해왔다. 잘생겼다고 할 정도는 아니었지만, 학교 때 미식축구를 했던지라 시원스러운 이미지에 스타일이 좋았다. 영업부의 기대주라는 소문도 있어서 여성들 사이에서는 조용하게나마 술렁임이 있었다.

어느 회식 자리에서 돌아가는 길, 같이 전철을 타게 됐을 때 그가 교자를 좋아한다는 얘기가 나왔다. 서로 좋아하는 가게를 꼽으며 어디가 맛있는지 내기하자고 하다가 식사 약속으로 이어졌다. 그렇게 사귀게 됐다.

물론 직장에선 비밀로 했다. 내가 있는 부서에는 남이 행복한 걸 아주 싫어하는 여자 선배, 누군가의 남자친구를 화장실에서 헐뜯는 게 취미인 동료가 있었으니 더더욱 그랬다.

행복한 1년이었다. 불만이 있었다면 에이지가 절대 사과하는 법이 없었다는 것. 그래서 싸우게 되면 늘 마지막에는 내가 굽혔다. 에이지는 **응석 부리는** 여자는 질색이다, 똑 부러진 사람이 좋다, 그런 말을 많이 했다. 그건 곧 자기가 응석 부리고 싶다는 뜻이었다. 내가 한 살 더 많으니 응석 좀 부려도 되겠지, 사과 같은 거 안 해도 되겠지, 그렇게 생각한 것이리라. 당시에는 그런 식으로 스스로를 이해시켰다.

둘 사이에서 결혼 이야기가 조금씩 나오기 시작했을 때 회사에서 문제가 발생했다. 부서 여직원들이 입사 2년차인 다무라 미유를 집단으로 괴롭히기 시작한 것이다. 험담이나 무시에서 시작해 사실과 다른 말을 퍼뜨리거나 실수하게 미리 살짝 손을 써놓거나, 음습한 행동들이 점점 수위를 높여갔다.

다무라 미유는 동그랗고 귀여운 얼굴에 애교 섞인 목소리가 일품이었다. 연기력을 총동원해 남자 직원들에게 아양을 쏟아부었기에 언젠가 그런 상황에 처하리라는 건 본인도 잘 알고 있었을 것이다. 괴롭힘 정도로 그리 쉽게 꺾이지 않겠지, 그렇게 생각했기에 미유 쪽에서 나한테 고민을 상담하고 싶다고 했을 땐 놀랐다. 그래도 다무라 미유 건에서 한 발 빼고 있던 긴 나뿐이었던지라, "요시미 씨 말고는 얘기할 사람이 없어서요" 하는 말에는 그건 그렇지, 하고 생각했다. 그때는.

그래서 회사 사정에 밝은 선배로서 다무라 미유의 상담 상대가 되어줄 수밖에 없었다. 에이지한테 이야기하니, "힘이 되어주는 게 좋지"라고 했다. 딱 한 번이었지만, 우리가 사귄다는 걸 숨기고 미유와 셋이 이자카야에도 갔다.

미유 본인이 원하지 않아서 내 쪽에서 적극적으로 문제 해결을 위해 움직이진 않았다. 다만 그룹명이 '다무라 빼고'인 여자 직원들의 메신저 그룹에 초대받았을 때는 거절했다. 단지 그것만으로 나와 동료들의 관계도 삐걱대기 시작했다. 들리는 얘기로는 결국 그룹명이 '다무라, 요시미 빼고'가 되었다고 한다.

결말은 뜻밖이었다. 미유가 돌연 회사를 그만둔 것이다. 그리고 2주 후, 봄 인사 발령으로 고베 본사로 돌아가게 된 에이지가 날 불러내 "좋아하는 사람이 생겼어, 헤어져주라" 하는 말을 고개 숙이고 되풀이했다. 좋아하는 사람은 다무라 미유였다.

지금은 생각한다, 다무라 미유는 처음부터 그럴 생각으로 내게 접근했을지 모른다고. 연기력 차원을 넘어서서 무서울 정도다. **응석**은 질색이라던 에이지조차 간단히 넘어가버렸다.

미유를 증오한 건 그렇다 치고, 에이지도 사과하길 바랐다. 그 순간만큼은 꼭. 눈물을 흘리며 그리 항변하니 에이지는 작은 소리로 "미안" 하고 말했다. 힘이 빠졌다. 나랑 헤어지기 위해서라면 사과도 할 수 있는 거구나…….

에이지를 떠나보내고 빈껍데기 같은 상태가 되어 있는 사이에 다무라 미유를 괴롭혀 퇴직하게 만든 게 나라는 식으로 얘기가 흘러갔다. 상사가 연유를 물어왔고, 나는 회사를 그만둘 생각으로 사실을 털어놨다. 상사가 어느 쪽 얘기를 믿었는지는 몰라도 곧 층이 다른 지금 부서로 이동하게 됐다. 연령대가 있는 사원이 많고, 좋은 뜻으로도 나쁜 뜻으로도 다들 타인에게 관심이 없는 부서다. 덕분에 2년이 지난 지금까지 그만두지 않고 버티고 있다.

"……여깁니다."

노나카의 말에 현실로 돌아왔다. 어느 틈엔가 좁은 언덕길 위에 와 있었다. 앞서 걷던 노나카가 손질되지 않은 담장 사이의 녹슨 대문을 밀었다. 안쪽에는 회칠한 단층집이 자리하고 있었다.

"꽤 낡았죠? 돌아가신 할아버지가 계속 세를 내줬던 집이에요. 살던 사람이 나가서 다음 사람이 들어올 때까지로 약속하고 살게 됐습니다."

노나카가 현관 미닫이문을 열자 안에서 좋은 냄새가 흘러나왔다. 뭔가를 조리는 냄새에 희미한 단내가 섞여 있었다. 뭔지는 몰라도 어딘지 그리움이 전해지는, 마음을 부드럽게 해주는 냄새였다.

곧 복도가 삐걱거리는 소리와 함께 어머니가 나오셨다.

"아이고, 아이고, 어서 와요." 어머니가 웃는 눈으로 말씀하셨다.

"요시미입니다. 불쑥 죄송합니다." 나는 정중히 고개를 숙였다.

"아니, 무슨. 나쓰한테 들었어요. 집이 지저분해서 미안하네. 올라와요."

툇마루에 붙어 있는 방으로 안내를 받았다. 방비 나이 낡아서 까슬하게 일어나 있었지만 방석은 새것 같았다. 손님용 방석을 내놓은 것이리라.

노나카가 차를 내온 어머니에게 말했다. "이제 내가 할 테니까 누워 계세요."

"괜찮아. 오늘은 꽤 좋구나."

병환 때문인지 말도 못 하게 마른 몸이었다. 혈색도 좋지 않았고, 눈두덩이만 보랏빛으로 부어 있었다. 도저히 우리 엄마와 같은 세대로는 보이지 않았다. 그래도 표정만은 밝았다.

"요시미 씨, 단팥 좋아하나?"

"네. 단것 중에서 제일 좋아해요."

그건 사실이었다.

"잘됐네. 오랜만에 단팥죽이라도 만들어봐야겠다는 생각이 들어서, 아침부터 팥을 끓이고 있었는데 딱 맞았지 뭐야."

"아……! 이 냄새, 단팥이었네요."

마사요 씨가 부엌으로 사라지자 노나카가 입을 열었다.

"여기 잠깐 계실 수 있을까요? 현미경을 준비해놓고 오겠습니다."

노나카와 교대하듯 마사요 씨가 돌아왔다. 단팥죽을 만들던 도중인 듯, 앞치마에 손을 닦으며 내 맞은편에 무릎을 꿇고 앉았다. 손도 병환 때문인지 전체적으로 붓고 심하게 거칠어져 있었다.

"정말로 반갑네. 이렇게 젊고 고운 손님은 처음이라서."

"어느 쪽부터 아니라고 말씀드려야 할지." 쓴웃음을 지으며 말했다. "벌써 서른인데요."

"미쓰루랑 친하게 지내줘요. 쟤가 이 근방에는 친한 사람도 없지 뭐야. 아니, 도쿄에서도 없던 모양이지만."

새어 나오는 웃음을 손으로 가리며, 마사요 씨는 한동안 쉴 듯한 목소리로 외아들 이야기를 이어나갔다.

어릴 때부터 물가의 생물을 좋아해서 아파트의 좁은 방이 늘 수조로 가득 차 있었다는 것. 마사요 씨가 집 근처 진료소에서 낡은 현미경을 받아오자 팔짝팔짝 뛰며 좋아했고, 그 후에는 얼마 안 되는 용돈을 모으거나 아르바이트를 해서 현미경이나 카메라 부품을 조금씩 구비해나갔다는 것. 경제적으로 여유가 있었다면 대학에 남아 연구자가 되려 했다는 것. 졸업 후에는 학원이나 전문학교에서 강사 일을 했는데, 마사요 씨의 병에 대해 알게 된 뒤에는 재택으로 기술 번역 일을 하고 있다는 것.

고생스러운 이야기 같은 건 전혀 입에 올리지 않았지만, 모자 둘이서 서로를 있는 힘껏 아끼며 살아왔다는 것이 사소한 표현들 속에 담겨 있었다.

"……내 몸이 안 좋아지니까 '교토 가자' 하고 먼저 말을 꺼내줬어요. 내가 내내 그 생각하는 걸 알고 있었던 거야. 보통 때는 뭘 생각을 하는지 부모가 봐도 잘 모르겠는데, 가끔 툭툭 그런 말을 하더라고요. 어미 생각하는 착한 애다, 난 그런 생각인데. 뭐, 요즘 사람들 눈에는 딱이다 하긴 좀 그렇지."

미사요 씨는 그렇게 말하고 다시 손으로 입을 가리고 웃었다. 그녀 나름대로 아들 자랑, 홍보 같은 걸 하는 거구나 싶었지만 기분이 전혀 나쁘지 않았다.

곧 노나카가 날 불렀다. 있던 방에서 다시 현관 쪽으로 나간 뒤 그대로 구석까지 들어갔다. 그쪽은 마루방인 듯, 문이 가공 목재로 되어 있었다. 노나카가 문손잡이에 손을 올린 채 내 몸을 전체적으로 훑어봤다.

"재킷은 입고 있어도 괜찮겠습니까? 안에서는 입고 벗는 걸 삼가주세요. 소매를 걷어 올리거나 하는 것도. 먼지가 일면 곤란해서요. 재채기나 기침도 참아주시고."

"헛, 뭔가 실험실 같네요."

노나카를 따라 방으로 들어갔다. 안은 어둑하고 서늘했다. 커튼이 모두 쳐져 있고, 구석의 작업대와 책상 위에 전기스탠드가 하나씩 켜져 있었다. 작업대 위에는 도구 보관용인 듯한 나무 상자와 유리

제 실험 기구, 화학약품이 들어 있는 듯한 병, 그 옆 책상에는 현미경이 두 대 있었다. 그다음으로 시선을 끈 건 벽의 선반으로, 투명한 플라스틱 상자와 금속제 용기들이 선반 가득 늘어서 있었다.

노나카는 선반에서 금속 용기를 하나 집어 뚜껑을 열었다. 옆에서 들여다보니 고무제의 검은 판 위에 한 변이 1~2센티미터 정도 되는 얇은 유리판이 일고여덟 장 정도 나란히 놓여 있고, 유리판들에는 하얀 가루 같은 것이 옅게 뿌려져 있었다.

"이 하얀 것들이 전부 규조입니다."

"오! 이렇게 작은가요?"

"소리는 좀 더 작게. 숨만 쉬어도 휙 날아가버리니까." 노나카는 입술에 손가락을 대고 조용히 말을 이었다. "규조의 대다수는 크기가 0.1밀리미터도 안 됩니다. 이건 그 껍데기만 모아놓은 거고요. 바다나 강에서 채집한 것을 약품으로 세척해 유리 껍데기만 남깁니다. 그걸 현미경으로 확인하면서 부서지지 않은 것을 선별해 끝이 가느다란 도구로 하나하나 집어 이렇게 종류별로 분류해둡니다."

"……세상에나, 저는 절대 못 하겠네요."

"진짜 놀라운 건 껍데기의 정교함입니다."

노나카가 현미경 앞으로 걸어갔다. 두 대 중 큰 쪽이다.

"준비해둔 거니 그대로 들여다보면 됩니다."

노나카가 권하는 대로 동그란 의자에 앉았다. 현미경을 들여다보는 건 아마도 중학교 때 이후 처음이다. 렌즈에 얼굴을 갖다 대려는 순간 노나카가 "스톱" 하며 제지했다.

"속눈썹이 붙어 있습니다." 노나카가 자신의 오른눈을 손으로 가리켰다. "아래쪽 눈꺼풀에."

손가락으로 집어보니 그의 말대로 빠진 속눈썹이 하나 붙어 있었다. 노나카가 샬레 비슷한 것을 내밀었다. 거기에 속눈썹을 버리라는 것 같아서 "감사" 하고 작게 말한 뒤에 마스카라 묻은 긴 속눈썹을 떨어뜨렸다. 그때 문득 생각이 났다.

"아까 화장이 어쩌고 하셨는데, 괜찮나요? 저 얼굴에 화장했는데."

"그걸 알고 있으면 됩니다. 그쪽 얼굴이 닿은 부분은 나중에 닦을 거니까. 전에 어머니 때문에 샘플이 오염된 적이 있어서 말입니다. 내가 없을 때 파운데이션이 묻은 손으로 방 여기저기에 손을 대셔서요."

"아, 그렇군요."

나는 다시 현미경 앞에서 자세를 잡고 렌즈를 들여다봤다.

"와!" 무의식적으로 탄성이 터졌다. "이렇게 다양하게……."

검은 배경에 수십 개의 크고 작은 유리들이 불규칙하게 아로새겨져 반짝이고 있었다. 대부분은 무색투명했지만 현미경 빛을 무지갯빛으로 반사하는 것도 있었다.

원형, 삼각형, 정사각형, 별 모양, 막대 모양, 타원형, 길쭉한 튀밥 모양, 땅콩 모양, 각이 둥그스름하고 얇은 마름모꼴, 그게 살짝 말린 S자 모양…….

기하학적인 윤곽들은 하나같이 디자이너가 자나 컴퓨터로 그린 듯 완벽했다. 그런 것들이 자연의 산물이라는 게 오히려 부자연스럽게 느껴질 정도로. 아무것도 모르고 보면 생명체의 몸이라고는 생각 못 할 것이다.

"껍데기마다 정교하게 모양이 들어가 있는 게 보입니까?"

"네, 보여요."

그건 전의 그 파란 꽃을 닮은 작품 사진을 봤을 때도 알아차렸다. 원형의 껍데기에는 방사상의 모양이, 그 밖의 껍데기에는 줄무늬나 점 같은 것이 섬세하게 자리하고 있다.

"확대해봅시다."

자리를 물리니 노나카가 아래쪽 렌즈를 바꾼 뒤 초점 등을 조절하고 다시 내게 들여다보라고 했다.

"이게 뭐야, 진짜 섬세하네."

길고 가느다란 규조 하나가 시야를 가득 채웠다. 중심에 줄이 하나 나 있고, 그 양쪽으로 정밀한 그물 모양이 같은 간격으로 들어가 있는 게 확실히 보였다. 그냥 무늬가 아니었다. 줄도 그물 모양도 유리 껍데기에 새겨져 있는 것이었다. 그 입체감이란 역시 사진으로 전해지는 종류가 아니었다.

"그건 '안경 규조'입니다. 그물의 간격은 대략 2000분의 1밀리미터. 옛날에는 이 규조의 그물 구조가 보이는지 아닌지로 현미경 렌즈의 성능을 테스트했다고 합니다. 그래서 '안경'이라는 이름이 붙었다고들 합니다. 규조는 이런 틈이나 구멍을 통해 수중의 양분을 흡수합니다."

"와, 다 이유가 있네요."

노나카는 작업대의 나무 상자를 조심스럽게 앞으로 가져와 잠금 부분을 풀었다.

"규조 관찰을 즐기는 현미경 마니아는 옛날부터 있었는데, 그중 일부가 규조를 나열해 디자인이나 그림으로 만들기 시작했죠. 그게 '규조 아트'입니다."

"아, 전의 그 사진도……."

노나카는 고개를 끄덕이며 나무 상자의 뚜껑을 열었다. 안에는 길이가 10센티미터 정도 될까 싶은 유리판이 수십 장이나 꽂혀 있었다.

"이, 시서 학교에서 쓴 적 있는데……. 뭐라고 했더라?"

"프레파라트. 규조를 나열한 뒤 투명한 수지로 몽한 겁니다." 노나카는 핀셋으로 그중 한 장을 집어 올리며 말했다. "이게 그 작품입니다."

얼굴을 가까이 가져가 가만히 들여다봤다. 유리판 중심에 희미하게 하얀 점이 보였다. 직경은 1밀리미터도 되지 않았다. 그게 꽃 모양을 하고 있다니, 믿기 어려웠다.

노나카는 다른 현미경 쪽에 그 프레파라트를 끼운 뒤 들여다보게 했다. 형태는 확실히 그 꽃이었지만 파랗지 않고 에메랄드색이다. 노나카의 설명에 따르면, 빛을 비추는 각도에 따라 다양한 색으로 보인단다.

노나카는 프레파라트를 한 장 한 장 바꿔 끼우며 본인 기준으로 잘된 작품인 듯한 것들을 보여주었다. 나뭇가지와 잎. 육각형 눈 결정. 날개를 펼치고 날아가는 새. 초승달과 별들…….

"……이런 작은 것들을 어떻게 이렇게 늘어놓죠?"

"한마디로 말하면, '마음과 혼을 전부 쏟아서'가 되려나. 현미경을 들여다보며 모양도 크기도 딱 적당한 유리를 끝이 가느다란 도구로 하나씩 집어서, 정확한 위치에 정확한 방향으로 배치합니다. 우직하게, 포기하지 않고, 쉬지 않고 조금씩 해나가는 수밖에 없죠. 이런 걸 만들고 있는 건 전세계에서도 몇 명밖에 없습니다. 기법은 각자 독자적으로 개발한 것으로 다른 사람에게 알려주거나 하지 않죠. 도구도 각자 이리저리 궁리해서 만듭니다. 나도 여전히 시행착오의 연속이지만요."

가장 압권이었던 것은 수백 개의 다양한 규조를 커다란 원 속에 빽빽이 채워 넣은 작품이었다. 적당히 늘어놓은 게 아니라 크기가 큰 것은 중심에, 작은 것은 바깥쪽에 배치했다.

게다가 하나하나가 투명감을 가진 채 색색으로 빛을 발하고 있다. 푸른색 계열이 많았지만, 하늘색부터 군청색, 청록색, 황록색 등 조금씩 색감이 다르다. 오렌지색이나 노란색, 붉은색, 흰색으로 반짝이는 것들도 섞여 있다.

스테인드글라스나 모자이크 타일, 만화경, 아니, 색유리로 만든 액세서리라고 해도 비교가 되지 않을 정도로, 보는 것만으로 숨이 멎을 정도로 정밀한 아름다움이 거기 있었다.

"……정말 이쁘네." 나는 탄식과 함께 내뱉었다. "이렇게 늘어놓는 데 시간은 어느 정도 걸리나요?"

"이건 석 달 정도 걸렸나."

석 달. 그렇게 노력해서 완성한 것을 나는 쉽게, 유리 세공이니 액세서리니 했던 거다. 노나카가 화를 낸 것도 당연했다.

역시 다시 사과할까, 하고 생각하는데 노나카가 조용히 고개를 저었다.

"그래도, 대단한 건 내가 아닙니다. 자연이죠. 이렇게 작고 이렇게 정교한 유리그릇을 만들어냈으니까요. 나는 그저 인간이 절대 만들어낼 수 없는 유리 예술품을 줍고 모을 뿐, 자연을 빌려서 내 작품으로 삼고 있을 뿐입니다."

"그건 그렇지만, 그래도……"

"규조는 먹이사슬의 근간이 됩니다. 생태계에서 대단히 중요한 것은 말할 것도 없지만 실은 단세포 생물이거든요. 광합성을 하고 세포 분열을 하고 유전자를 남길 뿐이죠. 그런데 자연이 이렇게 아름다운 껍데기를 갖게 해준 겁니다. 속에 든 것과 어울리지 않을 만큼 아름다운. 그런데 그게 신비하고 재미있어서……" 노나카는 멈칫, 겸연쩍은 듯 얼굴을 돌리고 다시 말을 이었다. "사랑스럽습니다, 저한테는."

노나카와 함께 방을 나와 현관에서 부엌 쪽을 들여다봤다.

"이제 그만 가보겠습니다" 하고 인사를 했는데, 안에서 마사요 씨가 "아, 잠깐만 거기 있어줘요"라고 했다. 단팥죽이라도, 하고 말씀하시나 했더니 아니었다. 1분도 되지 않아 밖으로 나온 마사요 씨는 보자기로 감싼 찬합을 들고 있었다.

"시간을 맞춰서 다행이지 뭐예요. 이거, 오하기 멥쌀과 찹쌀을 섞어 찐 뒤 팥소를 묻힌 떡."

"앗, 지금 만드신 거예요?" 아무래도 너무 죄송했다. "이런 걸 제가 받아도 될지……."

"집에 가서 다 같이 들어요. 찹쌀 불릴 시간이 좀 모자라서 맛있을지 모르겠어요. 팥소는 뭐 그럭저럭 된 것 같지만."

정성스럽게 싸주신 걸 거절할 수도 없어 감사히 받기로 했다. 감사 인사를 드리고 역까지 바래다주겠다는 노나카와 함께 집을 나섰다. 바깥은 벌써 완전히 어두워져 있었다. 언덕을 내려와 다카노가와강 옆길로 들어섰을 때, 노나카가 말했다.

"죄송했습니다. 어머니 말 상대를 하시게 해서."

어머니 일이라면 사과가 가능한 모양이었다. 나는 작게 "아니요" 하고만 말했다.

"전의 그 사진, 꽃 모양 작품이요. 실은 어머니를 위해 만든 겁니다. 5월 어머니날에 이런저런 꽃 작품을 만들어서 매년 드리고 있거든요. 생화 선물보다 그게 좋다고 하셔서."

"아, 그러셨구나……." 이번에는 마음에서 말이 우러나왔다. "죄송해요. 그런 소중한 걸 멋대로 인터넷에 올려버렸네요."

"아니요, 그건 됐습니다."

"어머니날이 이제 두 달 남았는데, 올해는 어떤 걸 만드시나요?"

"올해는……." 노나카가 두 손을 주머니에 집어넣으며 말했다. "무리일지도."

"네? 뭐가요?"

"지금은 안 만듭니다. 아무것도."

노나카는 거기서 입을 닫고는 이유를 물어도 대답하지 않았다.

*

사흘 뒤의 밤, 목욕을 끝내고 방에서 뒹굴거리는데 나쓰한테 그제야 전화가 왔다. 내가 오하기에 대한 감사 인사를 전하려고 마사요 씨 전화번호를 물었던 것이다.

전하는 말이나 메일이 아니라 어떻게든 내 입으로 직접 감상을 말씀드리고 싶을 정도로, 오하기는 정말 맛있었다. 특히 팥소가 입에 들어갔을 때 부드러운 단맛과 함께 팥의 풍미가 조용히 퍼져나가는 그 맛이 정말이지 놀라웠다. 그날 저녁 같이 오하기를 먹었던 엄마가 "이런 걸 먹게 되면 파는 걸 못 사 먹지" 하고 불평 아닌 불평을 늘어놓으며 한번에 세 개나 끝장냈을 정도였다.

"……그게, 전화번호를 알려줘도 되느냐고 일단 그쪽에 물어보려 했는데……." 야근 마치고 집에 들어가는 길이라는 나쓰가 말했다. "전화를 통 안 받으시는 거야."

"아, 그래."

"결국 좀 전에 미쓰루한테 전화가 왔는데…… 마사요 씨, 다시 입원하셨다네."

"어? 어째서? 사흘 전만 해도 괜찮다고, 오하기까지 만들어주셨는데……."

"마침 어제가 2주에 한 번 진찰받는 날이었대. 그래서 검사를 했는데 폐 상태가 아주 안 좋았던 모양이야."

"폐? 교원병이라며?"

"합병증이래. 사이질폐렴? 그런 이름이던데. 그 병도 오래전부터 앓고 계셨나 봐. 그 병이 점점 진행되다가 한순간에 급격하게 악화되고 그런다네. 전에도 그래서 아주 위험했다고 하더라고."

"그랬구나……."

"우리 엄마가 그러셨거든. 마사요 씨, 가만두면 자기 몸 생각 안하고 무리해버린다고. 도쿄 살 적에는 아침부터 밤까지 주야장천 일만 했고. 왜 안 그러겠어, 여자 혼자 아들을 대학원까지 보냈는데. 미쓰루는 성적이 좋아서 학비 면제나 장학금 혜택은 받았던 모양이지만."

"……그래."

마사요 씨 본인에게 들었던 도쿄 아파트 시절 이야기가 떠올랐다.

"그래서 마사요 씨는 일을 그만둘 상황이 아니라고 몸도 안 좋은데 몇 년이나 병원에 가지도 않았대. 보다 못한 미쓰루가 억지로 끌고 갔더니 의사가 '왜 이 지경이 되도록 그냥 두셨습니까!' 하고 어지간히 화를 냈던 모양이야."

그때는 벌써 교원병이 꽤나 악화된 상태였다는 건가.

"오래 입원하실 것 같아?"

"글쎄다. 미쓰루도 이번에는 폐라 꽤 걱정이 많은 것 같더라."

"감사 인사는 언제 할 수 있으려나. 찬합이랑 보자기도 돌려드려야 하는데……."

하지만 결국, 마사요 씨와 대화를 주고받을 기회는 오지 않았다. 입원한 병원에서 돌아가셨다는 말을 나쓰에게 전해 들은 건 그로부터 3주 뒤, 4월 5일의 일이었다.

*

강 쪽으로 돌출된 바위 옆에 쭈그리고 앉아 옆면에 달라붙은 갈색 수초를 칫솔로 떼어냈다. 발밑을 보지 않고 옆으로 한 걸음 옮겼더니 바지를 걷어 올린 오른발 발목이 물에 잠겼다. 아직 물이 차서 무심결에 비명을 지를 뻔했다. 허겁지겁 발을 뺐다.

어느 정도 채집한 뒤 플라스틱 컵에 담긴 물에 칫솔을 담가 흔들어 솔 끝에 붙은 수초를 떨어냈다. 그 속에 규조가 섞여 있다는 것인데, 유리 같은 건 역시 눈에 보이지 않았다. 다시 바위에 달라붙어 표면을 문질렀다. 이 과정의 무한 반복이다.

땀이 한 방울 턱을 타고 흘러내렸다. 내일부터 6월이니 무리도 아니었다. 칫솔을 내려놓고 주머니에서 손수건을 꺼냈다. 얼굴의 땀을 누르며 눈으로 노나카 씨를 찾았다.

그는 폭이 15미터 정도 되는 강의 반대편에 있었다. 내가 있는 곳보다 조금 더 상류 쪽이다. 오늘 다카노가와강은 시냇물처럼 잔잔해 어디든 걸어서 건널 수 있을 듯했다. 그런 물가에 쭈그리고 앉아 갈색 돌을 손에 들고 칫솔을 움직이고 있다.

그보다, 정말 이렇게 될 거라곤 생각 못 했다. 오늘은 찬합과 보자기를 전해주러 온 거였으니까. 조금 안정된 뒤가 좋을 것 같아 사십구재가 지나기를 기다려 '어떻게 돌려드리는 게 좋을까요?' 하고 노나카 씨에게 메시지를 보내 의견을 구했다. 그러자 '보여주고 싶은 게 있는데 혹시 괜찮으면 시간 될 때 다시 이쪽으로 와줄 수 있을까요?' 하고 답장이 왔다.

거절할 이유가 없었다. 택배로 보내는 것보다 직접 가져가는 게 좋겠다고 계속 생각해온 터였다. 물론 보여주고 싶다는 게 뭔지 궁금하기도 했다.

이것이 조문이었다면 좀 더 격식을 차렸겠지만, 나는 장례식 고인의 명복을 빌기 위한 종교적 의식으로, 일본은 경야經夜의 경우가 조문에 해당한다 에 참석해 있다. 친척도 아니고 한 번밖에 만난 적 없는 여성의 장례식에, 보통이라면 가지 않았을 텐데도. 기묘한 인연으로 만난 뒤 곧장 들은 부고였다는 것, 그리고 그 오하기의 맛이 마음을 움직였다. 거칠고 부어오른 마사요 씨의 손이 정성스럽게 만든 그 팥소의 향과 은은한 단맛이. 마지막으로 등을 밀어준 것은 "장례식이 좀 적적할 것 같은데, 가면 마사요 씨도 기뻐하지 않으려나" 하는 나쓰의 한마디였다.

장례식은 사쿄구의 작은 절에서 치러졌다. 참석자는 나쓰 말대로 친척을 중심으로 열 명 정도뿐이었다. 노나카 씨는 입술을 꽉 다문 채, 놀랄 정도로 담담하게 상주 역할을 해내고 있었다. 나는 말석에서 나쓰와 나란히 앉아 있다가 마지막에 작별의 꽃을 관에 올리게 됐다.

인상적이었던 것은 그때 노나카 씨의 모습이다. 그는 관 옆에 서서 생화에 묻혀가는 어머니를 조용히 바라봤다. 문득 툭, 하고 백합한 송이가 떨어지며 마사요 씨의 뺨을 덮었고, 노나카 씨는 관으로 손을 뻗어 그 백합을 옆자리로 옮겼다. 그리고 백합에 가려졌던 뺨을 조용히 쓰다듬었다. 그 손가락이 살짝살짝 떨렸다.

오늘, 두 달 반 만에 에이잔전철을 타고 다시 이곳에 왔다. 영정앞에 향을 올리고 차합과 부지깽이를 돌려주자, 노나카 씨가 "밖에서 얘기할까요?" 하고 말했다. 근처에 적당한 카페라도 있나 싶었는데, 곧장 이 다카노가와강으로 왔다. 강가를 산책하던 중에 규조가 어디 있는지 얘기가 나왔는데, 노나카 씨는 실제로 채집해서 보여주겠다고 했다.

그가 채집하는 걸 옆에서 지켜보며 수초를 만지다가 나도 해보고 싶어졌다. 노나카 씨가 눈치를 챘는지 "해볼래요?"라며 칫솔을 내밀어서 구두를 벗고 맨발로 이렇게 바위를 문지르게 된 것이다.

그렇게 얼마 동안 작업을 계속하고 있는데, 문득 뒤쪽에 인기척이 느껴졌다. 열중해서 눈치를 못 챘던 건지, 어느 틈엔가 노나카 씨가 돌아와 있었다.

"많이도 모았네요." 한쪽에 세워둔 페트병 세 개를 보며 그가 말했다. 안에는 수초로 가득 찬 탁한 갈색 액체가 들어 있다. "좀 쉴까요? 저기 자판기에서 마실 것 좀 사 올 테니."

그가 사 온 물을 손에 들고 나무 그늘에 나란히 앉았다.

"아, 그늘에 들어오니 기분 좋네요."

강 건너에 보이는 산기슭의 초록이 눈부셨다.

"그러네요." 노나카 씨가 보리차를 꿀꺽꿀꺽 마시고 강물을 바라보며 말했다. "그건 그렇고 놀랐습니다. 규조 채집 같은 걸 이렇게나 열심히……."

"생긴 거랑 다르게, 말인가요? 그래도 이제 아셨죠?"

"뭘 말입니까?"

그가 눈을 동그랗게 뜨고 나를 바라봤다.

"비슷한 옷을 입고 비슷한 머리 모양에 비슷한 화장을 해도, 그런 여자들 안에 들어 있는 건 제각각이라는 거요. 여자들이 다 '보통'이라는 건, 좋은 의미든 나쁜 의미든 환상인 거죠."

"……음, 그렇게 되는 거군요." 그가 입꼬리를 살짝 올렸다.

"저한테 보여주고 싶다고 하신 게 규조 채집이었나요?"

"아니요, 그건…… 나중에." 노나카 씨는 흔치 않게 입을 다물더니 갑자기 나를 향해 고개를 숙였다. "정말 감사했습니다. 어머니한테 엽서를 보내주셔서, 기뻐하셨습니다."

"읽어보셨군요! 잘됐다."

마사요 씨가 입원했다는 걸 듣고 오하기에 대한 답례를 겸해 보낸 엽서 이야기였다.

"입원하고 일주일 만에 인공호흡기를 달아야 할 정도로 악화됐는데, 나쓰 편에 엽서를 받았을 때는 아직 말씀하실 수 있는 상태여서요. 몇 번이나 읽어보셨습니다."

"……그러셨군요."

"포인트는, 팥을 삶을 때 **떫은맛 제거**를 너무 하지 않는 거라고."

"네?"

"엽서에다 '정말 놀랐습니다'라고 쓴 팥소 맛이요. 떫은맛이 다 빠지기 전에 간당간당한 정도에서 멈추라고 하시더군요. 그러면 팥 본래의 향과 맛이 남는다고요."

"아……."

힘들어 보이는데도 침대에서 눈을 가늘게 뜨고 웃으며 설명하는 마사요 씨의 얼굴이 떠올랐다.

"그게 비결이었군요."

"그리고……." 그가 눈을 내리깔고 말했다. "올해 어머니날의 꽃, 완성했습니다. 그쪽 덕분에요."

"제 덕분에요?"

"죄송합니다." 그가 다시 고개를 숙인 뒤 말을 이었다. "허락도 구하지 않고 속눈썹을 썼습니다."

"속눈썹? 제 속눈썹이요? 아……." 기억이 되살아났다. "혹시, 현미경 들여다볼 때 빠진 거 말씀하시는 거예요?"

그렇다 해도 이해가 안 됐다.

노나카 씨가 고개를 숙인 채 끄덕이며 말했다. "규조 유리를 디자인대로 나열할 때 도구로 속눈썹을 씁니다. 굵기 0.5밀리미터 철사 끝에 붙여서요. 속눈썹은 가늘고 탄력이 있어서 그렇게 극소한 껍데기를 다루기에는 더할 나위 없는 도구거든요."

"그걸 그렇게……."

"불쾌하시죠, 본인 속눈썹을 마음대로 쓰다니. 그건 물론 알고 있지만…… 속눈썹을 구할 기회가 없다 보니 결국……."

"불쾌한 건 아니고…… 그런 게 도움이 된다는 게 놀라워서요."

혐오감이 생기지 않는 나 자신도 같은 정도로 놀라웠다. 노나카 씨가 조금은 마음이 놓였다는 듯 얼굴을 들었다.

"지금까지는 계속 어머니 속눈썹을 썼는데, 그걸로는 안 되더라고요."

"안 된다는 건……?"

"실은 저도 작년에 갑상선에 작은 이상이 생겼다고 들었습니다. 바제도병이라는데, 대사가 지나치게 활발해져서 피로해지기 쉽고 살이 빠지고 이렇게 안구가 튀어나오거나……." 그가 자기 눈을 가리켜 보이면서 말했다.

"……그러셨나요?"

"바제도병도 어머니 교원병도 자가면역질환입니다. 그런 집안인지도 모르죠. 제 병은 치료만 하면 생명에 지장이 있는 건 아닙니다. 약을 먹으면 점점 좋아지고, 약이 안 들면 수술도 가능하고요. 실제로 약 덕분에 증상이 없어졌는데, 계속 남아서 골치가 아픈 것이, 손가락 떨림이에요."

노나카 씨는 양손으로 주먹을 쥐었다 폈다 하며 말을 이어갔다.

"보통은 괜찮습니다. 그런데 감정적이 되거나 긴장하거나 손이 피로하거나 하면 떨리기 시작해요. 정신적인 면도 어느 정도 작용하는 거겠죠."

감정적……. 장례식 때의 일이 다시 떠올랐다. 마사요 씨의 뺨을 부드럽게 쓰다듬을 때 떨리던 손가락이.

"손가락이 떨려서는 껍데기를 건드릴 수도 없으니까요. 오늘은 괜찮겠지, 하고 현미경 앞에서 작업을 시작하면 바로 증상이 나타나요. 어려운 부분에 접어들어서 몇 번인가 다시 하는 사이에 떨림이 심해지죠. 이래서는 도저히 안 되겠다 싶어서 제작 자체를 포기했습니다."

그랬던 건가. 그래서 그때 '지금은 안 만든다'고…….

"그러고 있을 때, 그 속눈썹을 만난 겁니다." 노나카 씨가 진지한 얼굴로 말했다. "다른 것보다 우선 굉장히 길죠."

"뭐, 가끔 그런 말을 듣긴 하지만."

"샬레에 담긴 속눈썹을 보고, 만져서 확인해보고, 혹시나 싶었습니다. 뿌리 쪽은 튼튼한데 끝이 얇고 부드럽고, 적당히 심이 있고요. 마스카라가 발려 있어서 바로 용액으로 씻어낸 뒤에 철사에 붙여서 써봤습니다. 역시나 지금까지 썼던 것 중에서 가장 훌륭한 도구가 됐습니다. 집으려는 껍데기가 쉽게 집히고, 손가락이 떨리기 전에 생각한 위치에 딱 놓이고요.

그래서 바로 어머니날 작품을 시작했습니다. 완성할 때까지 어머니가 퇴원하실 거라고 믿고요. 그런데 더 놀랄 만한 일이 벌어졌습니다. 아무리 손을 혹사해도, 어려운 부분이 이어져도, 손가락이 전혀 떨리지 않았습니다. 제작은 순조롭게 진행됐는데…… 결국 어머니가 기다려주시지 않았네요."

노나카 씨는 거기에서 일순 입을 닫았다. 나 역시 아무 말 하지 못했다.

"그래도 이번 달 10일 어머니날 전에 무사히 끝까지 해냈습니다. 어머니 영전에 바칠 수 있게 됐어요. 그쪽 덕분입니다."

"제 속눈썹 덕분, 이겠죠." 나는 웃어 보였다. "이렇든 저렇든 도움이 됐다니 정말 다행이네요."

"보여주고 싶다고 한 건 그겁니다. 올해는 카네이션인데, 나중에 집에 들러서 봐줄 수 있을까요? **휴면**에서 부활한 뒤 만든 첫 번째 작품이라 완성도는 그냥 그런 수준이지만."

"휴면…… 그 단어, 전에 어디서 들었던 것 같은데. 아……!" 나는 손뼉을 치며 말했다. "알았다, 휴면포자! 노나카 씨, 그런 이름이었죠? 처음에 저한테 연락하셨을 때."

"아, 그런 적이 있었나."

"모르는 척하지 마시고요. 그거 무슨 뜻인가요?"

"규조 중에 그런 상태를 취하는 종류가 있습니다. 환경에 영양 같은 게 부족해져서 세포 분열을 하기 어려워지면 휴면하면서 계속 기다리죠."

"동면 비슷한 건가요?"

"뭐, 비슷합니다. 영양 환경이 좋아지면 깨어나서 다시 증식하죠."

"오, 재미있네요. 그럼 그때 노나카 씨, 휴면포자였던 게 맞네요."

말하면서 문득 '이 사람 어딘가 규조를 닮았네' 하고 생각했다. 몸을 감싼 껍데기는 각지고 가시까지 있지만, 사실 얇은 유리로 되어 있다. 그리고 그 안으로 따뜻한 세포가 비친다.

"두 번 다시 휴면포자로 돌아가지 않아도 되게······." 노나카 씨가 흘끗 나를 보며 말했다. "다시 속눈썹을 받을 수 없을까요?"

이 사람, 날 좋아하는 건지도 모른다. 처음으로 분명히 그렇게 생각했다.

"······좋아요." 나는 손가락 등으로 살짝 속눈썹을 들어 올리며 웃었다. "다음엔 마스카라 안 하고 올게요."

언젠가 읽은 책에 그런 말이 쓰여 있었다. 여자란, 있는 그대로는 살아갈 수 없는 생물이라고.

그럴지도 모른다. 하지만 단세포 규조가 아름다운 유리를 두르고 있듯, 인간도 많든 적든 보기 좋게 감싼 껍데기와 그것과 어울리지 않는 알맹이를 갖고 있다. 오히려 그게 **있는 그대로**의 모습이 아닐는지. 규조가 사랑스럽다고 말하는 이 사람은 나라는 규조의 유리 껍데기와 그 안에 비치는 아슬아슬한 알맹이를 있는 그대로 사랑해 줄까······.

노나카 씨와 눈이 맞는 바람에 순식간에 얼굴이 뜨거워졌다. 나는 힘차게 일어섰다.

"자, 조금 더 할까요?" 그를 내려다보며 말했다. "아까 그 바위가 아직 안 끝나서요."

"어? 다시 저기서 하려고요? 장소를 조금은 바꿔야지, 안 그러면 규조 종류가……."

"이렇게 보여도 완벽주의라서, 남은 게 있으면 기분이 안 좋거든요."

"아니, 지금 바위 청소하는 게 아닌데요."

"저, 칫솔로 싱크대랑 욕조 청소하는 거 진짜 좋아하거든요. 완전 몰입해버리죠. 친구 집도 더럽다 싶으면 해주고 싶을 정도예요."

"요시미 씨, 알고 보니까 상당히 특이한 사람이네요."

"노나카 씨한테 그런 말 듣고 싶진 않은데요."

칫솔을 손에 들고 나란히 다시 강가로 향했다.

물살에 둥글어진 돌들의 감촉이 맨발에 기분 좋게 와닿았다. 산기슭을 지나온 바람이 부드럽게 계곡 사이를 건너갔다. 저물기 시작한 햇살을 받아 강의 수면이 예쁘게 반짝였다.

물가로 돌아가 노나카 씨보다 먼저, 머뭇거리지 않고 차가운 강물에 발을 들였다.

눈부신 반짝임 속에서 규조의 파리, 그 빛을 집을 수 있을 것 같아 투명한 물속을 들여다봤다.

十万年の西風

10만 년 뒤의 서풍

"어떻게 해서든 이 손을 하늘까지 뻗고 싶다는
바람이 역동을 만들어낸 게 아닐까요?
역을 날리면 상공의 공기 기류이 역동을 타고 손에 전달되니까."

역시 연이었다.

좀 전에 차 안에 있을 때 해변 쪽에 하얀 물체가 보였다. 세로가 조금 더 긴 육각형으로 멀리서 봐도 크기가 상당히 크다는 걸 알 수 있었다. 모래밭에서 경기용인지 뭔지 하는 화려한 연을 날리는 사람이라면 본 적 있지만, 전통 연은 보기 드물다 싶었다.

다쓰로는 해안 주차장에 차를 세워둔 채 연이 날아오른 해변 쪽으로 걸어갔다. 흥미가 생겼다고 할 정도는 아니었다. 일정을 서둘러야 하는 여행도 아니었던 터라 잠시 쉬어가는 일환이었다. 목적지를 눈앞에 두고도 순조롭게 그곳으로 접어들지 못하는 스스로에 대한 변명으로도 마침맞았다.

완만한 콘크리트 경사로를 내려가 바다 쪽으로 뻗은 방파제 옆을 지났다. 방파제 끝 쪽에서 낚시꾼 하나가 낚싯줄을 던지고 있었다.

맑은 바닷물은 얕은 곳은 초록빛이 아롱졌고, 멀리 나갈수록 푸른 빛이 짙어졌다. 청명한 가을 하늘은 멀어질수록 흰색을 띠어, 짙은 감색으로 그린 듯한 수평선이 더욱 선명해 보였다.

방파제 앞의 테트라포드 중심에서 사방으로 발이 나와 있는 콘크리트 블록으로, 방파제나 강바닥을 보호하는 데 쓰인다 쪽에서는 파도가 하얗게 부서지고 있었지만, 해안으로 밀려오는 파도는 간간이 작게 말리는 것이 다라서 거세지 않았다. 계단상의 호안을 끼고 조금 더 걸어간 곳에 모래사장이 펼쳐져 있었다.

100미터 정도 앞에서 나이 든 남자가 연줄을 당기고 있다. 몇 명 정도 있을 줄 알았는데, 달랑 한 사람뿐이었다. 연은 육지에서 불어오는 바람을 받으며 바다 위에 떠 있다. 겨울의 전조처럼 서늘한, 북쪽으로 살짝 고개를 돌린 서풍이다.

해변은 완만한 호를 그리며 한참 먼 쪽까지 이어져 있다. 규모에 비해 조용하다는 느낌을 받은 건 뒤쪽에 단애가 버티고 있기 때문이리라. 바다의 에메랄드그린과 단애 위쪽의 초록 사이에 흰 바위와 모래밭이 끼어 있다. 그 대비가 그림처럼 아름답다.

연과 바다와 단애를 차례로 바라보던 다쓰로는 자연스럽게 남자 쪽으로 다가갔다.

휴일, 막 점심때가 지났고 날씨도 좋았다. 그렇다고는 해도 벌써 11월이다. 개를 산책시키는 여성의 모습이 멀리서 보이는 정도로, 놀러 온 듯한 사람의 모습은 보이지 않았다. 그 지역에 사는 사람들만 아는 장소일 것이다.

차를 몰며 본 내비게이션 지도에는 '나가하마해안'이라고 되어 있었다. 기타이바라키시의 북쪽 끝으로, 모래사장 끝에 보이는 곳을 지나면 바로 후쿠시마다.

연을 날리는 남자는 얼레라고 부르기엔 너무 근사한 큼직한 릴 같은 기구를 들고, 거기서 빠져나간 연줄을 조금씩 손잡이를 돌려 감고 있었다. 연이 천천히 아래로 내려왔다. 남자는 단애를 바라봤을 때 대각선 방향으로 이동하며 연을 모래밭 위까지 끌고 와 그대로 착지시켰다. 다쓰로가 선 곳에서 30~40미터 앞쪽이었다. 바람의 방향과 세기를 꿰뚫고 있는 듯한 멋진 기술이었다.

남자가 연줄을 감으며 연 쪽으로 다가왔다. 아웃도어용 회색 재킷에 깔끔하게 선이 잡힌 슬랙스, 가죽 장갑에 베이지색 모자를 썼다. 모자 밑으로 보이는 머리카락은 새하얬다. 일흔두 살이 되는 아버지보다 몇은 더 위일 듯했다. 그 세대치고는 키가 큰 편이었고, 걷는 자세도, 신중해 보이는 얼굴도 어딘가 품위가 있었다.

남자가 연의 등 쪽을 잡아 드는 순간, 돌풍이 불어와 그의 모자가 날아갔다. 바다 쪽으로 굴러가는 걸 보고 다쓰로의 몸이 반사적으로 움직였다. 모래밭을 달려 파도에 닿기 직전에 잡아 올렸다. 그대로 남자 쪽으로 가서 모자를 건넸다. 남자는 표정은 거의 바꾸지 않고 "이런, 고맙습니다" 하고 머리를 숙였다. 짧게 말을 받으며 시선을 연 쪽으로 옮겼다.

가까이에서 보니 역시 컸다. 세로가 어른 키 정도였다. 전통적인 모양이라 와시일본의 전통 수제 종이와 대나무로 만들어진 걸 상상했는데 완전히 빗나갔다. 소재도 구조도 더 현대적이었다. 굵기 1밀리미터 정도의 연줄도 면실이 아니라 화학섬유였다.

"연이 정말 멋지네요." 다쓰로가 말했다. "전통 연 형태인데 소재가 하이테크랄지."

"지금은 가볍고 튼튼한 소재가 다양하니까요." 남자가 연에 묻은 모래를 털며 대답했다. "천은 립스톱 ripstop 나일론, 내수성을 높이려고 실리콘으로 코팅했습니다. 뼈대는 카본로드 carbon rod라는 탄소 소재이고, 연줄은 고강도 폴리에틸렌섬유입니다."

"특별 주문품 같은 건가요?"

"직접 만든 겁니다. 이런 특수한 건 직접 손질해가며 만들어야지, 좀처럼 구하기가 어려워서……."

놀이 영역을 넘어선 듯한 느낌이었다. 뭔가 빠져 있는 것이 없어 잘 모르기는 해도 어른의 취미란 그런 건지도 모른다.

"얼레도 이런 건 처음 보는데요."

"시판 핸드 윈치를 개조한 겁니다. 이런 종류가 아니면 높이 올라간 연을 내리는 게 보통 어려운 게 아니라서요."

낮게 깔린 목소리로 담담하게 말하는 게 이상하게 듣기 좋았다. 장시간 혼자 운전을 해서인지 왠지 사람이 그리웠다. 그래도 쑥쑥 치고 들어오게 하고 싶지는 않았다. 그런 기분을 만족시켜줄 듯한 상대였기 때문일까, 다시 질문을 던지고 말았다.

"형태는 육각형이 제일 좋은가요?"

"선조들의 시행착오가 만들어낸 모양이라는 건 무시하기 어려워서요. 육각 연은 바람이 얇아도 잘 뜨고, 요즘에 공들인 연들과 비교해도 안전성이 훨씬 높습니다. 해외에서도 'Rokkaku'육각의 일본어 발음인 '롯카쿠'를 영어로 표기한 것이다라고 불리며 애용되고 있지요."

"오, 그렇군요."

"그리고, 내 아버지가 니가타 산조 출신이에요."

남자는 자신을 편하게 '나'라고 했다. 그 자신의 분위기와 잘 어울려 위화감은 들지 않았다.

"산조는 육각 연 발상지라고 다들 이야기를 하니까요. 다른 지역에서 '문어'라고 하는 연을 그 지역에선 왠지 **오징어**일본은 지역에 따라 연을 '문어'와 '오징어'로 부르는데, '문어'가 일반적이다라고 하고, '산조 오징어 전투'라는 연싸움 축제도 있고요. 나도 거기에서 연을 배웠으니 육각 말고는 좀체……."

"아버님께 배우신 건가요?"

"아니요, 숙부하고 사촌 형한테요. 아버지는 내가 어렸을 때 전사하셨습니다. 나는 도쿄에서 태어났는데 공습으로 집에 불이 나서 어머니랑 둘이 몇 년간 산조 할아버지 댁에서 지냈거든요."

"그러셨군요." 그렇게 말한 뒤에 퍼뜩 생각이 미쳤다. "그럼 이 지역 분이 아니신……."

"아, 아닙니다." 남자는 고개를 가로저으며 답했다. "이바라키에서도 쓰쿠바에는 오래 있었지만, 지금은 집사람하고 둘이 가나가와의 오이소에서 한적하게 지냅니다."

그러면 왜 이런 곳에서 연날리기를, 하고 물어보려는데 반대로 질문을 받았다.

"이 근처 분이신가요?"

"아니요……." 뭐라고 말할지 생각하며 엄지손가락으로 남쪽을 가리켰다. "좀 전에 이즈라해안 쪽을 둘러봤거든요. 바다 옆길에서 이 연이 보여서 잠깐."

조반 고속도로를 타고 가다 기타이바라키 인터체인지에서 빠진 건 갑자기 바다가 보고 싶어서였다. 후쿠시마에 들어서기 전에 태평양을 봐두고 싶었다. 딱히 보고 싶은 바다가 있는 건 아니었다. 이즈라가 이 주변의 관광 명소라는 것도 고속도로에서 빠진 다음에 알았다.

"연을 좋아하십니까?" 남자가 물어왔다.

"딱히 그런 것도 아닌데요." 쓴웃음을 띠우고 변명 비슷한 말을 붙였다. "어린 시절에는 겨울방학에 종종 날리긴 했는데, 그때 그 삼각형 연 있잖습니까? 그게 마침 유행을 해서요. 핏발 선 눈이 큼지막하게 두 개 그려진, 아! '게일러카이트'라는 이름이었네요."

당시로서는 최신식의 미국산 연으로 1970년대부터 1980년대에 걸쳐 어린이들 사이에서 일대 붐을 일으켰다.

"있었지요. 아버지랑 날리셨나요?"

"네, 그랬죠."

말하는 동안 그리운 기억이 되살아났다.

게일러카이트는 아버지가 사준 연이었다. 날릴 때도 늘 아버지가 같이 있었다. 10분 정도 차를 타고 가면 외지고 휑뎅그렁한 주차장이 있었는데, 아버지한테 잠깐 연을 들어달라 하고 얼레를 들고 달렸다. 연이 떠도, 뜨지 않아도 재미있었다. 가끔 연이 제멋대로 훨훨 날아오르면 내 몸까지 딸려 올라갈 것 같아 무서웠다. 그럴 때는 아버지한테 얼레를 맡기고 옆에서 "더! 더 높이!" 하며 팔짝거렸다.

몸이 차가워지면 자판기에서 코코아를 사 마시는 게 정해진 코스였다. 캔 커피를 든 아버지와 벤치에 나란히 앉아 마셨는데, 그것도 즐거운 추억이다……

진지한 얼굴로 조용히 고개를 끄덕이던 남자가 입을 열었다. "혹시 지금 바쁩니까?"

"아니요, 별로."

"잠깐 손 좀 빌릴 수 있을지요. 바람이 아주 좋아서 다시 한번 날려볼까 합니다. 이번에는 관측기를 달아서요."

남자는 자신을 다키구치, 라고 소개했다.

모래밭에 깐 비닐 시트 위에서 오랜 세월 사용한 듯한 가죽제 아타셰케이스를 열어 포장재에 싸인 하얀 원통형 물체를 꺼냈다. 그게 기상관측기였다. 길이는 40센티미터가 조금 넘었고, 상부에 풍속을 측정하는 작은 풍차가 달려 있었다. 발포플라스틱 소재 통 같은 용기에 들어 있는 건 기압, 온도, 습도 센서와 데이터 기록 장치로, 그것도 연처럼 시판 제품을 구입해 개조한 듯했다.

다키구치는 원래 기상학 연구자로, 쓰쿠바의 기상청 기상연구소에서 연구자로 일했다고 한다. 정년퇴직한 지금도 연으로 기상관측을 계속하고 있는 건, "연날리기는 취미, 관측은 습관"이라서라고.

다른 기재들도 늘어놓고 준비를 이어가는 다키구치에게 다쓰로가 물었다. "연구자 시절에도 연을 쓰셨나요?"

"네. 연구 테마 중 하나가 연의 유효성이었거든요. 즉, 어떤 조건일 경우 연을 사용해야 하는지, 그때의 장점과 단점을 연구했습니다." 다키구치는 손을 놀리며 설명을 계속해나갔다. "제 전문은 고층기상관측이었습니다. 고층이란 지면 위, 높게 봤을 때 고도 30킬로미터 정도까지입니다. 그 대기 상태를 어떻게 조사할지를 연구한 거지요. 일반적으로는 기구를 사용합니다. 라디오존데라는 관측 장치를 날아 상공으로 띄우지요. 기상청에서는 지금도 매일 16개소의 관측소에서 기구를 띄워 예보에 사용할 데이터를 얻습니다."

"매일요? 그건 몰랐네요."

"라디오존데가 개발되기 전, 즉 1930년대까지는 실제로 연이 관측에서 활약했습니다. 그게 꽤 대단한 연이라, 피아노 줄에 전동 윈치를 사용하게 되면서 3000~5000미터, 최고 9000미터까지 올라갔다고 합니다."

"대단하네요. 아, 이 육각 연은 얼마나 올라가나요?"

"기상 조건에도 영향을 받지만 이렇게 손으로 감는 얼레로 혼자서 날리면 400~500미터 정도 되려나요. 고도가 높아질수록 바람도 세져서 연이 망가질 위험이 있고, 연줄의 장력이 높아져서 끌어 내리는 게 여간 힘든 게 아닙니다. 전동 윈치를 사용하면 1000미터 가까이 가능하다고들 하지만요.

높이보다는 간편하다는 게 연의 장점입니다. 기구처럼 품이 많이

드는 것은 아무 데서나 띄울 수 있는 게 아니라서요. 연이라면 접근
이 어려운 지역이라도 사람이 손에 들고 갈 수 있지요. 실제로 남극
이나 산악 지역, 해상에서의 기상관측에는 지금도 연이 사용되기도
합니다."

준비를 마친 다키구치가 한 손에 알루미늄제 얼레를, 다른 손에는
육각 연을 들었다. 머리를 가볍게 흩뜨릴 정도의 바람이 이어지고
있었다. 연을 등에 지듯 하고 바람 부는 방향으로 걸어가다가 도중
에 몸에서 뗀 뒤 연줄을 풀어냈다. 그 정도의 동작만으로 연이 하늘
로 둥실 떠올랐다.

20미터 가깝게 올라갔을 때 다키구치가 얼레를 다쓰로에게 맡겼
다. 손잡이를 잠가두어 그 이상으로 연줄이 풀리지는 않았다. 연은
그만큼 더 올라가려 하며 얼레를 든 손을 끌어당겼다.

다키구치는 하늘의 연으로 뻗어나간 연줄에 카라비너_{암벽등반에 쓰는}
_{쇠고리}를 걸었다. 그걸 잡고 얼굴 높이로 연줄을 끌어내리며 앞으로
걸어 나갔다. 연과의 거리가 10미터 정도가 되자 특수한 금속제 도
구를 장착해 원통형 관측기를 매달았다. 관측기를 그 정도 떨어뜨려
매다는 것은 연 본체가 만들어내는 기류의 영향을 피하기 위한 것이
란다. 카라비너를 빼내자 연줄과 관측기가 다키구치의 머리 위로 튀
어 올랐다. 흔들리는 관측기 위에서 풍차가 빙글빙글 돌아갔다.

"고맙습니다." 다쓰로에게서 얼레를 건네받으며 다키구치가 말했
다. "근처에 사람이 있을 때는 이렇게 손을 빌립니다. 아무도 없을
때는 얼레를 어딘가 고정해두기도 하지만."

"별로 한 일도 없는데요."

벌써 볼일은 끝난 듯했지만 바로 그 자리를 뜰 기분이 들지 않았다. 연이 날아오르는 걸 지켜보고 싶었다. 다키구치는 천천히 손잡이를 돌려 연줄을 풀어냈다. 붉은색으로 칠해진 마크는 10미터마다 표시되어 있다고 했다. 두 번째 마크가 보였을 때 다키구치가 손잡이를 잠갔다. 그리고 주머니에서 작은 쌍안경 비슷한 것을 꺼내 연 쪽에 맞췄다.

"거리계인가요?" 다쓰로가 물었다.

레이서 서리세는 다쓰로도 일할 때 사용한 적이 있었다.

"앙각도 측정합니다." 다키구치가 렌즈를 들여다보며 말했다. "거리와 앙각으로 고도를 산출하지요."

"아하."

"연이 멀어져서 거리계가 작동하지 않으면 연줄의 길이와 휜 정도를 고려해서 거리를 가늠합니다."

다키구치는 나온 값을 중얼거리며 이번에는 작은 노트를 꺼내 시각과 함께 기록했다. 그걸 전부 한 손으로 하는 걸 보면 익숙해졌다고는 해도 본래 손재주가 좋다는 뜻이리라.

다키구치가 다시 손잡이를 움직이자 연이 죽죽 위로 올라갔다. 연줄이 20미터 풀린 뒤 거리를 재고, 다시 손잡이를 돌려 20미터 풀고 거리를 잰다. 그 작업을 말없이 반복했다. 연줄은 앙각을 더하며 뻗어나갔고, 연은 먼바다를 향해 멀어져갔다.

다쓰로는 모래밭에 앉아 푸른 하늘로 날아오르는 하얀 연을 올려다봤다.

육각형의 천이 바람을 품어 양쪽 세로 변이 휘어져 있었다. 그 아래에 관측기 통이 매달린 것도 아직은 어렴풋이 보였다. 저리 약해 보이는 작은 장치가 이렇게 드넓은 하늘에서 기상 데이터를 관측하고 있다는 것이 왠지 이상하게 느껴졌다.

연은 천천히 하늘로 빨려 들어가 그 형태조차 희미해졌다. 벌써 백 수십 미터는 올라갔다. 어린 시절 게일러카이트를 이런 높이까지 띄웠던 적은, 아마도 없었을 것이다.

그 후로 한동안 연줄을 풀어낸 뒤에 다키구치가 손잡이를 돌리던 손을 멈췄다. 연은 이제 까마득한 점으로밖에는 보이지 않았다. 다쓰로는 일어나서 다키구치 옆으로 갔다.

"이 정도로 해둘까나." 다키구치가 혼잣말처럼 말했다.

"어느 정도 올라갔나요?"

"200미터 좀 넘은 정도일까요." 다키구치는 고개를 다쓰로 쪽으로 돌리고는 얼레를 건네며 물었다. "좀 더 날려보시겠습니까?"

"네? 제가요?"

"네, 괜찮습니다. 바람도 그렇게 세지 않고 안정되어 있는 것 같습니다."

머뭇머뭇 얼레를 건네받았다. 그의 말대로 세게 당겨지긴 했지만 몸이 비틀거릴 정도는 아니었다. 잠갔던 손잡이를 풀자 바람을 받은 연이 연줄을 끌어 올렸다. 그 느낌에 스스로도 놀랄 만큼 마음이 들떴다. 20미터 정도 연줄을 풀고 손잡이를 멈췄다.

다키구치가 옆에서 하늘을 올려다보았다.

"최근에는 도플러레이더나 윈드프로파일러 같은 전파를 사용하는 고층기상관측이 여러 가지 있습니다. 인공위성도 잘되어 있고요. 현역 때는 동료들한테 이제 와서 연 같은 거 날려서 뭘 하자는 거냐고 험담도 많이 들었습니다. 그래도 나는 연이 좋습니다. 인간으로서의 호기심, 기본이라고 해야 할까요."

"기본이요?"

"매일 하늘이나 구름을 바라보잖습니까. 당연히 그곳 공기의 감촉이 궁금해지시요. 이떤 온도에서 어떤 바람이 불고 있는지, 새들은 피부로 느낄 수 있겠지만 우리한테는 날개가 없으니까요. 어떻게 해서든 이 손을 하늘까지 뻗고 싶다는 바람이 연을 만들어낸 게 아닐까요? 연을 날리면 상공의 공기 감촉이 연줄을 타고 손에 전달되니까."

"정말 그렇네요."

지금 느껴지는 당김이 내 손을 대신해 연이 붙잡고 있는 바람의 세기인 것이다.

"그래서 레이더도, 기구도, 드론도 아닌 연인 겁니다."

*

관측을 마치고 연을 내린 뒤에 다키구치가 보온병에 담아온 커피를 대접해주었다. 컵은 다쓰로에게 주고 본인은 보온병을 들고 마셨다. 아직 충분히 따뜻했다.

비닐 시트 위에 나란히 앉은 다키구치에게 다쓰로가 물었다. "다키구치 씨는 이렇게 일본 전역을 관측하며 돌아다니시나요?"

"아니요, 보통은 내가 사는 오이소해안에서 정점관측일정한 장소에서 기상 요소를 연속적으로 관측하는 것을 합니다. 아내하고 차를 타고 멀리 나갈 때 가끔 연도 싣고 가기는 하지만, 여행지에서 기분이 내켜 데이터를 얻어봐야 학문적인 의미는 없으니까요. 그런데도 연을 날리면 꼭 관측을 하게 되는 건 기상 직원의 버릇입니다."

"아, 그럼 이쪽에도 아내분과 오신 건가요?"

"아니요, 여기 올 때는 늘 혼자 옵니다." 다키구치는 거기까지 말하고 커피를 한 모금 마신 뒤 내게 물었다. "이즈라해안을 돌아보셨다고요. 관광으로?"

"그렇게 즐거운 상황은 아닙니다." 자조하듯 웃는 입이 일그러졌다. "후쿠시마에 가는 길입니다. 이와키 경유로…… 도미오카마치 부근까지."

"도미오카마치, 원전 옆이네요. 일로 가시나요?"

"그건 아니고요……."

만난 지 얼마 안 된 사람한테 어디까지 이야기하려는 건지, 스스로도 알 수가 없었다.

"저도, 계속 원전에서 일했습니다. 전혀 다른 지방이지만. 전력회사는 아니고 지역 하청회사에서요." 더듬더듬 조금씩 말이 풀려나왔다. "그런데도 지금까지 후쿠시마를 보지 않고 지냈습니다. 그 사고 이후로 한 번도……."

결국 제일 중요한 얘기는 빼놓았다, 그 회사를 지난달에 그만두었다는.

후쿠시마를 보고 오겠다……. 그 말을 입에 담은 것만으로도 아내는 맹렬히 반대했다. 폐원자로 관련 일을 찾는다고 분명히 말한 것도 아닌데, "마음대로 회사를 그만두고 더 위험한 현장에 간다니, 어떻게 된 거 아니야?" 하고 책망을 받았다.

딸은 중학교 2학년, 아들은 초등학교 5학년이다. 학교, 학원, 그밖의 배워야 될 것들로 앞으로 돈 들어갈 일이 꺼진 많아질 터였다 다쓰로의 부모님을 포함해 3대의 집안일을 도맡으며 파트타임 일을 계속하고 있는 아내가 분을 삭이지 못하는 것도 당연했다.

이와키에서 일자리 상황을 알아볼 생각은 있었다. 하지만 폐원자로 일을 하겠다고 결심한 건 아니었다. 현장을 보는 것이, 솔직히 두려웠다. 방사선이 무서운 게 아니었다. 거기서 폐기물 산을 눈앞에 마주하면 원자력발전을 위해 일해온 자신의 25년이 깡그리 부스러기가 될 터였다. 그게 두려웠다.

입원 중인 아버지께는 아직 퇴직 이야기를 하지 않았다. 아버지는 작년에 폐암 수술을 받은 후 급격히 쇠약해졌다. 수술은 성공했고, 이번 뇌막염도 암 때문은 아니라고 설명을 들었지만 본인은 심약해진 상태였다. 올해 4월에 과장이 됐다고 했을 때 기뻐하셨던 걸 생각하면 도저히 입이 떨어지지 않았다. 결단을 내린 건 회사를 그만두는 것뿐으로, 그 앞의 일은 어떤 것도 각오가 서지 않았다. 일단 며칠만이라도 집 근처를 벗어나고 싶어 갈 곳을 생각해봤을 때, 왠지 '후쿠시마'가 떠올랐다. 아무리 지워보려 해도 머릿속에 계속 달라붙었다.

모순됐다는 생각도 들었다. 어찌 봐도 희망찬 여행은 아니었다. 어쩌면 마음 깊은 곳에서 스스로에게 최후의 일격 같은 것을 가하고 싶어 하는 건지도 모른다. 언제 모든 게 매듭지어질지 알 수 없는 후쿠시마 제1원전이 있는 그곳에서.

"그쪽 원전은 벌써 움직이고 있습니까?" 다키구치가 물었다.

"아직 심사 중이지만 연초라도 통과될 거라는 얘기가 나오고 있습니다. 지역에서 수속이 잘 진행되면 1~2년 안에 재가동될 것 같습니다."

동일본 대지진 이후 전국의 원자력발전소는 일단 모두 정지했다. 원자력 규제위원회에 의해 새로운 규제 기준이 마련되어 그걸 통과할 필요가 생긴 것이다. 당시에는 탈원전 일색이었던 여론도 지진 이후로 9년이 지난 지금은 모두 흥미를 잃은 듯했다. 원자력발전소 중 몇 개는 심사에 합격해 벌써 가동되고 있다.

"저희 아버지만 해도 '괜찮으니까 얼른 돌려라' 하면서 계속 투덜대시니까요."

"아버님도 원전 관련 일을 하시나요?"

"네, 건설 쪽이시지만요. '우리가 만든 시설이니까' 하는, 좀 이해하기 어려운 자신감을 갖고 계십니다."

후쿠시마 제1원전에서 사고가 났을 때 폭발해 연기를 뿜어 올리는 원자로 격납시설 영상을 TV로 보시던 아버지는 "운이 안 좋았구면" 하고 중얼거릴 뿐이었다. 옆에 있던 다쓰로는 "그런 문제가 아니에요"라고 사정을 안다는 얼굴로 되받으면서도 그 일이 현실에서 일어났다고는 채 받아들이지 못했다.

다쓰로는 원전 마을에서 태어나 자랐다. 집 2층에서 바다 쪽을 바라보면 만 저편으로 상자 모양 격납시설이 몇 개나 보였다. 아버지는 지역의 작은 건설회사에서 일했다. 현장이 전부 원전 관련 시설이라 아버지는 발전소 직원이려니, 어린 시절에는 그렇게 생각했다. 다른 산업은 이웃 정도밖에는 없는 마을이었고, 학교 친구들의 부모님들도 대부분 원전 관련 일을 하셨다. 원전에 대해 안 좋게 말하는 어른은 다쓰로 주변에는 거의 없었다.

아버지는 원전 건설에 관여한다는 자부심이 강했다. 그중에서도 2호기 격납시설에 대해서는 "그건 아빠가 세운 거나 마찬가지야" 하고 늘 자랑스럽게 이야기하셨다. 할아버지 할머니, 부모님, 다쓰로 자신과 여동생 여섯 가족이 생활할 수 있는 것도, 게일러카이트나 게임기를 살 수 있는 것도 모두 원전 덕분이었다. 부모님이 그렇게 이야기하는 걸 반복해서 듣는 사이에 나도 어른이 되면 저기서 일하겠지, 그리 생각하게 됐다.

자긍심은 있었지만 아버지는 재하청 작업원이었다. 불합리한 대우, 말도 안 되는 공사 기간…… 억울한 일도 있었을 것이다. 아들이 원전에서 일한다면 전력회사까지는 아니라도 더 힘 있는 회사에 취직하기를 바랐던 아버지였다. 다쓰로도 그걸 잘 알았기에 중학교를 졸업하고 현의 고등전문학교에 진학해 기계공학의 기초를 배웠다. 스무 살에 고등전문학교를 졸업하고 지역의 협력회사에 취직했다. 원전 제조회사 사원 출신이 창업한 원전 보수 및 점검을 전문으로 하는 회사였다. 하청인 건 다르지 않았지만 전력회사 사원과 함께 일을 하는 경우도 많았다. 아버지는 크게 기뻐하며 친척이며 근처 사람들에게 자랑하러 다녔다.

입사해서는 원자로와 발전 시설에 대해 주입식으로 배웠다. 원전이란 것이 워낙 거대하고 복잡해서 세부를 아무리 공부해도 전모를 이해한 기분이 들지 않았다. 그래도 선배를 따라 현장에 나가면 어떻게 일하는지는 익힐 수 있었다. 우리가 원전의 안전을 지킨다는 자부심도 생겨났다. 조금 경험을 쌓은 뒤에 스스로 생각한 점검 방법 등을 상사에게 제안할 수 있게 되자 갑자기 일이 재미있어졌다. 5~6년 지나 신입을 지도할 입장이 됐을 때는 이제 기술자 축에는 낄 수 있겠다 싶었는데…….

"원전 관계자들이 다 그쪽 마음 같으면 좋을 텐데 말입니다." 다키구치가 말했다.

"……무슨 말씀인지요?"

"원전을 다시 가동시키기 전에 후쿠시마에 가봐야겠다는 마음 말입니다."

"아뇨, 전 그렇게 대단한 마음 같은 결로 가는 게 아니라서요." 거짓말이 아닌 말을 찾아 덧붙였다. "그저 불혹도 한참 지났는데 여전히 우물쭈물하고 있을 뿐입니다. 헤매다 이런 곳에 들르기도 하면서."

바다 쪽을 바라본 채로 말했지만 다키구치가 옆얼굴을 바라보는 건 느껴졌다. 어색한 마음에 식은 커피를 단숨에 마셨다.

시선을 바다로 돌린 다키구치가 조용히 입을 열었다. "헤매는 건 늘 후세의 인간들이죠. 아실지 모르겠지만, 19세기 말에 물리학자 베크렐이 방사선을 발견한 건 우연이었지요. 우란 광석에서 정제한 화합물로 형광 실험을 하던 중에 그 물질이 건판乾板을 감광시킨다는 걸 발견했다고 합니다. 베크렐도 폴로늄이나 라듐을 발견한 마리 퀴리도 연구에 열중한 동기는 단지 호기심이었을 겁니다. 까마득히 높은 하늘의 바람을 알고 싶어 하는 우리의 호기심과 완전히 똑같은 마음, 자연의 섭리를 밝히고 싶어 하는 마음 말입니다.

그들은 그것들을 원자력에 응용할 수 있다는 생각 같은 건 하지도 못했을 겁니다. 덧붙이자면 방사능의 위험 같은 것도 이해하지 못했지요. 무방비로 실험을 계속하다 두 사람 다 피폭에 의한 병으로 사망했다고들 하니까 말입니다. 마리 퀴리가 쓰던 노트는 방사능 오염 정도가 심해서 지금도 만질 수 없을 정도랍니다."

"……그런가요?"

"인간에게 호기심이 있는 이상 방사능의 발견은 필연이었던 겁니다. 거기 따라오는 건 자연의 구성을 엿보는 기쁨, 놀라움, 두려움뿐으로, 헤매거나 하는 일은 없지요. 그리고, 일단 발견한 다음에는 그걸 어디에 쓸지 생각하기 시작하는 것이 또 인간인 겁니다. 그래서 문명이라는 게 있는 것이죠.

문제는 우리 인간이 대단한 위험을 동반하는 방법이나 사악한 방법도 생각해내고 만다는 겁니다. 생각해낸 이상 그것을 실현하고 싶다는 호기심을 누르기 어려운 법입니다. 그리고 일단 그 위력을 알게 되면 쉽게 버릴 수가 없지요. 헤매면서도 그때그때 변명을 찾아내서 결단을 뒤로 미루고 계속 사용합니다. 경우에 따라서는 파멸적인 피해가 발생한 뒤에도요. 가장 바보 같은 예가 핵무기이고, 가장 무책임한 예가 원자력발전입니다."

"무책임한……?"

"그쪽을 책망하려는 게 아닙니다." 다키구치는 천천히 숨을 내쉬고는 말을 이었다. "남의 일처럼 방관하고 있는 의미로는 모두 똑같지요. 게다가 먼저 책망을 들어야 하는 건 우리 과학계 인간들입니다. 원자력을 둘러싼 좋지 않은 사실을 잘 알면서도 못 본 척해왔으니."

……그럴까.

과학자를 포함한 일반인이 보고도 계속 못 본 척하는 것과 원전 관계자가 그러는 것은 차원이 다르다. 특히 우리 현장 종사자들은 실제로 날마다 원전을 대하고 있다. 그 와중에 뭔가 커다란 위험을 초래할지 모를 무언가를 느꼈을 때, 거기서 눈을 돌려버리는 행동을 한다면, 책망받는 것으로는 끝나지 않으리라.

후쿠시마 제1원전 사고는 절대로 일어나서는 안 되는 일이었다. 그 후에 물론 현장 공기는 달라졌다. 하지만, 우리가 원전을 다시 가동하기 위해 일하고 있다는 대전제는 변함이 없었다. 그날그날의 업무에 쫓겨 몇 년이 지나는 사이에 다쓰로의 안에서 **일어나서는 안 되는 일**이 **일어날 리 없는 일**로 바뀌어 있었다. 그건 다쓰로가 후쿠시마의 현실과 진정한 의미에서 대면하지 않았기 때문임이 틀림없었다.

다쓰로는 이번 봄 인사 때 보수관리과 과장으로 승진했다. 발탁도 무엇도 아니었다. 전임자가 건강 문제로 퇴직하자 과에서 그다음으로 연차가 높았던 자신에게 순번이 돌아왔을 뿐이었다.

전력회사 담당자가 참여하는 팀 구성으로 부장과 점검 계획을 작성하고, 스케줄을 짜서 부하들에게 할당한 후, 부하가 써온 보고서를 확인해 부장에게 올리는 일이다. 특별히 필요하지 않으면 현장에는 나가지 않는, 전형적인 중간관리직이었다.

그 일이 있어난 건 9월 말 새벽에 현 일대에 지진이 있었고, 발전소가 있는 지역도 흔치 않게 진도 4를 찍었다. 그 이틀 전부터 부하 둘이 원자로 격납시설 주변의 배관을 점검하고 있었는데, 지진이 있었으니 확인 차원에서 처음부터 다시 점검하기로 했다.

오후에 부하가 휴대전화로 전화를 걸어왔다. 배관 연결부 중 하나가 좀 틀어진 듯하다고 해서 다쓰로는 현장으로 직행했다. 문제의 배관은 '필터벤트'라고 불리는 설비의 일부였다. 원자로의 노심爐心이 손상될 만한 사고가 발생했을 때 노심의 증기를 바깥으로 빼내기 위한 장치다. 내부에 방사성 물질을 저감하기 위한 필터를 갖추고 있는데, 이 배관에 문제가 있으면 사용 중에 고농도 방사성 물질이 대기 중으로 새어 나올 위험이 있었다.

부하들은 전날 조사했을 때는 뒤틀림이 없었다고 주장했다. 즉, 뒤틀림이 지진에 의해 생긴 것이라는 말이었다. 다쓰로는 즉시 회사로 복귀해 부장에게 보고했고, 부하들에게는 보고서를 작성하게 했다.

그리고 일주일 뒤, 부장이 회사에 하나뿐인 회의실로 다쓰로를 호출했다. 테이블 위에는 다쓰로가 올렸던 보고서가 올라와 있었다. 부장은 거기 쓰인 점검 실시일에 손가락을 올리며 "이거, 하루 전 날짜로 수정해라" 하고 말했다.

순간 무슨 뜻인지 이해가 되지 않았다. 부장의 미간에 주름이 잡힌 것을 보고 그제야 이해가 됐다. 뒤틀림은 지진과 관계 없는, 연결부 부품의 불량 또는 열화에 의한 것, 그런 걸로 하자는 뜻이었다. 온몸에 소름이 돋았다.

할 말을 잃고 그 자리에 계속 서 있기만 하자 부장이 타이르듯 말했다. 새로운 규제 기준에 따른 심사도 거의 마무리되어가는 이 시기에 진도 4 정도의 지진에 배관이 손상된다는 건 너무 안 좋지 않느냐, 이건 전력회사의 의향만이 아니라 우리 문제이기도 하다, 설계에 문제가 있는 게 아니냐 시끄러워져서 재가동이 연기라도 되면 그건 사활 문제다…….

부장은 계속해서 더 무서운 이야기를 했다. 이건 중대한 사고를 은폐하는 것과는 완전히 다르다, 점검에서 발견된 균열 수를 줄이거나 마모 정도를 가볍게 하거나 해서 보고서를 다시 쓰는 건 전부터 자주 있던 일이다, 어디까지나 서류상에서 그치는 일로 전력회사에서도 수리나 교환을 제대로 하니 문제없다, 그리고 보고서의 **수정**은 과장인 너의 업무다……라고.

전력회사의 지시와 암시, 하청으로서 살펴야 하는 눈치, 이런 것들이 오랜 세월 맞물려 정착되어왔을 은폐 행위.

다쓰로는 그때 처음으로 현실에 직면한 것이다. 눈으로 확인하고 손으로 만진, 결코 눈을 돌릴 수 없는 현실에. **일어날 리 없는 일**이 언젠가, 어디선가 **일어날 수 있는 일**로 뒤바뀐 순간이었다.

잠 못 드는 밤이 이어졌다. 아내에게도 아버지에게도 친구에게도 얘기할 수 없었다. 며칠간 고심한 끝에 역시 날짜를 바꿔 쓸 수는 없다고 부장에게 말했다. 그러자 다음 날, 사장이 호출했다. 사장은 낙담한 얼굴로 "지진 전날 점검할 때 애들이 뒤틀린 걸 못 봤을 가능성도 있지 않겠어?"라고 말했다. 다쓰로는 떨리는 목소리로 "저는 그 녀석들을 믿습니다" 하고 대답했다. 동시에 이 회사에는 더 있을 수 없다는 것을 확실히 깨달았다.

내부 고발이라는 말이 머릿속을 스치지 않은 건 아니었다. 하지만 그 순간, 가족 단위로 친하게 지내온 동료와 부하, 가깝게 지내며 술잔을 주고받던 전력회사 직원의 얼굴이 떠올랐다. 아내와 아이들도 원전을 중심으로 하는 사회에서 살아가고 있다. 좁은 동네였다. 고발자라는 소문이 돌았다간 더는 여기서 살아갈 수 없을 터였다.

그리고 아버지에게도…… 배관 뒤틀림이 발견된 건 아버지가 자랑하던 2호기였다. 필터벤트가 설치된 건 아버지가 은퇴한 뒤의 일이었지만 은폐 사실이 밝혀지면 2호기는 세간에서 **지저분한** 격납시설이 되고 만다. 폭로한 것이 아들이라는 것을 알게 되면 아버지는 어떻게 생각하실까. 결국 조용히 사표를 내는 것 말고는 할 수 있는 게 없었다. 한심한 이야기다……

"그도 그럴 것이…… 10만 년이니까요." 다키구치가 나직하게 말

268 10만 년 뒤의 서풍

했다.

"10만 년이요?"

"사용 완료된 핵연료 방사선 레벨이, 원료인 우란 광석과 같은 정도로 떨어지기까지 10만 년이 걸린다고 하지요."

"아, 그렇다더군요."

"체르노빌에도, 후쿠시마에도, 가까이 가면 10초 만에 죽음에 이를 정도의 용해된 핵연료 등이 아직 원자로 밑에 있습니다. 주변도 고농도 방사성 물질로 오염되어 있고요. 그게 잘 제거되지 않으면 향후 10만 년 동안 계속 영향을 미치는 겁니다."

"후쿠시마 제1원전은 40년 이내에 녹지로 되돌릴 계획이라는데, 그런 게 가능할 리 있냐고, 저희 현장에서는 다들 그러고 있습니다."

그렇다고 해도 원자로 폐기 현장에서는 필사적으로 지혜를 짜내 땀과 분진으로 범벅이 되어 싸우고 있을 것이다. 다쓰로가 알고 있는 한 현장에 있는 건 거의 다 그런 사람들이었다.

"40년도 막막한 시간인데……." 다쓰로는 힘없이 고개를 저었다. "10만 년이라면 뭐, 아무 생각이 안 납니다. 웃을 수밖에요."

"인류나 문명의 미래에 대해선 나도 같은 생각입니다만……." 다키구치가 고개를 끄덕이며 말을 이었다. "우리 같은 기상이나 기후 일을 하는 인간은 10만 년이라고 들으면 먼저 떠올리는 게 있습니다. 빙기, 간빙기 사이클. 과거 100만 년간의 옛 기후를 복원해보면, 빙기와 간빙기가 교대로, 약 10만 년 주기로 반복되고 있습니다.

지금은 따뜻한 간빙기지만 앞으로 수만 년에 걸쳐 지구가 한랭화

하면서 빙기로 접어듭니다. 지구의 궤도 변화에 의한 일사량 증감이 주요 원인으로 꼽히고 있으니 피할 수는 없지요. 그리고 아마도 그 10만 년 뒤에는 다시 온난한 시대가 도래해 있겠죠. 지표 상태는 리셋되어서 모습이 달라져 있겠지만."

"뭔가 장대한 이야기네요."

다키구치는 팔을 뻗어 다쓰로가 들고 있던 빈 컵을 받아 보온병에 다시 덮었다. 그러고는 말했다. "건강이 허락할 때 북유럽을 좀 돌아볼까 생각 중입니다. 집사람이 오로라를 보고 싶다고 해서요. 그쪽이 추키시마를 보고 싶어 하는 것과 조금 비슷할지 모르겠지만, 나는 핀란드의 온칼로에 가보고 싶습니다."

"온칼로라면, 그." 들어본 적 있었다. "원자력발전 폐기물의……."

"세계에서 유일하게 건설이 진행되고 있는 지하 처분장입니다. '온칼로'는 핀란드어로 '동굴'이라는 뜻이랍니다. 지하 500미터까지 갱도를 파서 사용 완료된 핵연료 등을 특수한 재료로 덮어 묻는 것이죠. 가득 차면 갱도를 다시 메운 뒤에 지상의 시설도 해체, 빈터로 만들 예정이라고 합니다. 아무 일도 없었던 것처럼 말이지요. 그렇게 지하 깊은 곳의 방사성 폐기물이 10만 년간 안전하게 격리된다고들 이야기합니다."

"관리는 따로 안 하는 거죠? 하긴, 무리려나."

"사진으로 볼 때는 침엽수림과 전원이 펼쳐진 아름다운 곳이었습니다. 고위도라 수만 년이 지나 빙기가 되면 두께 2~3킬로미터의 얼음에 완전히 덮일 겁니다. 그리고, 10만 년이 지났을 때는 얼음이 녹아 다시 지면이 나타나겠지요. 풀들이 돋아나고, 동물들도 돌아오고요.

인간은 어떨까요. 살아남은 사람들이 그 땅을 찾는다고 해도, 지하 500미터에 핵 쓰레기가 대량으로 묻혀 있다는 걸 기억하고 있을지…… 10만 년짜리 기억 같은 것이 과연……."

다키구치는 거기서 말을 멈추고 하늘을 올려다보았다. 어느 틈엔가 해가 꽤 기울었다. 다쓰로는 깊은숨을 내쉬고 그와 같은 방향을 올려다봤다.

"10만 년 전이나 10만 년 뒤를 이야기한다면, 방사능 같은 것 말고 따뜻할지 추울지, 그런 이야기를 하면 좋을 것 같은데 말입니다. 인간은 그 호기심이란 것을 그런 쪽에만 맞출 수는 없을까요. 하늘이나 바람, 한가롭고 평화로운 것에……."

"평화로운 것……." 다키구치는 중얼거리듯 다쓰로의 말을 반복했다. 잠시 침묵한 뒤에 다키구치가 다시 입을 열었다. "바람도, 평화를 위해 사용된다고만은 할 수 없습니다."

"네?"

"앞선 전쟁에서 미국이 원자폭탄을 만들려고 했을 때, 일본도 어떻게든 불리한 전국을 호전시키려고 독자적으로 폭탄을 개발하고 있었습니다. '풍선폭탄'이라는 것, 들어본 적 있습니까?"

"아, 네. TV에서 본 적이 있습니다. 풍선에 폭탄을 매달아 미국까지 날리자, 그런 계획이었죠? 벼랑에 몰린 일본군이 펼친 어리석은 작전, 그런 식으로 얘기됐던 걸로 기억하는데요."

"지금은 물론 그렇게 보는 경우가 많지요. 그런데 그건 어리석다고 치부하고 끝낼 만한 이야기가 아닙니다. 물론 병기이니 그 존재를 긍정할 생각은 없습니다. 다만, 풍선폭탄이 일본 발상의 과학과 기술이 그야말로 일본적인 방법으로 결정화한, 놀랄 만한 산물이라는 것만은 분명합니다."

그러면서 다키구치는 풍선폭탄에 대해 상세히 설명했다.

그것은, 더 정확히 표현하자면 '기구気球 병기'였다. 수소 가스를 채운 직경 10미터짜리 기구에 소이탄燒夷彈과 폭탄을 매달아 지상의 기지에서 띄운다. 기구가 태평양을 건널 수 있었던 것은 상공에 강한 편서풍, 이른바 제트기류가 늘 불고 있었기 때문이었다. 고도 1만 미터 부근에서 편서풍을 탄 기구는 대략 이틀 밤낮을 날아 미국 본토의 서안에 도착, 거기서 자동적으로 폭탄을 투하하게 된다. 도시를 파괴하고 산불을 내는 것도 목적이었지만, 가장 큰 목적은 미국 국민들 사이에 염전厭戰 분위기를 불러일으키는 것이었다고 한다.

비밀전과 모략전 연구를 전문으로 하던 육군 노보리토 연구소가 기구의 개발을 담당했다. 1943년부터 매우 빠르게 진행되어 대학의 연구자나 기업의 기술자를 포함, 300명 이상이 관여한 엄청난 프로젝트였다.

기압계를 탑재한 정밀한 고도 유지 장치, 영하 50도에 달하는 바깥 공기에 견딜 수 있는 내한 전지 등 당시로서는 최첨단 기술이 투입되는 한편, 기구의 구피는 와시를 곤약 풀로 이어 붙여 만들었다. 즉, 풍선폭탄은 문자 그대로 '종이 풍선'이었던 것이다. 와시와 곤약

풀이라는 일본 전통 소재가 채택된 이유는 조달이 용이하기 때문만은 아니었다. 무게, 내압성, 수소 투과성까지 모든 점에서 고무 소재 기구보다 뛰어나서였다. 실제로 날아온 풍선폭탄을 자세히 조사한 미국 연구자는 와시 구피의 뛰어난 성능에 놀라워했다고 한다.

일본 각지의 와시 산지에 생산 명령이 떨어졌고, 군수품 제조 공장 및 극장, 학교 등에서 진행된 종이 붙이기 작업에 여학생들이 동원되었다. 엄격한 납기에 쫓겨 장시간 노동하거나 차가운 곤약 풀 탓에 손에 동상이 걸리는 등 상당히 가혹한 노동 환경이었다고 한다.

"편서풍이란 중위도에서 1년 내내 부는 바람입니다." 다키구치가 설명했다. "태양이 있고, 지구에 대기가 있고, 지구가 지금과 같은 방향으로 자전하는 한 반드시 불지요. 단, 상공의 편서풍은 겨울이 되어야 강해집니다. 그래서 기구를 발사하기 시작한 것은 1944년 11월부터였습니다. 가미카제'신의 위력으로 부는 강한 바람'이라는 의미의 신도神道 용어 특공대가 처음 출격한 다음 달의 일입니다."

"그러면 전쟁도 이미 끝으로 접어들었을 때였네요."

"기구를 발사하는 기지가 태평양에 면한 해안 세 곳에 설치됐습니다. 후쿠시마현의 나코소, 지바현의 이치노미야, 그리고 본부가 설치된 곳이 이바라키현의 오쓰. 지금 있는 나가하마해안을 포함한 이 일대입니다."

"아, 정말입니까?"

무의식적으로 주변을 돌아봤다.

"좀 전에 들렀다고 한 이즈라해안에 오카쿠라 덴신1863~1913, 도쿄미

술대학 교장. 미국 보스턴 미술관 동양 부장을 역임한 미술평론가이자 사상가, 요코야마 다이
칸1868~1958. 오카쿠라 덴신에게 사사하고 일본미술원을 창립. 주재한 화가 별장터가 있
지요? 거기 장교들 숙소가 있었답니다."

"허, 그랬군요. 이런 곳에 그런 역사가……."

다키구치는 다쓰로가 차를 세운 주차장 쪽을 손으로 가리켰다.

"바로 저쪽에 기구를 발사했던 터가 있습니다. 관심 있으시면 안
내하지요."

*

걸어서 10분 정도면 간다는 말에 따라가기로 했다.

주차장에서 육지 쪽으로 자리한 울창한 숲 너머인 듯했는데 길을
돌아가야 한다고 했다. 일단 바다를 옆에 끼고 남쪽으로 걸었다.

"기구 발사는 1945년 4월까지 계속되었습니다. 5개월하고 조금
더 되는 셈이지요." 걸으면서 다키구치가 설명을 이어나갔다. "그 기
간에 발사된 기구는 1만 발 정도인데, 그중 10퍼센트, 즉 1000발 정
도가 미국까지 다다랐다고 추측하고 있습니다."

"90퍼센트가 소용없었다는 말인가요? 도착한 것들도 별다른 전
과를 올리진 못했다던데, TV에서 그런 얘기를 들었던 것 같습니다."

"그런 관점에도 문제가 좀 있습니다. 처음 보는 기분 나쁜 기구
병기를 보고 확실히 놀랐으니까요. 서해안의 넓은 범위에 경계망을
펴고 국민들이 패닉에 빠질 것을 염려하며 보도관제를 했지요. 실제

로 대책 지휘를 맡았던 미군 장교는 '전쟁 기술의 놀라운 진전이었다, 큰 손해를 입힐 가능성이 대단히 높았다' 하는 내용을 수기에 썼습니다.

보도관제로 인해 피해도 발생했습니다. 오리건주의 블라이라는 마을에서 소풍을 즐기고 있던 민간인이 솔숲에 떨어진 풍선폭탄에 손을 댔고, 폭발로 여섯 명이 사망했습니다. 다섯 명은 어린아이, 한 명은 임신 중인 여성이었다고 합니다."

"……그런 일이 있었군요."

도중에 오른쪽에 있는 숲속 자갈길로 접어들었다. 그쪽이 지름길인 모양이었다.

"미국이 과민 반응을 보였던 이유가 또 한 가지 있었습니다. 생물병기를 탑재했을까 우려했기 때문입니다."

"아, 그랬겠네요."

"그리고 그런 생각은 실제로 일본군 상층부의 머릿속에도 있었습니다. 좀 전에 말했지만, 풍선폭탄을 개발한 육군 노보리토 연구소는 비밀전 연구 기관입니다. 당연히 생물병기 부서도 있었지요. 그 부서를 중심으로 탄저균, 적리균, 우역 바이러스 등을 기구에 탑재하는 연구가 진행됐습니다. 그중 우역 바이러스의 경우 실용화 가능한 단계에 있었다고 합니다."

"우역, 이라면 소가 감염되는 건가요?"

"네. 가축을 죽여 타격을 가하려는 공산이었던 거지요. 그런데 결국 그렇게 사용되는 일은 없었습니다. 인도적 견지에서 결정한 게 아닙니다. 똑같이 생물화학병기로 보복당할 게 무서웠던 것이죠."

"혹시 사용됐다면, 그럼 정말 어리석은 작전이었다고 말하고 끝날 일이 아니었겠군요."

"우역 바이러스 탑재 연구를 위해 그 전염병을 막기 위한 연구를 하고 있던 학자들도 협조했습니다. 다시 말해, 축산업을 위해 진지하게 학문에 임해온 연구자가 정반대로 가축에게 위해를 가하기 위한 연구에 휘말리게 된 겁니다. 아마도 많은 경우 본인의 의사와는 관계없었을 겁니다."

이윽고 2차선 현도로 올라섰다. 도로 옆의 화단이 깨끗하게 정비되어 있었다. 지나는 차는 거의 없었다. 북쪽으로 돌아가듯 좀 더 걷던 다키구치가 보도를 벗어나 오른쪽의 풀밭으로 들어섰다.

다키구치는 숲 끄트머리까지 걸어간 곳에서 걸음을 멈추고 "여기입니다" 하고 손가락으로 지면을 가리켜 보였다. 원형의 나지막한 콘크리트 대가 잡초에 파묻혀 있었다. 직경 15미터 정도였다. 둘레가 허물어지기 시작했지만 원래의 형태는 갖추고 있었다.

"간판 하나 없네요."

도로 옆에도 표지판 같은 것은 없었다.

"벌써 잊히고 있는 거지요. 10만 년은커녕 겨우 75년 전 일인데 말입니다."

다키구치는 선 자리에서 몸을 숙여 금이 간 콘크리트를 조용히 쓰다듬었다.

"당시에는 이런 기구 발사용 대가 근처에 열여덟 기 있었다고 합니다. 기구를 이 대 위에 밧줄로 묶어놓고 수소 가스를 60퍼센트 정도만 채웁니다. 상공에 올라가면 기압이 낮아져서 가스가 팽창해 둥글게 부풀어 오르거든요. 그런 까닭에 여기서 띄울 때는 해파리처럼 오그라든 모양으로 날아올랐던 거지요.”

다키구치를 따라 다쓰로도 하늘을 올려다봤다.

“발사 시간은 지상풍이 약한 새벽과 저녁으로, 당시 일을 기억하는 이 지역 사람들 말로는 아주 아름다운 광경이었다고 합니다. 하얀 기구가 차례차례 날아올라 아침 해, 저녁 해에 물들어가며 바다 너머로 날아가는 모습이요.”

“지역 분들은 그게 어떤 목적을 가진 기구인지 알고 있었습니까? 일단은 극비 작전이었던 거죠?”

“대충은 알고 있었답니다. 물론 엄히 함구령이 내려져 있었지만. 어떤 분은 학교 선생님께 ‘그 기구는 가미카제를 타고 가서 적국을 한 방 먹일 거다’ 하는 이야기를 들었답니다.”

“또 가미카제군요.”

다쓰로가 입꼬리를 비죽거리는 걸 보고 있었다는 듯 돌풍이 불어와 나무들을 세차게 흔들었다. 다키구치는 바람에 살짝 벗겨진 모자를 고쳐 쓰고 사뭇 진지하게 말했다.

“가미카제가 불고 있다는 걸 처음으로 알아낸 건 일본의 기상학자들입니다.”

“그건…… 편서풍 말인가요?”

“맞습니다. 다이쇼시대에 고층기상대라는 데가 쓰쿠바에 생겼거든요. 내가 일했던 기상연구소 옆 가까이에 지금도 있습니다. 초대 소장은 오이시 와사부로1874~1950. 일본의 기상학자 씨라고, 그곳에서 고무 기구를 사용한 고층풍 관측을 주도한 인물입니다. 그때는 라디오 존데가 아직 없던 시대라 트랜싯transit이라는 위치 측정용 망원경으로 기구의 행방을 추적하며 날아가는 속도를 측정하려 했지요.

그런데 당시 상식으로는 생각할 수 없는 결과가 나왔습니다. 겨울 동안 일본 상공 1만 미터 부근에 평균값으로 초속 72미터라는 그야말로 엄청나게 강한 서풍이 불고 있다는 결과였습니다. 지금은 그게 제트기류라는 이름으로 알려져 있지만, 아직 그 말이 없었을 때입니다. 미국 기상국에서도 그 고도의 풍속을 빨라야 초속 10여 미터 정도로 생각하고 있었습니다.

오이시 씨는 그 논문을 다이쇼 15년, 즉 1926년에 발표했는데, 세계 기상학계에서는 눈길도 주지 않았습니다. 훗날의 군부 입장으로 보면 다른 나라에 알려지지 않아 다행이라 할 만한 일이었겠지만 말입니다. 오이시 씨도 20년 뒤에 자기가 발견한 사실이 '가미카제'로서 다루어질 줄은 상상도 못 했을 겁니다."

"군에서 그 바람을 알게 되어서 기구 병기를 생각해냈다는 말입니까?"

"네. 그런데 기상청, 당시 중앙기상대에도 풍선폭탄으로 미국 본토를 공중에서 공격하려는 발상을 품고 있던 인물이 있었습니다. 아라카와 히데토시1907~1984. 일본의 기상학자 기사技師입니다. 1943년 여름, 아라카와 씨는 육군의 요청으로 그 작전의 실행 가능 여부를 판단하기 위한 기초 연구에 착수했습니다. 즉, 기구를 발사하는 고도, 적절한 계절, 발사 지역, 미국까지의 소요 시간, 미국까지 다다를 확률 등을 조사한 겁니다.

아라카와 씨 팀은 쓸 수 있는 기상 데이터란 데이터는 아무리 옛날 것이라고 해도 모조리 긁어모았습니다. 그리고 반년에 걸쳐 막대한 양의 계산을 처리해 북태평양의 고층 기압 분포를 알아내려 했습니다. 지금은 컴퓨터로 순식간에 처리할 수 있지만, 그 시대에는 손으로 두드리는 계산기뿐이었으니까요. 날마다 계산기를 두드려대서 손이 아프다고 아버지가 어머니께 투덜대셨답니다."

"네? 아버지요?"

"아버지가 아라카와 씨 팀에 있었거든요. 당시 중앙기상대에서 기수技手. 기사 밑에서 일하는 기술자로 일하고 계셨지요. 그전에 쓰쿠바 고층기상대에 계셨던 터라 고층 데이터를 좀 다뤄보지 않았느냐고 제안을 받으신 겁니다. 1943년이었으니 아버지가 스물아홉, 내가 한 살 때입니다."

"그러셨군요."

그 순간 퍼뜩 떠오르는 게 있었다. 분명 아버지가 어린 시절에 전사했다고 들은 것 같은데…….

"그럼 그 후에 소집되어 전장으로……?"

다키구치는 긍정도 부정도 하지 않고 천천히 고개를 돌려 현도 쪽을 바라봤다.

"잠시 들러볼까요?"

혼잣말처럼 작게 중얼거린 다키구치가 현도 쪽으로 걸음을 뗐다.

현도 반대쪽으로 건너가 걸어왔던 방향으로 50미터 정도 되돌아
갔다.

오른쪽의 풀밭 안쪽, 나무가 울창한 경사면 아래에 큼직한 석탑이
서 있었다. 정면에 커다랗게 '진혼비鎭魂碑'라고 새겨져 있었다. 다키
구치를 뒤따라 가까이 가보니 그 옆에 작게 새겨진 글자도 읽을 수
있었다.

다쓰로는 쓰인 글자를 소리 내 읽었다. "풍선폭탄 희생자."

"아버지도 그중 하나입니다. 발사 때 사고가 있었습니다."

"아……."

말문이 막힌 다쓰로를 향해 다키구치가 조용히 입을 열었다.

"아버지는 대학에서 물리를 공부하고 기상대에 들어갔습니다. 처
음 배정받은 고층기상대에서는 기구나 연을 사용한 고층기상관측
일을 하셨답니다. 4년 정도 일하다 도쿄의 중앙기상대로 이동했고,
어머니와 선으로 만나 결혼해 내가 태어났습니다. 그 후에 아라카와
씨 팀에 불려간 건 좀 전에 이야기했지요.

1944년에 결과가 정리되어 풍선폭탄 작전에 고 사인이 나자 아
라카와 씨 팀은 해산되었습니다. 그 후에 아버지는 육군 기상부로
전속 발령을 받았습니다."

"군에도 기상 부문이 있나요?"

"물론입니다. 특히 항공기 작전을 전개하려면 정밀한 기상 데이

터가 필수라서요. 대전 중에는 기상 연대가 각지로 흩어져 독자적으로 기상관측을 수행했습니다. 국내뿐 아니라 중국, 조선, 만주, 동남아시아까지.

풍선폭탄 발사 부대는 기상 상황에 따라 해당 일의 발사 여부를 결정했습니다. 당연히 육군 기상부와 중앙기상대에 협조를 요청했지요. 신임 장교인 아버지는 막 설치된 기구 발사 부대의 본부인 이곳 오쓰기지에 파견됐습니다. 중앙기상대 사람들과도 안면이 있고 고층기상에 대해서도 잘 알고 있으니, 아마 그런 것들이 고려되었겠지요."

"그럼 여기서 매일 기상관측을 하신 건가요?"

"아니요, 아직 작전이 시작되기 전이라 기구 부대의 기상대원들을 지도하면서 준비를 진행하고 있었던 것 같은데, 자세한 것은 모릅니다. 극비 작전이라 어머니도 아버지가 어떤 임무를 맡고 있었는지 전혀 모르셨다고 하고요."

"어디 계신지도요?"

"아버지가 보낸 엽서로 이바라키에 계신 것은 알고 계셨는데, 아는 건 그것뿐이었습니다."

엽서에는 아내와 어린 아들을 걱정하는 말만 쓰여 있었다고 했다. 상상만 해도 가슴이 먹먹해졌다.

문득, 떠올린 상상에 홀로 후쿠시마에서 일하는 나의 모습이 겹쳐졌다. 일을 끝내고 좁은 방으로 돌아와 집에 전화를 건다. 별일 없나? 애들은……

"목소리도 못 듣다니, 그 심정이 어땠을지……."

"그런 시절이었으니까요." 다키구치가 담백한 말투로 말하고는 이쪽으로 고개를 돌리며 물었다. "그쪽 조부님께서는 전쟁에는 소집되지 않으셨는지요?"

"외할아버지는 일찍 돌아가셨습니다. 친할아버지는 조선소 기술자라 소집되지 않은 채로 종전이 되었다고 하셨습니다."

"그러셨군요." 다키구치는 잘 알았다는 듯이 고개를 끄덕거리고는 다시 석탑으로 눈을 돌리고 말을 이어갔다. "대본영에서 풍선폭탄에 의한 폭서 명령이 떨어진 것은 1944년 10월 말로, 다음 달인 11월에 드디어 발사 개시일이 도래했습니다. 오전 3시에 준비가 시작되자 아버지는 발사대 중 하나로 향했습니다. 이즈라의 장교 숙소에서 가장 가까운 발사대였지요. 나중에 들은 이야기로는 상관의 지시로 기록을 위해 간 것 같다지만, 내 느낌에는 그것 때문만은 아니었을 듯합니다. 분명히 기구가 날아오르는 것을 가까이에서 보고 싶었을 겁니다. 고층기상에 몸담아온 연구자 중 한 사람으로서.

그리고 오전 5시. 본부에서 공격 개시 지령이 떨어졌습니다. 각 발사대에서 소대장이 '발사!' 하고 호령하면 대원들이 계류 로프를 강하게 당기고, 후크가 풀리면서 기구가 날아오릅니다. 아버지는 아마도 바로 밑까지 가서 올려다봤겠지요. 투하 장치가 실린 곤돌라 부분이 5미터 정도 떴을 때, 돌연 기구에 매달린 폭탄이 떨어졌습니다."

"아……."

"폭탄은 지면에서 폭발했고, 아버지와 병사 세 명이 즉사했습니다. 몇 명은 큰 부상을 입었고요……."

"……끔찍한 일이네요."

"발사 개시는 수일 연기됐고, 같은 사고를 방지하기 위해 부대는 급히 투하 장치 보수에 착수했습니다. 네 명의 장례를 치를 여유가 없어 유체는 언덕 사면에 굴을 파서 태웠다는군요. 실은 그 사고 이틀 전에 후쿠시마의 나코소기지에서도 기재 준비 중에 폭발 사고가 발생해 세 명이 사망했습니다. 이런 일은 다른 기지의 병사들에게는 알려지지 않았고, 죽은 사람 이름을 입에 올리는 것도 엄중히 금지되었습니다."

"기밀 유지, 인가요?"

"실은 우리 유족에게도 사실을 숨겼습니다. 나중에 유골 일부만 보내져왔는데, 전하는 말이라곤 '전사'라는 것뿐이었지요. 어디서 어떻게 돌아가셨는지는 아무에게도 듣지 못했습니다.

그리고 종전이 됐어요. 혼란스러운 상황이 잠잠해졌을 무렵에 어머니가 육군 기상부, 중앙기상대에 있는 아버지 동료들을 수소문해 찾아다니셨습니다. 아버지 죽음에 대해 뭔가 아는 게 없는지 물으신 거죠. 몇 년이나 걸려 알아낸 것이, 아버지가 오쓰기지에서 기구 병기 작전 임무를 수행하셨다는 것, 그리고 발사 때 일어난 사고로 돌아가셨다는 것입니다. 어디 매장되었는지는 알아내지 못했습니다."

"전후에도 알기 어려웠던 거군요."

"애초에 풍선폭탄에 관한 정보가 극단적으로 적었습니다. 종전과 함께 서류나 기재는 모조리 불태워졌고, 관계자는 관련 사실에 대해 입을 닫았고요. 그 이유 중 하나가 생물병기 부분이었으니…… 전범으로 추궁받을 만한 일에 대해 적극적으로 밝힐 사람은 없었겠죠."

"그렇게 되는군요."

"물론 나는 아직 어릴 때라 어머니가 하시는 말씀을 듣는 게 고작이었습니다. 아버지와의 기억은 뭐 하나 없었지만, 오히려 그래서 내가 기상 쪽으로 오게 됐는지도 모르겠습니다. 대학 갈 여유는 없어서 고등학교를 나와 기상청 연수소라는 기사 양성소에 들어갔습니다. 그 후에 운 좋게 신설된 기상 대학교에 들어갔고, 기상 연구자가 됐습니다.

그렇게 몸담게 된 것이 이바라키현의 기상연구소였습니다. 첫해 여름에 마음을 결정한 후 아버지가 돌아가신 이곳을 찾아왔죠. 그 무렵에는 발사대가 몇 곳 더 남아 있다는 이야기가 있어서요. 밭이나 숲으로 찾아다니던 중에 근처 사시는 할머니가 말을 걸어오셨습니다. 사정을 설명하니 나를 높직한 언덕으로 데려가셨죠. 수풀을 헤치며 경사진 언덕을 올라가니 발사대가 아니라 봉분이 하나, 그리고 스투파 사리나 유골을 모시는 불탑으로, 일본에서는 탑을 대신해 위가 탑처럼 뾰족한 기다란 나무판자에 공양을 위한 범자나 경문을 적는다가 몇 개 있었습니다."

"그게 아버님의……."

"기구 사고로 목숨을 잃은 병사들이 묻혀 있었습니다. 어디의 누군지는 알 수 없다고. 할머니께서 그러시더군요. 본 적 없는 희생자들이지만 향과 꽃을 바치고, 풀을 베며 돌봐왔다고. 할머니께 정말로 감사하다고 말씀드리고 그 자리에 무릎을 꿇고 봉분을 향해 손을 모았습니다. 드디어 뵙게 됐습니다, 하면서……."

다키구치는 공물대로 손을 가져가 떨어져 있던 마른 잎을 집어 올렸다. 공물대 양옆의 통에 꽂힌 국화와 코스모스는 방금 꽂은 것처럼 싱그러웠다.

"이 위령비는 20년 정도 전에 지역 분들이 세워주셨습니다. 해마다 오늘 날짜가 되면 이리 찾아오고 있습니다."

"오늘 날짜요?"

"11월 3일, 사고가 일어난 날. 아버지 기일입니다."

"……그러셨군요."

다키구치는 윗옷 주머니에서 흑백 사진을 한 장 꺼내 보였다.

"나랑 아버지입니다."

"이건 얼레인가요?"

"네. 뒤에 산조의 육각 연이 보이죠?"

"아, 정말이네요. 근사합니다."

연에는 우키요에 에도시대 서민층에서 유행했던 풍속화 같은 것이 그려져 있었다. 이 아버지는 아들과 연을 날릴 날을 얼마나 간절히 기다렸을까. 그리고, 아들도…….

"기상연구소에서 연을 이용해 연구를 시작했을 때 말입니다. 옛날 자료를 찾으러 옆에 있던 고층기상대까지 자주 다녔거든요. 다이쇼시대부터 쇼와시대 초기까지 연을 이용해서 루틴 관측을 했던 곳이라서요. 그때는 전동 윈치가 설치된 회전식 양연실 揚鳶室까지 있었지요.

그렇게 다니던 어느 날, 쇼와 10년대 자료를 찾던 중에 우연히 아버지가 쓴 보고서를 발견했습니다. 기구와 연의 관측 데이터를 비교한 것이었죠. 그 시절은 기구에 라디오존데를 조합한 새로운 시스템을 막 사용하기 시작한 때였는데, 아버지가 쓴 내용이 좀 특이하더라고요. 노골적으로 연 편을 들더란 말입니다."

"역시 팔은 안으로 굽는 건가요?"

무심코 웃어버렸다.

"그걸 보고 생각했습니다. 역시 아버지는 계속 연을 날리셨던 거구나, 기구가 아니라."

다키구치가 내뱉은 '기구'라는 말 너머로 풍선폭탄이 비쳐 보였다. 그의 아버지도 자신이 소중히 여기던 세계를 전쟁에 내주어야만 했던 한 사람이었던 것이다.

"그래서……." 다키구치는 고개를 들어 하늘을 바라봤다. "여기 오면 꼭 연을 날립니다. 아버지한테 보여주려고요."

주차장까지 돌아와서 다키구치와 헤어졌다. 그는 한 번 더 연을 날린 뒤에 돌아간다고 했다.

다쓰로는 곧장 차에 타지 않고 자판기에서 캔 커피를 샀다. 해는 벌써 저물었지만 서두를 필요는 없었다. 가까운 민박 집에서 묵고 후쿠시마에는 내일 들어가면 된다.

미니밴 프런트 부분에 걸터앉아 바다를 바라봤다.

저녁 해가 후광처럼 비치며 먼 하늘에 옅게 뻗은 구름을 오렌지색으로 물들이고 있었다. 좀 전까지 방파제 끝에서 낚시하던 사람은 이제 보이지 않았다. 바람만 여전히 서쪽에서 불어오고 있다. 바람에서 희미하게 겨울 냄새가 났다.

무설탕 커피를 마시며 아무래도 좋은 것들을 떠올렸다. 예전에 연을 날리러 갔던 주차장에서 아버지에게 한 모금 얻어 마신 캔 커피에서는 어른 맛이 났다. 지금 생각해보면 설탕 가득한 달달한 커피였는데도.

스마트폰을 꺼내 '게일러카이트'를 검색해봤다. 의외로 아직 판매되고 있었다. 꼭 하나 갖고 싶어졌다. 구하게 되면 애들한테 날리러 가자고 해볼까. 연날리기 같은 건 둘 다 해본 적이 없을 것이다. 적어도 같이 날려본 기억은 없다. 다키구치가 쉽게 날리는 것을 보니 지금이라면 가르쳐줄 수 있을 것 같은 기분이 들었다.

5학년 아들은 좋다고 해줄지 몰라도, 중학교 2학년 딸한테는 무시당할 게 뻔하다. 좋아하는 옷을 한 벌 사준다고 해도 거절하려나.

아이들이 "갑자기 웬 연이야?" 하고 물어올 테니, 다키구치 이야기를 해주자. 그리고, 지금부터 찾아갈 후쿠시마에서의 일을 들려주자. 아무것도 전해지지 않더라도 지금은 괜찮다. 언젠가 그 의미를 이해해줄 수 있게, 그런 삶을 아버지인 내가 살아내면 된다.

너무 힘을 줬나? 아직 뭔가 각오 같은 걸 한 것도 아닌데……. 혼자 쓸쓸하게 웃고 남은 커피를 입안에 털어 넣었다.

오른쪽 해변의 상공에 하얀 물체가 보였다. 다키구치의 연이다. 바람을 받아 먼바다를 향해 훨훨 날아올랐다.

저 상공에는 강한 편서풍이 불고 있다.

75년 전에도, 지금도.

대지가, 숲이, 바다가, 인간들이 어찌 되든 빠르고 서늘하게, 끊임없이 불고 있다.

10만 년 뒤의 서풍도, 맑게 불어올 것인가.

저녁 해를 품은 연이 핑크빛으로 반짝였다.

〈8월의 은빛 눈〉의 집필과 관련해 가나자와대학교의 스미다 이쿠로 씨께 큰 도움과 조언을 받았습니다.

〈바다로 돌아가는 날〉은 국립과학박물관 위탁 표본 제작자이신 와타나베 요시미 씨의 활약에 감명을 받아 쓴 것입니다. 와타나베 씨는 박제 및 표본 외에 학술적 가치가 높은 생물화를 많이 그리셨고, 그중에서도 〈세계의 고래〉 포스터는 1급 자료로서 각지 연구 현장에서 사용되고 있습니다. 소설에 등장하는 '미야시타 가즈에'라는 인물의 경력, 사적인 프로필은 와타나베 씨와 일절 관계가 없습니다. 또한 같은 작품에서 이야기된 '인간산'과 '고래산'에 대한 이야기는 동물 사진가이자 저널리스트인 미나쿠치 히로야 씨의 저서(참고문헌 참조)의 논고에 필자 나름의 해석을 일부 더한 것입니다.

〈빛을 집다〉에 등장하는 '규조 아트' 작품들은 일본의 일인자인

오쿠 오사무 씨의 사진집을 참고로 해서 이미지를 구상한 것입니다. 작품의 제작 방법, 규조의 채집 방법에 관한 기술도 오쿠 씨의 저서를 기초로 해 썼습니다(이상, 참고문헌 참조).

　이 자리를 빌려 모든 분께 깊은 감사의 말씀을 드립니다.

　　　　　　　　　　　　　　　　　　　　　　이요하라 신

과학이라는 산에서 옮겨낸
다섯 편의 미니 드라마

이요하라 신이라는 작가를 처음 알게 된 것은 2021년 3월, 일본 서점대상 후보작들을 살펴보면서였다. 후보에 올랐던 《8월의 은빛 눈》은 2020년 가을에 출판된 단편집으로, 그보다 두 달 앞서 발표된 나오키상의 후보작이기도 했다. 지명도 높은 두 개 상에 동시에 오른 작품이라 관심이 갔지만, 세간은 책을 읽기에는 조금 불안하고 어수선한 것이 사실이었다.

당시 일본에서는 '긴급사태선언'이라는 이름 아래 점포들이 영업 시간을 일괄 단축했고, 의료 종사자들이 우선적으로 백신 접종을 시작하며 일반인들도 긴장하고 있었다. 아니, 오히려 그래서 더욱 이 책을 손에 들게 된 것일지도 모르겠다. 관심이 생겨 찾아본 작가 인터뷰 속에서 "우연히 과학을 접하면서 보이는 세계가 조금 바뀌거나 시야가 조금 넓어지"는 이야기를 쓰고 싶었다는 집필 계기를 접했기 때문이다. 두 번이나 언급된 '조금'에 마음이 갔다. 큰 변화를 기대하기 어렵던 무기력한 시기, 뭔가에 기대어 '조금'이나마 눈앞의 세계가 넓어져 숨통이 트인다면…… 그러한 기대로 이 책을 손에 들었다.

《8월의 은빛 눈》에 수록된 다섯 편의 이야기는 그 무렵의 우리처럼 막막한 상황에 처한 1인칭 '나'와, 과학자의 눈에 비친 세계에 대해 전해주는 일종의 '가이드'들의 대화로 풀려나간다.

> "반대로 묻고 싶어요. 다들, 왜 자기들이 사는 별의 내부를 알고 싶어 하지 않는지. 안쪽이 어떻게 되어 있나 궁금하지 않은지. 표면만 보고 있어봤자 아무것도 모르는데."
>
> 〈8월의 은빛 눈〉 중에서

> "지능 테스트라는 건 본래 우리 인간이 '이것이 지성이다' 하고 마음대로 믿어버린 것들을 측정하는 수단일 뿐이다, 그런 것들로 돌고래들의 머릿속을 평가하려는 건 오만한 게 아닐까?"
>
> 〈바다로 돌아가는 날〉 중에서

> "10만 년 전이나 10만 년 뒤를 이야기한다면, 방사능 같은 것 말고 따뜻할지 추울지, 그런 이야기를 하면 좋을 것 같은데 말입니다. 인간은 그 호기심이란 것을 그런 쪽에만 맞출 수는 없을까요. 하늘

이나 바람, 한가롭고 평화로운 것에……."

〈10만 년 뒤의 서풍〉 중에서

가이드들은 조용하지만 힘 있는 목소리로 미처 생각해보지 못했던 질문을 던지고, 독자들은 '나'의 입장에서 마음으로 대답할 수도, 그저 조용히 생각에 잠길 수도 있다. 책을 읽고 '규조 아트'와 '세계의 고래 포스터' '오이 부두' 근처의 '들새공원'을 검색해보며 자신의 일상 속에 과학적인 색채들을 더해나가는 이도, 고래와 비둘기 앞에서 유독 생사에 깊어지는 이도 있을 것이다. 책을 옮기며 경험한 이런 작은 참여와 변화들을 독자들 사이에서 회자되는 '개운한 독후감'과 함께 이요하라 신 작품의 매력으로 꼽고 싶다.

《8월의 은빛 눈》을 먼저 읽었다면, 그에 앞서 출판된 《달까지 3킬로미터》도 이어 읽어보기를 권한다. 지구행성물리학 박사 출신으로 9년간 소설을 쓰던 작가가 과학을 지나치게 정면으로 바라보는 것이 아닐까 고민하던 끝에, '과학자가 보고 있는 풍경을, 세계의 모습을, 인생의 막다른 길목에 다다른 지극히 평범한 사람들이 우연히 들여다보게 된다면, 어떤 일이 일어날까?' 하는 '사고 실험'으로 새롭게 써 내려간 작가의 대표작이다. 《8월의 은빛 눈》을 통해 확인했듯이 일곱 편의 과학적 드라마가 눈앞의 세계를 '조금' 더 넓어지게 해줄 것이다.

'과학이라는 산과 이야기 사이에서 격투를 계속하겠다'고 각오를 다진 '우공이산愚公移山'의 '우공' 같은 작가가 담백하게, 때로는 드라마틱하게 옮겨내줄 작고 단단한 진실들이 무척 기대된다.

김다미

《편의점 외국인コンビニ外国人》세리자와 겐스케, 신초신서, 2018.

《세계와 과학을 바꾼 52명의 여성들世界と科学を変えた52人の女性たち》
레이철 스와비, 세이도샤, 2018.

《돌고래 고래학: 돌고래와 고래의 수수께끼에 도전하다イルカ・クジ
ラ学 イルカとクジラの謎に挑む》무라야마 쓰카사, 나카하라 후미오, 모리
교이치 편, 도카이대학출판회, 2002.

《'돌고래는 특별한 동물이다'는 어디까지 진실일까: 동물의 지능
이라는 난제〈イルカは特別な動物である〉はどこまで本当か 動物の知能という難題》저
스틴 그레그, 규카샤, 2018.

《오르카: 바다의 왕 범고래와 바람의 이야기オルカ 海の王シャチと風の物
語》미나쿠치 히로야, 하야카와문고NF, 2007.

《고래는 옛날에 육지를 걸었다: 사상 최대 동물의 신비クジラは昔陸
を歩いていた 史上最大の動物の神秘》오스미 세이지, PHP문고, 1997.

《경류학鯨類学》(도카이대학 자연과학총서3) 무라야마 쓰카사 편,
도카이대학출판회, 2008.

《국립과학박물관의 비밀国立科学博物館のひみつ》나루케 마코토, 오리
하라 마모루, 북맨샤, 2015.

《지금까지 알게 된 돌고래와 고래: 실험과 관측이 밝힌 참모습ここまでわかったイルカとクジラ 実験と観測が明らかにした真の姿》무라야마 쓰카사, 가사마쓰 후지오, 고단샤블루백스, 1996.

《시튼 동물기4: 동물 영웅들シートン動物記4 動物の英雄たち》어니스트 T. 시튼, 슈에이샤, 1972.

《전서구: 또 하나의 IT伝書鳩 もうひとつのIT》구로이와 히사코, 분슌신서, 2000.

《새! 경이로운 지능: 도구를 만들고, 마음을 읽고, 확률을 이해하다鳥! 驚異の知能 道具をつくり、心を読み、確率を理解する》제니퍼 애커먼, 고단샤블루백스, 2018.

《경주 비둘기: 알려지지 않은 운동선수レース鳩 知られざるアスリート》요시하라 겐이치, 겐토샤르네상스, 2014.

《바다와 육지를 잇는 진화론: 기후변동과 미생물이 가져온 놀라운 공진화海と陸をつなぐ進化論 気候変動と微生物がもたらした驚きの共進化》스토이쓰키, 고단샤블루백스, 2018.

《규조 관찰 도감: 유리의 몸을 가진 불가사의한 미생물 '규조'의 생육환경으로 알 수 있는 분류와 특징珪藻観察図鑑 ガラスの体を持つ不思議な微生物〈珪藻〉の、生育環境でわかる分類と特徴》나구모 다모쓰, 스즈키 히데카즈, 사토 신야, 세이분도신코샤, 2018.

《규조 미술관: Diatoms Art Museum 珪藻美術館 Diatoms Art Museum》오쿠 오사무, 준포샤, 2015.

《규조 미술관: 작고 작은 유리의 세계珪藻美術館 ちいさな・ちいさな・ガラ

スの世界》오쿠 오사무, 월간《수많은 신비たくさんのふしぎ》411호, 후쿠인칸쇼텐, 2019.

《기상청 이야기: 일기예보에서 지진·쓰나미·화산까지気象庁物語 天気予報から地震·津波·火山まで》후루카와 다케히코, 주코신서, 2015.

《수제 인공위성 카이트 포토: 연에 의한 지상 탐사手作り人工衛星 カイト·フォト 凧による地上探査》무로오카 가쓰타카, NTT출판, 1989.

《풍선폭탄: 최후의 결전 병기風船爆弾 最後の決戦兵器》스즈키 슌페이, 고진샤NF문고, 2001.

《풍선폭탄風船爆弾》후쿠시미 노리요, 후잔보인터내셔널, 2017.

《풍선폭탄: 순국산 병기 '후호'의 기록風船爆弾 純国産兵器〈ふ号〉の記録》요시노 고이치, 아사히신문사, 2000.

《나는 풍선폭탄ぼくは風船爆弾》다카하시 미쓰코, 우시오주니어문고, 2018.

《육군 노보리토 연구소와 모략전: 과학자들의 전쟁陸軍登戸研究所と謀略戦 科学者たちの戦争》와타나베 겐지, 요시카와코분칸, 2012.

《육군 노보리토 연구소 '비밀전'의 세계: 풍선폭탄·생물병기·위찰을 더듬다陸軍登戸研究所〈秘密戦〉の世界 風船爆弾·生物兵器·偽札を探る》야마다 아키라, 메이지대학 평화교육 노보리토 연구소 자료관 편, 메이지대학출판회, 2012.

《결정판 원전 교과서[決定版]原発の教科書》쓰다 다이스케, 고지마 유이치 편, 신요샤, 2017.

《'후쿠시마 원전' 어느 기술자의 증언: 원전과 40년간 공생해온

기술자가 본 후쿠시마의 진실"福島原発"ある技術者の証言 原発と40年間共生してきた技術者が見た福島の真実》나카 유키테루, 고분샤, 2014.

《후쿠시마 원전 작업원 일지: 1F의 진실, 9년간의 기록ふくしま原発作業員日誌 イチエフの真実. 9年間の記録》가타야마 나쓰코, 아사히신문출판, 2020.

〈고래가 헤엄치는, 아트의 바다クジラが泳ぐ、アートの海〉마이니치신문 2019년 5월 15일 조간.

〈세계의 고래世界の鯨〉포스터 제4판, 와타나베 요시미 그림, 미야자키 노부유키 편집, 야마다 다다스 감수, 국립과학박물관 전국과학박물관진흥재단, 2014.

〈데이터로 보는 뇌의 차이データで見る脳の違い〉C. C. 셔우드,《닛케이 사이언스日経サイエンス》48권 12호, 닛케이사이언스샤, 2018.

〈철새의 광화학 나침반과 분광 측정渡り鳥の光化学コンパスと分光測定〉마에다 기미요리,《화학과 교육 化学と教育》, 64권 7호, 2016.

〈계류 기구 탑재형 기상 센서의 제작係留気球搭載型気象センサーの製作〉시모야마 고, 후지타 가즈유키, 나카쓰보 슌이치, 오노 가즈야, 주바치 겐타, 신보리 구니오, 홋카이도대학 저온과학연구소, 헤이세이 21년도 기술부기술발표회, 2009.

〈제9육군기술연구소의 풍선폭탄 연구・개발에 협력한 과학자・기술자 第九陸軍技術研究所における風船爆弾の研究・開発に協力した科学者・技術者〉마쓰노 세이야,《메이지대학 평화교육 노보리토 연구소 자료관 관보明治大学平和教育登戸研究所資料館館報》제4호, 2018.

〈풍선폭탄 작전의 수행과 종결 風船爆弾作戦の遂行と終結〉쓰카모토 유리코, 《메이지대학 평화교육 노보리토 연구소 자료관 관보》제2호, 2016.

〈지구의 중심 '코어'로의 여행 地球の中心"コア"への旅〉사이언스채널. https://scienceportal.jst.go.jp/gateway/sciencechannel/a096201001/

〈근속 반세기, 국립과학박물관의 '필살 직업인'이 그린 '세계의 고래' 포스터에 감춰진 이야기 勤続半世紀、国立科学博物館の"必殺仕事人"が描いた〈世界の鯨〉ポスターに秘められた物語〉아다치 마루코, 네토라보. https://nlab.itmedia.co.jp/nl/articles/1811/03/news003.html

〈혹등고래 골격 발굴하다: 미야자키 오토시마에서 학습회 ザトウクジラの骨格掘り出す 宮崎の乙島で学習会〉일본재단 블로그·매거진. https://blog.canpan.info/koho/archive/449

〈지바현 다테야마시에서 보낸 선물: 신박물관 자료 수집·혹등고래 전신 골격 千葉県館山市からのおくりもの ～新博物館資料収集·ザトウクジラ全身骨格～〉히비노나고하쿠, 나고박물관 블로그. https://nagohaku.hatenablog.com/entry/20131221/1387622995

〈미아 고래의 골격 표본으로 迷子クジラ骨格標本に〉바다와 일본 PROJECT in 도쿠시마. https://www.youtube.com/watch?v=vzZKzcQ7cBU

도쿄항 들새공원 https://www.tptc.co.jp/park/03_08

일본비둘기경주협회 http://www.jrpa.or.jp/

기상청 고층기상대 https://www.jma-net.go.jp/kousou/

Breuer, D., Rueckriemen, T., Spohn, T. (2015) Iron snow,

crystal floats, and inner-core growth: modes of core solidification and implications for dynamos in terrestrial planets and moons, *Progress in Earth and Planetary Science*, vol. 2, no. 39

Kölbl-Ebert, M. (2001) Inge Lehmann's paper: "P'"(1936), *Episodes*, vol. 24, no. 4

Sumita, I. and Bergman, M. (2015) Inner-Core Dynamics, *Treatise on Geophysics*, vol. 8

Zhang, Y., Nelson, P., Dygert, N., Lin, J.-F. (2019) Fe Alloy Slurry and a Compacting Cumulate Pile Across Earth's Inner-Core Boundary, *Journal of Geophysical Research: Solid Earth*, vol. 124, issue 11

Totems, J. and Chazette, P. (2016) Calibration of a water vapour Raman lidar with a kite-based humidity sensor, *Atmospheric Measurement Techniques*, vol. 9

Varley, M. J. (1997) The use of kites to investigate boundary layer meteorology, *Meteorological Applications*, Vol. 4, issue 2

Bolt, B.A. (1997) Inge Lehmann, Contributions of 20th Century Women to Physics http://cwp.library.ucla.edu/articles/bolt.html

Jack Oliver - Session II, Oral History Interviews, American Institute of Physics https://www.aip.org/history-programs/niels-bohr-library/oral-histories/6928-2

Sardelis, S., Why do whales sing?, TED Ed https://ed.ted.com/lessons/how-do-whales-sing-stephanie-sardelis

8월의 은빛 눈

1판 1쇄 인쇄 2024년 6월 12일
1판 1쇄 발행 2024년 6월 19일

지은이 이요하라 신 **옮긴이** 김다미
펴낸이 박강휘
편집 정혜경 **디자인** 정윤수
마케팅 이헌영 **홍보** 박상연

발행처 김영사
주소 경기도 파주시 문발로 197(문발동) 우편번호10881
등록 1979년 5월 17일(제406-2003-036호)
주문 및 문의 전화 031)955-3100 **팩스** 031)955-3111
편집부 전화 02)3668-3289 **팩스** 02)745-4827 **전자우편** literature@gimmyoung.com
비채 블로그 blog.naver.com/viche_books
인스타그램 @drviche @viche_editors **트위터** @vichebook
ISBN 978-89-349-6752-1 03830 책값은 뒤표지에 있습니다.

비채는 김영사의 문학 브랜드입니다.